過ぎ去りし王国の城

옮긴이 **김소연**

경북 안동에서 태어났다. 한국외국어대학에서 프랑스어를 전공하고, 현재 출판 기획자 겸 번역가로 활동하고 있다. 옮긴 책으로는 『우부메의 여름』, 『망량의 상자』, 『웃는 이에몬』, 『엿보는 고헤이지』 등의 교고쿠 나쓰히코 작품들과 『음양사』, 『샤바케』, 미야베 미유키의 『마술은 속삭인다』, 『외딴집』, 『혼조 후카가와의 기이한 이야기』, 『괴이』, 『흔들리는 바위』, 『흑백』, 『안주』, 『그림자밟기』, 『미야베 미유키 에도 산책』, 『만물이야기』, 『십자가와 반지의 초상』, 덴도 아라타의 『영원의 아이』, 마쓰모토 세이초의 『짐승의 길』, 『구형의 황야』 등이 있으며 독특한 색깔의 일본 문학을 꾸준히 소개, 번역할 계획이다.

SUGISARISHI OHKOKU NO SHIRO
by MIYABE Miyuki
Copyright © 2015 MIYABE Miyuki
All rights reserved.
Originally published in Japan by KADOKAWA CORPORATION, Tokyo.
Korean translation rights arranged with RACCOON AGENCY INC., Japan
through THE SAKAI AGENCY and SHINWON AGENCY.

이 도서의 국립중앙도서관 출판예정도서목록(CIP)은 서지정보유통지원시스템 홈페이지(http://seoji.nl.go.kr)와 국가자료공동목록시스템(http://www.nl.go.kr/kolisnet)에서 이용하실 수 있습니다. (CIP제어번호 : CIP2016009066)

미야베 미유키 —— 사라진 왕국의 성

過ぎ去りし王国の城

공허를 그림으로 그린다면 이렇게 될까.
어느 나라의,
어느 지방에 있는 성일까.
그때 어떤 말이 머리를 스쳤다.
—kingdom gone

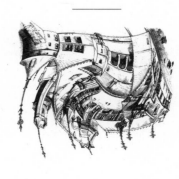

김소연 옮김

過ぎ去りし王国の城

"모르는 사람들이 불쌍하지. 얼마나 무서운 게 많을까."

—『우리는 언제나 성에 살았다』_셜리 잭슨※

※『우리는 언제나 성에 살았다』(엘릭시르, 2014)_ 셜리 잭슨

1 장

고성의 데생

1

성이다.

그것은 어떻게 보아도 성이었다.

일본의 성은 아니다. 중세 유럽의 고성—아니, 중세라는 게 몇 세기쯤을 가리키는 것이었는지 제대로 기억나지 않는다. 유럽의, 아니, 유럽풍 성이라고 해도 시대나 지역에 따라 여러 가지로 형식이 다를 것이다.

정오가 조금 지난 시간에 은행 로비에 와 있다. '정오가 조금 지난 시간'이란 그렇게 표현할 수 있을 만큼 오후의 어중간한 시간대라는 뜻이지만, 이 표현이 가지는 '느긋한' 또는 '나른한' 분위기와는 들어맞지 않는다.

진절머리가 날 정도로 혼잡하다.

오늘은 2월 20일. 소위 말하는 오십일五十日한 달 중 5, 10이 붙는 날과 말일을 뜻한다. 주로 거래 대금의 지불 일자이다이다. 게다가 금요일이다. 일 년 중 2월과 8월에는 경제 활동이 저하된다느니 해서 장사꾼들은 이때를 불경기의 달이라고 한다. 그래도 주말인 데다 오십일을 맞이한 은행은 이런 수도권 한 모퉁이의 대단할 것 없는 베드타운의 은행일지라도 빈틈없이 혼잡하다. 손님용 의자는 만석이고, 각종 서류를 기입하는 탁자 주위에도 순서를 기다리는 사람들이 따분한 듯이 서 있다. 로비 오른쪽의 ATM 코너에도 긴 줄이 늘어서 있어서 안내 담당 여직원이 빈번히 "이쪽이 비었으니 이리 오세요", "오래 기다리시게 해서 죄송합니다" 하고 큰 소리로 말하고 있다.

오가키 신은 손에 든 얇은 번호표를 보았다. 149번이다. 표라기보다 영수증 같은 얄팍한 종이지만, 거기에 인쇄되어 있는 번호는 엄연한 사실을 가리키고 있다. 다섯 개의 창구는 전부 열려 있고 풀가동하는 데도 불구하고 표시된 번호—현재 접수 처리중인 번호는 131번. 아직 한참 더 기다려야 한다는 사실이다.

순서를 기다리는 사람들은 모두 거북해 보였고, 조금 초조해하거나 지쳐서 졸린 것 같았다. 절반 정도는 마스크를 썼다. 그러고 보니 독감 유행이 아직 사그라들지 않았다.

일주일쯤 전이었다면 신은 자신의 입장을 방패 삼아 이런 상황인 은행에는 절대로 다가가지 않을 수 있었을 것이다.

저는 수험생이에요, 라며. 감기와 독감의 세균이나 바이러스가 득실거릴 것이 분명한 인파 속으로는 절대 들어가지 않았을 것이다. 소중한 수험생 외아들을 그런 곳에 심부름 보내는 부모가 있을까.

그러나 지금의 신은 수험생이 아니다. 아니게 되었다. 지난주,

1지망이었던 현립縣立 고등학교에 추천 입학이 결정되었기 때문이다.

포스트 수험생. 우편함을 말하는 그 포스트가 아니라 '포스트 프로덕션'인가 하는 말의 그 포스트.

그것은 어떤 존재인가.

한가하다.

신이 다니는 하나다 시립 제3중학교에는 1지망으로 현립 고등학교에 지원하는 학생이 압도적으로 많다. 사립 고등학교를 지망하는 것은 전체의 20퍼센트 정도고, 현립 고등학교에 추천으로 입학하는 학생은 더 적다.

다시 말해서 급우들 대부분은 아직 수험생이다. 최종 코너를 돌아 목표 지점이 보이기 시작한 참이고, 그 목표 지점에 어떤 형태로 뛰어들 수 있을지 숨을 죽이고 승부를 걸고 있는 타이밍이다. 지금부터가 진짜다.

학교 쪽도 임전 태세다. 단축 수업이 많고, 수업이 있어도 자습을 시키거나, 마지막 체크와 담력 시험도 할 겸 현립 고등학교 수험자용 모의시험(소위 과거 출제 문제라는 것 말이다)을 치게 하거나.

따라서 포스트 수험생은 한가해진다. 학교에 있어도 할 일이 없다. 오늘도 오후 수업 두 개 다 자습이라고 해서 급식만 먹고 조퇴해 버렸다.

"한가하면 좀 도와줘."

라고 말한 이는 오가키 마사코—신의 어머니다.

"가정 내 아르바이트라고 생각하고 일 좀 해."

신의 부모님은 작은 카레가게를 운영하고 있다. 프랜차이즈 카레가게는 아니다. 직접 오리지널 카레 요리를 내놓는 가게다. 카레라이스 전문점은 아니며, 도리아나 그라탕 같은 것도 팔지만 메인은 카레이니 카레가게라고밖에 할 수가 없다. 그런 가게다.

가게는 잘되고 있다. 피크타임인 점심시간에는 부부 둘이서 감당할 수 없을 정도다. 오 년 전, 아버지 도미오가 일하던 식품가공회사의 조기 퇴직 권유에 넘어가 회사를 그만두고 시작한 가게다. 가게 이름은 '파인애플'이라고 한다. 다만 가게에서 파는 카레에 파인애플은 들어가지 않는다. 단맛은 카레 요리의 비장의 요소로서 중요하지만, 도미오는 초콜릿도 과일도 싫어해서 쓰지 않는다. 흑설탕을 넣는다.

그리고 부모님의 가게라서 하는 말이 아니라, 무엇을 먹어도 꽤 맛있다. 일단 도미오의 인생은 회사를 그만두어서 잘된 인생이라고 할 수 있을 것이다.

그리고 오늘도 '파인애플'은 바쁘다. 카운터석과 박스석을 합쳐서 열두 명밖에 들어가지 않는 가게의 바깥에도 줄이 늘어서 있었다. 그러던 차에 조퇴하고 귀가한 신은 당장 도우라는 명령을 받았다.

어쩔 수 없다. 가업이다. 신은 묵묵히 웨이터 역할을 맡았다. 설거지도 했다. 오후 2시까지인 점심시간이 끝나 손님들의 발길이 일단 끊겨 안심했고, 도미오가 가족이 먹을 오므라이스를 만들려는데 계산대에서 뭔가 서류를 만지고 있던 마사코가 큰 소리로 말했다.

"이거, 오늘이 납입 기한이었어! 신, 은행에 좀 다녀와. 입금증 사본이 필요하니까 ATM이 아니라 창구에 내고."

청구서 두세 장을 신의 눈앞에 들이댄다. 엄마가 직접 가라고 대꾸하려 했는데 문이 열리고 새로운 손님이 들어왔다. 젊은 여성 두 명이다. 단골손님이고, 늘 유니폼 차림인 걸 보면 근처에 있는 회사에서 일하는 사람들일 것이다. 그중 한 사람이 신의 타입으로—라고 중학생이 말하는 것도 건방지지만, 어쨌든 웃는 얼굴이 귀엽고 성격이 좋아 보이는 누나라 이 사람 앞에서 입을 삐죽거리며 어머니에게 반항하는 모습을 보이고 싶지 않아서.

그 결과 신은 은행에 있다.

지금 겨우 138번이 호출되었다. 아까부터 오른쪽 끝 창구 하나를 한 손님이 점령하고 움직이지 않는다. 창구 담당 여성뿐만 아니라 안쪽에서 나이 든 남자도 나와서 둘이 함께 대응하고 있다.

의자에 앉지 못한 채 순서를 기다리는 사람들은 왠지 모르게 서로가 서로를 거북해하는 듯, 시선을 마주쳐서는 안 된다는 얼굴로 각각 다른 방향을 바라보고 있다. 신도 마찬가지였다. 선 채로는 잡지도 읽을 수 없으며, 애초에 이렇게 혼잡하면 로비의 잡지는 거의 다 나가고 없다.

—이럴 때 휴대전화가 있으면 시간 때우기 좋을 텐데.

실제로 로비에 있는 사람들은 저마다 휴대전화를 만지작거리는 중이다. 신 바로 옆 의자에 앉아 있는 직장인 같은 젊은이는 아까부터 문자를 보내거나 받는 일을 되풀이하고 있다.

고등학생이 되면 사 줄게. 중학생일 때는 안 돼. 지망 학교에 (집요하게 말하지만 추천으로) 붙었다고 해도 중학교를 졸업할 때까지는 안 돼. 어머니 마사코의 대법원 판결이다. 졸업식까지 앞으로 한 달 정도는 참아야 한다.

심심하다. 정말 심심하다. 누구와도 눈이 마주치지 않도록 다른 방향만 보고 있는 것도 피곤한 노릇이다―.

그런 상황에서 그것이 눈에 들어왔다.

이곳 로비에는 곳곳에 여러 가지 전시물이 장식되어 있다. '동네 주민들의 커뮤니케이션 장소'가 이 지점의 캐치프레이즈이기 때문일지도 모른다. 근처 단지의 사진동호회가 찍은 풍경 사진이나, 지역 초등학생이 그린 아버지·어머니의 그림 같은 것을 로비 가장자리에 세워 놓은 커다란 패널에 전시해 놓는다.

오늘은 정말로 혼잡했기 때문에 방금까지 패널 앞에도 서너 명이 서 있었다. 신이 있는 곳으로부터는, 의자의 열을 사이에 두고 2미터쯤 떨어져 있을 뿐이지만, 그쪽을 바라보면 그럴 생각이 없어도 패널 앞에 서 있는 사람들의 얼굴을 뚫어져라 쳐다보는 것 같은 모양새가 되기 때문에 신은 가능한 한 시선을 피하고 있었다.

그런데 지금 연달아 두 명이 비키는 바람에 시야가 트여 왠지 모르게 눈길이 갔다.

현재의 전시물은 어린아이들이 그린 다채로운 그림들이다. 세로로 세 줄, 가로로 다섯 줄로 정연하게 붙어 있고, 패널 윗부분에는 은행의 누군가가 썼는지 동글동글한 글씨로 이런 제목이 적혀 있었다.

'우리 집 우리 집'

색깔은 선명하고 예쁘지만 어린 필치의 그림뿐이다. 크레용을 사용한, 제목 그대로 '집' 그림. 모양도 크기도 제각각이다. 이층집도 있고 빌딩도 있다. 맨션이라는 의미일 것이다. 일층에 점포가 있는 그림도 보인다. 이 그림을 그린 아이는 신과 마찬가지로 장사를 하는 집의 아이일 것이다.

이런 귀여운 그림들 속에, 딱 한 장 어울리지 않는 그림이 섞여 있었다.

정확하게 말하면 세로 세 줄, 가로 다섯 줄 사이에 섞여 있는 것은 아니다. 그림들을 보고 섰을 때 오른쪽 아래에, 급하게 덧붙인 듯이 매달려 있다. 그래서 그 그림의 아랫부분은 패널에서 삐져나와 있었다.

게다가 그 그림은 딱 봐도 다른 열다섯 장의 그림과는 전혀 달랐다.

우선 색깔이 없다. 연필로 그렸을까. 데생이라는 걸까.

그리고 잘 그렸다.

이것만은 어른이 그린 그림이다. 누가 보아도 그렇게 생각할 것이다. 담임선생님의 그림일까. 그렇다면 그 선생님은 성에 살고 있다는 뜻이 되는 셈인데.

새로운 번호가 불렸고 패널 앞에서 또 한 명이 비켜 주었다. 신은 의자 옆을 지나 패널로 다가갔다.

그렇다. 이것은 성이다. 주택이나 저택 수준이 아니다. 규모도 구조도 다르다. 한 쌍을 이루는 첨탑을 이고 있고, 중앙에는 돔이 있다. 돔 주위에는 조각이 장식되어 있는 것 같다. 첨탑 양쪽에는 삼각지붕이 두 개. 창은 우아하고 아름다운 아치형을 띠고 있다. 앞쪽에 있는 것은 발코니일까.

성의 아래쪽 절반 정도는 그려 놓지 않았다. 울창한 숲에 둘러싸여 보이지 않는다. 성에 비해 숲을 묘사한 필치는 담백해서 대강 연필로 쓱쓱 그렸을 뿐이지만, 나뭇잎이 우거진 짙은 초록색 숲이라는 느낌이 잘 표현되었다.

아이들의 그림에는 전부 작자의 이름이 쓰여 있다. '아오키 마도카', '간노 쇼타.' 서툰 글씨다. 하지만 이 어울리지 않는 성의 데생에만은 이름이 없다.

게다가 아이들의 그림은 모두 도화지에 그린 것인데 이 데생만은 스케치북을 사용했다. 스파이럴식이라고 하던가, 돌돌 말린 철스프링 같은 것으로 묶여 있는 타입의 스케치북이다. 그림을 그리고 나서 그 페이지만 찢어 낸 것일까. 아니면 찢어 내고 나서 그린 것일까. 직사각형 종이 윗변에 깔쭉깔쭉한 부분이 남아 있다. 사이즈도 도화지보다 훨씬 더 작다.

16

아이들의 작품은 뒤쪽에 양면테이프나 뭔가를 붙여서 패널에 고정했을 것이다. 하지만 성의 데생은 아무렇게나 셀로판테이프를 붙여 매달아 놓았다. 그것도 윗변 한가운데에, 1센티 남짓 되는 셀로판테이프를 붙여 두었을 뿐이다. 똑바로 고정하지도 않아서 왼쪽 부분이 약간 내려갔다.

그건 그렇고 예쁜 데생이다.

신은 손끝으로 살며시 성의 첨탑 부분을 만져 보았다. 가루 같은 감촉이 느껴졌고 첨탑의 윤곽을 그린 선이 약간 번진 것처럼 되었다. 손가락을 보니 검은 가루가 엷게 묻어 있었다.

미안한 짓을 한 기분이 든다.

─뭘까, 이 그림.

분명히 이 그림 하나만 동떨어져 있다. 아이들의 그림이 전시된 패널 한쪽 구석에 오도카니 매달려 있다. 마치 누군가가 몰래 섞어 넣은 것 같다. 응, 그렇다. 담임선생님의 작품이라는 가설은 철회. 선생님의 그림이라면 아이들과 똑같은 도화지에 그렸을 테고 똑같이 꼼꼼하게 붙였을 것이다.

누굴까. 이곳에 근무하는 은행원? 아니면 손님일까. 그림 그리기를 좋아하고 실력에 자신도 있다. 자신의 작품을 남에게 보여 주고 싶다. 그래서 '우리 집 우리 집' 전시를 이용하기로 했다. 몰래 끼워 넣다 보니 저렇게 조잡하게 붙이게 되었다─.

"오래 기다리셨습니다. 149번 손님, 3번 창구로 와 주세요."

신의 차례다. 허둥지둥 3번 창구로 간다. 입금할 곳은 세 군데고, 전부 우수리가 있는 성가신 금액이다. 창구 담당 여성이 척척 계산해 주어서 신은 가져온 봉투에서 돈을 꺼냈다.

수속이 끝날 때까지 2분인가 그 정도밖에 걸리지 않았을 것이다. 봉투와 잔돈을 파카 주머니에 쑤셔 넣고 신은 카운터를 떠났다. 창구가 닫히는 오후 3시가 다가와 은행도 조금은 한산해지기 시작한 것 같다고 생각했을 때, 자동문이 열리고 또 몇 사람이 들어왔다.

—어?

패널에서 그 성의 데생이 사라지고 없었다.

패널 앞에는 또 사람이 서 있다. 그 사람 앞을 지나쳐 가는 사람도 보인다.

신은 의자들 열을 둥글게 돌아 패널 옆으로 되돌아갔다. 바지의 무릎 언저리가 의자에 앉아 다리를 꼬고 있던 젊은 여성의 구두에 닿았고 여성이 자못 불쾌하다는 듯한 얼굴을 하고 신을 노려보았다. 그 반응, 반대여야 한다고 생각하는데요.

그런 것은 아무래도 상관없다. 그 그림, 어디로 갔을까?

두리번두리번 둘러보고, 패널 뒤쪽도 들여다본다. 없다. 어째서 없을까?

그러고 나서 발견했다. 패널 옆에 줄지어 있는 서류 기입용 탁자의 발치에 떨어져 있었다. 어째서 저런 곳에? 패널에서 벗겨져 떨어진 후 미끄러져 간 걸까.

—아, 나 때문일지도.

번호가 호출되어 패널 옆을 떠날 때 소매나 팔꿈치로 건드려 버렸을지도 모른다. 아니, 호출되었을 때 종이 끝을 손가락으로 만지고 있었던 듯한 기억도 있다. 어느 쪽이든 짧은 셀로판테이프로 적당히 붙여 놓았으니 신이 움직이는 바람에 떨어져 버린 것이 아닐까.

주우려고 발을 내딛었다. 마침 그때 신의 반대쪽에서 양복에 코트를 걸친 덩치 큰 남자가 서류 가방을 들고 탁자 앞으로 다가왔다. 창구가 닫히기 전에 뛰어들어 온 거라 서두르고 있다.

그리고 남자의 구두가 그 데생을 제대로 밟았다.

발밑에 무엇이 있는지 전혀 신경 쓰지 않는다. 깨닫지도 못한다. 그래서 바로 한가운데를 밟았다. 잘 닦인 검은 가죽 구두. 끝이 뾰족한 세련된 디자인이다.

서류 가방을 탁자에 올려놓고 뚜껑을 열어 안에서 서류를 꺼내더니 그것을 곁눈질로 보면서 남자는 창구 제출용 서류를 작성하고 있다. 아무렇게나 휘갈겨 쓴 글씨. 옆얼굴만 봐도 불쾌해하고 있음을 알 수 있다. 이렇게 바쁜데 어째서 내가 이런 잡일을 해야 하는 거야.

마음은 알겠지만, 여보세요 아저씨. 당신, 그림을 밟고 있어요.

남자가 서류를 다 작성했다. 서류 가방을 닫고 몸의 방향을 바꾸어 탁자를 떠난다. 역시 서두르고 있다.

두려워하던 일이 일어났다. 남자가 기세 좋게 걷기 시작했기 때문에 그냥 그림을 밟는 게 아니라 짓뭉개고 말았다.

남자의 구두 밑바닥을 떠난 그 성의 데생은 가볍게 위치를 바꾸어 신 쪽으로 30센티쯤 더 가까이 다가왔다.

반쯤 입을 벌린 신은 쪼그려 앉아 그림을 주워들었다.

멋지게 구두 발자국이 나 있다. 짓밟힌 곳에 주름이 가서 선이 일그러져 버렸다. 모처럼 아름다운 데생이었는데 엉망이 되었다.

손에 들어 보고 알았다. 이 그림을 패널에 고정해 둔 셀로판테이프는 짧은 데다 접착력이 약해진 상태였다. 만져 보니 거의 끈적거리지 않는다. 이래서는 원래대로 붙을지 어떨지 알 수 없다.

―그보다, 붙여도 되는 걸까.

애초에 이 그림은 정규 전시물이 아닌 것 같다.

어떻게 하지. 안내 담당 직원한테 갖다 줄까. 이거, 떨어져 있었어요.

그건 좋지만 발자국에 대해서 물으면 어떻게 하지. 네가 밟았니? 네가 이 그림을 더럽혔어?

뭐, 그렇게까지 힐문하듯이 묻지는 않겠지만, 왠지 꺼림칙하지 않은가. 밟은 건 내가 아닌데.

또 새로운 손님이 탁자로 다가왔다. 화려한 옷차림의 아주머니다. 안내 직원이 따라왔고, 둘은 바쁜 듯이 뭔가 말을 주고받았다.

"여기 있는 전표에 기입해 주세요."

"일일이 써야 돼요? 왜 기계로는 안 되는데요?"

"죄송합니다. 규정이어서요."

3분의 2초 동안 선후책을 생각했다. 나머지 3분의 1초에 신은 행동했다. 주운 데생을 파카 주머니에 집어넣은 것이다. 어머니가 맡긴 청구서와 돈이 든 봉투를 쑤셔 넣은 주머니와는 반대쪽에.

그러고는 일어서서 빠른 걸음으로 로비에서 밖으로 나갔다. 은행 옆에는 일방통행 길이 있고 그것을 건너면 미용실과 입식 국수 가게가 있다.

신은 그 앞에서 걸음을 멈추고 머뭇머뭇 주머니에서 꺼내 보았다.

아름다운 성의 데생은 이번에야말로 구깃구깃해졌다.

구하려고 한 건데.

신은 슬쩍 어깨 너머로 뒤를 돌아보았다. 사실은 전혀 그렇지 않은데, 뭔가를 몰래 훔쳐 온 기분이 드는 것은 왜일까.

입식 국수가게의 자동문이 열리고 메밀국수 육수의 달콤한 냄새가 풍겨 왔다.

2

구깃구깃해진 천은 다리미로 펼 수 있지만 구깃구깃해진 종이는 그렇게는 되지 않는다. 천의 얼룩은 뺄 수 있지만 스케치북 같은 종이의 얼룩을 빼는 것은 불가능하다.

신은 자신의 방에 있다. 책상 위에 그 종이를 올려놓은 다음, 책상에 팔꿈치를 괴고 그 위에 턱을 올려놓고는 아까부터 세 번째로 콧김을 내뿜고 있다.

요즘 쨍쨍하니 맑은 날씨가 계속되고 있는데, 불쾌한 듯이 글씨를 휘갈겨 서류를 작성하던 그 남자는 은행 로비에 들어오기 직전에 어디에선가 물웅덩이라도 밟고 온 모양이다. 도장이라도 찍은 듯이 또렷하게 난 구두 밑창 자국은 그저 더럽기만 한 것이 아니라 살짝 젖어 있었다. 그 점이 사태를 더욱 악화시켰다.

신의 힘으로는 이 그림을 원래대로 돌려 놓을 수 없을 것 같다. 죄송합니다.

어디의 누가 그린 것일까. 어째서 그렇게 '전시'되어 있었던 것일까. 작자는 이것을 몰래 패널에 붙여 놓고, 가끔 어떤지 보러 오곤 했던 걸까. 그렇다면 사라진 걸 알고 놀랄 것이다. 하지만 구두 밑창 자국이 또렷하게 찍힌 자신의 작품을 발견하는 것보다는 나으려나.

―이거, 어떡하지.

순간적으로 가져와 버리긴 했지만, 수복할 수 없다. 그렇다고 버릴 수도 없다. 멋대로 가지고 나와서 멋대로 버리다니, 그런 무례한 짓은 할 수가 없다.

그럼 어째서 가지고 나온 거냐.

―어쩌다 보니까요.

라고밖에 말할 수가 없다.

뭔가 생각이 있었던 거냐.

―없습니다.

라고밖에 대답할 수가 없다. 어쩔 수가 없어서 또 콧김을 내뿜는다.

신이 각별하게 그림을 좋아하는 것은 아니다. 오히려 싫어한다. 더럽게 못 그린다. 초등학교 때부터 현재까지, 그림을 그려서 좋은 점수를 받은 적이 없다.

내신이 중요한 이번 추천에서도 가장 불안했던 것이 미술과 음악 성적이었다. 다만 작문은 잘해서, 어느 모로 보나 우등생다운 감상문을 써서 두 과목 모두 돌파했다. 시립 도서관에서 발견한 각종 『감상의 입문』 같은 책을 대량으로 베껴서 이어 붙였을 뿐인 작문이었다.

이런 변칙 기술로도 어떻게든 붙은 까닭은 하나다 시의 교육위원회가 그런 방침을 취하고 있기 때문이다. 미술이나 음악처럼 어느 정도는 타고난 센스에 좌우되는 과목의 성적을 오직 실기로만 평가하면 불공평해진다, 실기 외에 감상력이나 본인의 노력도 충분히 고려한 평가 방법을 취하자, 라는 사고방식이다. 참고로 체육만은 감상문으로 넘길 수가 없지만, 운동신경이 둔해도 열심히 수업에 참여하고 단체 경기에서 협동심을 발휘했다는 평가만 받으면, 게다가 그 학생이 다른 주요 과목에서 좋은 성적을 받았으면, 내신에서 흠이 될 만한 점수는 주지 않기로 되어 있다.

그건 그렇고, 신은 미술 애호가가 아니다. 자신이 잘 못하니까 흥미도 없는 것이다. 그런데 어째서 오늘은 이 성의 데생에 마음이 끌린 걸까.

그 자리에 어울리지 않았기 때문일까. 그 존재가 이상했기 때문일까.

실제로 이상한 그림이다. 이 성은 어딘가에 실제로 존재하는 걸까? 이 그림의 작가는 퇴직금을 듬뿍 받아서 유유자적 살아가는 베이비붐 세대의 아저씨이고, 최근에 유럽 고성 투어에서 돌아온 지 얼마 안 되었다거나.

―고성, 이라.

이 그림의 성도 고풍스러운 분위기가 있다. 성이라면 모두 오래되었을 거라는 편견이 있지만 이런 편견보다도 분위기가 세월을 느끼게 한다. 이 데생의 작가에게는 그 정도의 묘사력이 있다.

있다, 고 생각한다. 베끼기만 해서 감상문을 써 내 놓고 이런 말을 하다니 주제넘지만.

실제로 존재한다면 어느 나라에 있을까. 명칭은? 언제쯤 지어진 것일까. 건축물에 대해 잘 아는 사람이 보면 건물의 구조나 첨탑의 디자인 등을 통해 어느 정도 추측할 수 있겠지만 신의 능력으로는 불가능하다. 이렇게 더러워지고 상해 버린 상태로는 남에게 보여 주기도 내키지 않는다.

숲에 둘러싸여 있어서인지 떠들썩한 도시에 있는 성인 것 같지는 않다. 가는 데 어느 정도 수고가 드는, 한적한 곳에 서 있을 듯한 기분이 든다. 이 또한 단순한 인상에 지나지 않지만.

쓸쓸하다.

이 데생 속에서는 쓸쓸한 바람이 불고 있는 것 같다.

황량—하다고 할 정도로 넓은지 어떤지는 알 수 없다. 다만 사람의 기척이 느껴지지 않는다.

공허를 그림으로 그린다면 이렇게 될까.

어느 나라의, 어느 지방에 있는 성일까. 신은 데생을 손에 들고 다시 자세히 들여다보았다.

그때 어떤 말이 머리를 스쳤다.

—kingdom gone.

'사라진 왕국'이라고 번역하면 되는 모양이다.

신이 그냥 생각해 낸 말은 아니다. 책상 서랍 어딘가에 들어 있을 것이다. 그저께 영어 수업 때 마에지마 선생님이 신을 포함한 반의 포스트 수험생들 세 명에게 준 리스트다.

"너희는 한가할 테니까, 소설을 좀 읽어 봐."

영어로 쓰인 문학 작품을 원서로 읽어 보라는 것이었다. 보통 공립 중학교 3학년생한테 줄 과제는 아니다.

"이달 말까지 이중 한 작품을 골라서 번역하도록. 영어를 일본어로 번역하는 건, 실은 일본어 문장 표현력이 중요한 작업이기도 하니까 국어 능력이 향상돼서 일석이조거든."

그러고는 자신이 추천하는 단편소설 리스트를 주었다. 원제와 저자명이 적힌 일람표로, 총 열 작품이었다. 저자 중에는 에드거 앨런 포나 O. 헨리 등 유명한 이름이 있다. 전혀 모르는 이름도 있다.

"전부 일본어 번역본이 나와 있으니까 서점이나 도서관에 가서

'참고서'를 찾아봐도 돼. 다만 원제를 보고 일본어 제목을 짐작하지 못하면 그것도 못 하겠지만."

리스트 속에는 'The Princess of Kingdom Gone'이라는 제목이 있었다. 프린세스라는 말에 눈이 간 것은 열다섯 살 나이의 남자아이로서는 어쩔 수 없는 일이다.

작가는 'Alfred Edgar Coppard.' 알프레드 에드거 코파드라. 전혀 모르는 이름이다. 같은 에드거라도 포와는 다르다.

"이거, 유명한 작품이에요?"

신이 손을 들고 질문하자 마에지마 선생님의 얼굴은 기뻐 보였다.

"코파드. 아니?"

"전혀요."

하지만 제목이 좋네요, 라고 말하자 선생님은 더욱 기쁜 듯이 웃었다.

"좋지? 나는 젊었을 때부터 이 작가를 좋아했어. 일본어 번역본이 적은 걸 유감스럽게 생각하고 있었지."

마에지마 선생님은 쉰 살이 넘었다.

"최근에 적당한 문고본으로, 좋은 새 번역판이 나왔어. 그렇지 않다면 아무래도 갑자기 중학생한테 권할 수야 없지."

선생님은 참고서 사용을 전제로 하고 있다.

"코파드는 영국 작가인데, 쉽게 말하자면 환상소설을 쓰던 사람이야. 미스터리와 달리 뚜렷한 기승전결은 없지만 괴담 같은 작품도 많고, 재미있으니까 읽어도 손해 보지는 않을 거다."

"이 제목은 무슨 뜻이에요?"

"우선 직접 번역해 봐."

"……가 버린 왕국의 공주님."

선생님은 웃음을 터뜨렸다. 조용한 교실에서 과거 기출 문제와 씨름하고 있는 진짜 수험생들이 시끄럽다는 얼굴을 했다.

선생님은 목소리를 낮추었다. "'가 버린 왕국'은 아니지. 이 경우 'gone'은 '사라진'이라고 번역하는 게 좋아."

"사라져 버린 왕국, 이요?"

"영어권의 문화—랄까 기독교권의 문화에는 'kingdom to come', 즉 '도래할 하느님의 나라'라는 개념이 있지. 이 제목에는 그 반대의 의미가 담겨 있는 걸 거야."

"신이 사라져 버린 나라요?"

신이 없는 나라. 신이 사라져 버린 나라, 일까.

"뭐, 읽어 보렴."

그렇군요, 흥미가 생겼어요, 라는 기분은 들지 않았다. 뚜렷한 기승전결이 없는, 즉 이야기가 재미있을 것 같지 않은 소설은 귀찮아서 싫다. 결국 리스트 중에서 코난 도일의 셜록 홈즈 단편을 골라, 원문의 복사본을 받았다. 마에지마 선생님도 세 포스트 수험생의 선택이 그런 방향으로 갈 것은 알고 있었는지, "뭐야, 재미없구나"라면서 끈질기게 굴지는 않았다.

그 후 그대로 전부 책상 서랍에 처박아 두었던 것이다. 일단 월

말이 제출 기한이지만, 이걸로 성적이 어떻게 달라지는 것도 아니고 선생님 또한 포스트 수험생에게 심심풀이 삼아 내준 과제다. 애초에 마에지마 선생님에게는 그런 취미라고 할까, 수업을 즐기는 버릇이 있어서 일부 보호자들의 노여움을 사곤 했다.

그런 이유로 신의 머릿속에는 의미심장한 제목의 단편斷片이 걸려 있었다. 'kingdom gone.' 이 말이 지금 문득 떠오른 것이다.

이 고성의 데생에 어울리는 말인 것 같다. 사라진 왕국. 신이, 번영이, 또는 그 나라의 존재 자체가.

사라진 왕국의 성. 사라지고 잊힌 나라의 성. 그래서 이렇게 쓸쓸하고, 텅 빈 느낌이 드는 게 아닐까.

아니면 이것은 비참하게 짓밟힌 이 데생에 대한 동정일까.

결국 신은 성의 데생을 마에지마 선생님의 과제와 마찬가지로 책상 서랍에 집어넣었다.

신은 친구가 적다.

사실 친구다운 친구는 없다고 봐도 좋을 정도다. 학교는 물론이고 3학년이 되고 나서 다니기 시작한 학원에서도 마찬가지였다.

좋은 의미로도 나쁜 의미로도, 눈에 띄지 않는다.

눈에 띌 만한 일은 하지 않는다. 인기인도 아니고, 이유가 되어 괴롭힘을 당할 만큼 좋게도 나쁘게도 돌출된 개성이 없다. 무엇을 해도 그럭저럭 평균이고, 자랑할 수 있을 정도로 잘하는 일도 없다. 외모도 마찬가지. 나쁘지는 않지만 좋지도 않다. 평균보다 약간 몸집이 작지만 많이 작은 것도 아니다.

3학년 5월에 은퇴할 때까지 줄곧 연식 테니스부에 소속되어 있었다. 성실하게 연습하고 시합에도 몇 번 나갔지만 이렇다 할 성적을 남기지는 못했다. 동아리 선배들한테는 '벽'이라고 불리곤 했다. 신과 치고 있으면 벽에 대고 치는 것과 똑같은 느낌이 들기 때문이란다.

별명에 관해 말하자면, 초등학교 6학년 때의 담임교사(남성)에게 '탄탄멘'이라고 불린 적이 있다.

"오가키는 어떤 때에도 담담하니까." "탄탄멘'은 중국에서 유래한 매콤한 면 음식으로, 다양하게 변형되어 아시아에 퍼져 있다. '담담하다'의 일본어 발음 역시 '탄탄'으로 같기 때문에 이를 이용한 말장난.

재미있는 말장난은 아니지만 상대가 초등학생이라서 그날 하루 정도는 먹혔다. 다음 날에는 모두 잊어버렸다. 당사자인 선생님조차도.

지금에 이르기까지 신에게는 별명다운 별명이 붙은 적이 없다. 글자도 발음도 드문 오가키라는 성 때문에 가끔 '오카키' 찰떡을 얇게 썰어 말린 것'라고 부르는 친구도 있지만 모두가 그렇게 부르는 것은 아니다. 친밀함을 담아서가 아니라 장난으로 "어이, 오카키"라고 부르며 웃는 친구는 신과 함께 웃는 것이 아니라 자신의 동료들과 함께 웃는다.

이를 신경 쓴 적은 없다. 그런 일로 웃다니 어린애 같은 놈들이구나, 라고 생각할 때는 있지만 그렇게 입 밖에 내어 말한 적은 없다. 쓸데없이 귀찮은 일을 일으킬 뿐이니까.

분명히 자신이 담담하다는 자각은 본인에게도 있다. 아마도 물려받았으리라 짐작한다. 부모가 그런 성격이다.

손님 장사를 하면서도 단골손님에게조차 붙임성 있는 말 한 번한 적이 없다. 쓸데없는 말은 하지 않는다. 손님과 친해지지도 않는다. 부부 사이에서도 그래서, 신은 부부싸움을 본 적이 없다. 싸움을 하지 않는 것은 아니고, 이거 좀 험악한 분위기구나—라고생각할 만한 국면은 일상적으로 있지만 언제나 연기가 좀 날 뿐이고 불꽃이 일어나는 일은 없는 채로 어느새 수습된다.

아버지 도미오의 퇴사라는 일대 사건이 일어났을 때도 부부 사이에 그리 깊은 대화는 없었던 것 같은 기분이 든다. 어머니 마사코가 반대한 것 같진 않았고, 회사를 그만두는 걸 도미오가 비장하게 여긴다는 느낌도 들지 않았다. "나는 하겠다! 한 나라의 주인이 되겠어!"라며 용약하는 분위기로 들떠 있었던 것 같지도 않다. 조리사 면허는 퇴사를 결정하기 전에 땄지만 그때도 뭔가 강한 뜻이 있었던 것은 아니고, 우연히 회사 일이 한가하고 시간이 있었기 때문이라는, 그저 그 이유뿐이었던 모양이다.

왠지 모르게 괜찮은 부부라고, 부모님에 대해 생각한다. 파장이 맞는다. 도미오는 요리 외에 프라모델 조립도 좋아하고, 깨끗한 것을 좋아하는 마사코는 남편이 만들어 장식해 놓은 전투기나 군함 프라모델에 먼지가 쌓이지 않도록 매일 청소를 한다. 그것만으로도 좋은 조합일 거라고 생각한다. 어디에서 어떻게 만나서 결혼했는지 모르(물어본 적이 없)지만, 결혼 전에 마사코는 어느 신용금고에서 근무했다고 하니까 회사원 시절의 도미오와 거기에서 만났을 것이다.

오가키 가의 세 사람의 DNA를 분석해 보면 어딘가에서 공통된 'TANTAN' 인자가 발견될 것이다. 그러니까 그걸로 됐다. 초등학생 때는 초등학생 노릇을 하기가, 중학생 때는 중학생 노릇을 하기가, 신은 버거웠다. 본인으로서는 버거운데 남의 눈에는 담담해 보인다면 이는 타고난 특질이다. 게다가 손해 보는 특질이 아니다 —적어도 오늘까지는 큰 화 없이 살아왔다. 좋지 아니한가.

가끔 '담담'이 아니라 '표표飄飄' 같은 거라면 조금 더 인기가 있지 않을까 생각한 적은 있었다. 은근한 인기인 말이다. 하지만 어떻게 해야 담담에서 표표로 변화할 수 있는지를 알 수가 없다.

게다가 신은 지난주 이후로 조금, 지금까지 경험한 적이 없는 분위기를 느끼고 있다. 재빨리 지망 학교에 추천 입학이 결정되어 포스트 수험생이 되고 난 뒤로 왠지 반 친구들의 시선이 싸늘해진 듯한 기분이 드는 것이다.

—편해서 좋겠네.

부러움을 사고 있는 것은 아니다. 그렇게까지 모두 신에게 관심을 갖고 있지 않다. 꽤 하네, 하며 다시 보고 감탄한 것도 아니다. 신이 붙은 학교는 그렇게까지 대단한 레벨의 학교가 아니다. 따라서,

—오가키는 역시 시시한 녀석이야.

라고 생각하고 있을 것이다.

담임선생님도 진로 지도 선생님도, 신이 '그렇게까지 대단한 레벨이 아닌' 고등학교의 추천 입학 전형에 합격한 것을 말리지도 않았고 칭찬하지도 않았다. 다만 신의 착각이 아니라면, 조금이지만 신에게 고마워하는 듯한 기분이 들었다.

—모두 너처럼 손이 안 가는 학생이면 좋을 텐데.

—너처럼 손이 안 가는 학생은 끝까지 손이 안 가게 해 주어서, 정말 계산대로야. 고마워.

그런 인상을 받았다.

그래요? 선생님이 그렇게 생각해 주신다면 저도 기뻐요.

그래서 현재 신은 조금 긴장이 풀려 있다.

자신 안에 약간 빈틈이 생긴 것 같은 기분이 든다. 포스트 수험생이 되어서 중학생 노릇을 하기가 버겁지 않게 되었으니까.

그 빈틈이 오늘은 신에게 '쓸데없는 짓'을 하게 했다. 정규 전시물이 아닌 듯한 정체불명의 그림에 마음이 끌려서 결과적으로는 훔쳐서 가져와 버리다니, 평소의 신이라면 절대로 하지 않을 일이다.

그렇다. 모두 빈틈 때문이었다.

—내일 버리자.

신은 자기 전에 책상 서랍을 열고 다시 한 번 그 고성의 데생을 보았다.

오늘 주워 와서 오늘 버리면 미안하다. 하룻밤이 지나면 조금은 양심의 가책이 줄어들 것이다. 하룻밤으로 안 된다면 모레 버려도 좋다. 이것은 도미오와 마사코가 냉장고 안에서 유통기한이 이삼 일 지난 식재료를 발견했을 때 그대로 내버려 두었다가 일주일이나 열흘이 지난 뒤 버리는 심리와 비슷하다. 역시 부모자식이다.

신은 목욕을 하고 나온 참이었다. 하도 빨아서 색이 바랜 트레이닝복 차림이고, 어깨에 수건을 걸치고 있다. 언제부턴가 오가키가에서는 아무도 파자마를 입고 자지 않게 되었다. 모두 낡은 트레이닝복 차림으로 잔다. 어머니 마사코의 말로는, 아침에 쓰레기를 내놓아야 할 때 허둥지둥 옷을 갈아입지 않아도 되어서 편리하다고 한다.

신은 양손으로 조심스럽게 고성 데생을 집어 들었다. 이렇게 얼굴을 가까이 해서 볼수록 그림을 밟아 뭉갠 무례한 신발 자국이 신경 쓰이지 않는다. 접근해서 마음의 눈으로 보기 때문이다. 약간 과장스러운 생각이지만.

냄새를 느꼈다.

코끝을, 바람이 스친 기분이 들었다.

신은 눈을 들었다. 창문 커튼은 쳐 놓았다. 창문도 닫았을 것이다. 그렇지 않다면 이런 계절이니까 추워서 견딜 수 없다.

다시 한 번 데생에 시선을 떨어뜨린다.

역시 냄새가 난다.

불쾌한 냄새는 아니다. 푸른, 물 같은 냄새.

—공원의 냄새다.

그렇다기보다 숲의 냄새다. 초록의 냄새다.

신은 저도 모르게 한 손을 들어 코를 눌렀다. 바디 샴푸 냄새가 희미하게 남아 있다.

아직 덜 마른 머리카락이 가볍게 흔들렸다.

바람이 불고 있다.

신은 그림을 놓고 의자에서 일어섰다. 창문 커튼을 열고 문단속을 확인한다. 분명히 닫혀 있다.

이 집은 지은 지 십오 년 정도 된 단독주택이다. 오 년 전 도미오가 '파인애플'을 열 때 점포가 딸린 주택을 설비까지 통으로 구입했는데, 전 주인은 이곳에서 주점을 경영했다. 당시의 카운터가 지금도 '파인애플'의 카운터로 남아 있다.

점포를 개장할 때 집 내부에도 약간 손을 댔다. 창틀은 전부 알루미늄 새시로 바꿨다. 그래도 목조 단독주택이라서 어딘가를 통해 외풍은 숨어 들어온다.

하지만 밖에서 들어오는 바람이 숲의 냄새를 머금고 있을 리 없다. '파인애플' 옆집은 미용실이고, 그 옆은 세탁소. 이곳 거리는 버스가 다니는 길에 면해 있고, 상점가라고 할 정도로 모여 있지는 않지만 점포들이 주택들 사이에 뒤섞여 있다. 오가키 가와 마찬가지로 자택에서 장사를 하고 있는 주민도 많다. 길을 사이에 둔 건너편에는 라면가게가 있다. 평상시에 신은 이곳에서 다양한 종류의 냄새를 맡지만 숲 냄새를 맡은 적은 한 번도 없었다. 가장 가까운 공원도 두 블록 이상 떨어져 있고, 근방에 넓은 마당이 있는 집은 없다.

숲의 냄새. 지금 가까운 곳에 존재하는 숲이라면—.

창문 커튼을 움켜쥔 채, 신은 책상 위의 그 그림을 돌아보았다. 그러고 나서 믿을 수 없는 것을 보았다.

그림 속의 숲이 희미하게 움직였다. 바람에 나무가 흔들린다.

신은 눈을 깜박였다. 잘못 본 것이다. 연필로 그린 데생이 움직일 리가 없다.

하지만 여전히 냄새가 난다. 뿐만 아니라 바람 소리까지 들리는 듯한 기분이 든다.

신은 살금살금 책상 앞으로 돌아갔다. 신이 그림이 움직이고 있음을 알아챘다는 것을 그림이 눈치채면 '아, 위험해' 하면서 움직임을 멈춰 버릴 것 같다—고 생각하는 것도 정상은 아니다.

숲 앞쪽, 나무의 키가 낮아지고 데생의 터치도 바뀌는 부분. 아마 나무의 종류가 바뀌는지, 그 느낌이 연필 선의 농담濃淡과 굵기의 차이만으로 잘 표현되어 있는 장소가 가볍게 흔들렸다.

신은 그 나무의 움직임을 직접 확인하기라도 하려는 듯이 손을 뻗어 데생 위에 손가락을 대 보았다.

순간 그 일은 일어났다.

언젠가 TV 명화 극장에서 그리스 신화를 소재로 한 할리우드 영화를 보았다. 빛나는 갑주나 호사스러운 로브로 몸을 감싼 올림포스의 신들이, 자신들이 조종하는 지상의 인간들의 모습을 보기 위해 커다란 수반을 들여다보는 장면이 나왔다. 투명한 물을 담은 수반은 이제 막 힘든 항로로 배를 저어 나가려는 인간들의 모습을 비추었다. 신은 이렇게 지상의 모습을 보고 계십니다—.

그것과 똑같았다. 신은 데생한 고성의 풍경을 바라보고 있다. 방금까지 바라보고 있었던 것은 평범한 그림이었다. 지금은 아니다. 진짜 풍경이다. 숲이 움직이고 있다. 나무들이 흔들린다. 바람이 분다. 하늘은 약간 흐리고, 그 하늘의 구름도 흘러가고 있다.

느껴진다. 냄새도 난다. 그 점에서는 영화 속 올림포스 신들의 상황과도 다르다. 신은 그저 풍경을 보고 있는 것이 아니다. 그 풍경이 존재하는 세계 속에 얼굴을 집어넣고 있다.

어릴 때 신은 좀처럼 헤엄을 치지 못했다. 수영장 속에서 눈을 뜰 수가 없었던 것이다. 소독용 염소 때문에 눈이 따가워서가 아니다. 수경을 쓰고 있어도 마찬가지였다. 왠지 무서워서, 굳게 눈을 감아 버리는 것이다.

그러자 도미오가 목욕용 플라스틱 대야를 가져와 거기에 물을 채웠다.

—여기에 얼굴을 담가 봐.

대야 밑바닥에는 튤립 그림이 있었다.

—눈을 뜨고 한번 튤립을 보렴.

연습을 거듭해서 핑크색과 노란색의 튤립을 볼 수 있게 되었을 때는 기뻤다.

그때의 감각과 비슷하다. 다만 이 그림 속에 얼굴을 집어넣으려고 숨을 참을 필요는 없다. 그림에 손을 대고 들여다보면 된다. 그것만으로도 대야 밑바닥의 튤립보다 더 또렷하게, 현실감 있는 고성의 풍경이 보인다—.

신은 깜짝 놀라 고성의 데생에서 손가락을 떼었다. 그러자 접속이 끊겼다. 고성과 숲은 풍경이 아니라 그냥 데생으로 돌아왔다.

만지면 들어갈 수 있는 걸까.

신은 자신의 손바닥과 손가락을 살펴보았다. 아무것도 달라지지 않았다. 아까 그 현상을 일으킨 것은 신이 아니다. 그림 쪽에 변화가 일어난 것이다.

하지만 낮에는 아무 일도 일어나지 않았다. 몇 번이나 그림을 만졌고, 손으로 집어 들기도 했는데 이런 현상은 일어나지 않았다. 무엇보다도, 그림이 만진 사람을 안으로 불러들이는 힘을 갖고 있다면 이것을 밟은 아저씨에게 아무 일도 일어나지 않은 것은 이상하지 않은가.

낮과 지금은, 무엇이 다를까?

—밤이라는 점?

분명히 신이 있는 이쪽은 밤이다. 하지만 그림 속은 낮이었다.

신은 웃음을 터뜨리고 말았다. 뭐야, 자기도 전에 잠꼬대부터 하다니.

그리고 웃는 얼굴 그대로 얼어붙었다.

소리가 났다. 휘파람 같다. 높고 맑고, 잘 울리는 소리.

그림 속에서 들려왔다. 이, 짓밟힌 데생 안에서.

신은 다시 한 번, 이번에는 양 손바닥을 펼쳐 천천히 그림 위에 내려 보았다. 그 양손 사이로 얼굴을 가까이 했다.

성이, 숲이, 하늘이 잘 보인다. 공기가 느껴진다. 그렇다, 공기다. 공기가 있기 때문에 냄새도 바람도 느껴지는 것이다.

또 들렸다. 휘파람이 아니다. 손가락 피리 소리다. 나무가 흔들린다. 숲이 술렁거린다. 신은 몸을 내민다. 더 앞으로. 더 깊이 그림의 세계로 들어갈 수 없을까.

들어갈 수 없다. 더 이상은 무리다. 고개를 움직이고 눈을 움직여서 눈길이 닿는 범위까지밖에 보이지 않는다.

하지만 발견했다.

숲속에 오솔길이 나 있다. 분명히 저 성으로 이어지는 길이다.

얼굴을 들고 손을 뗐다. 이번에는 똑똑히 '떨어진' 느낌이 났다.

심장이 두근거린다.

어떡하지.

―라니, 어떻게 하려고?

무엇을 어떻게 하고 싶어서, 신은 이렇게 가슴을 두근거리고 있는 것일까.

이런 그림은 찢어서 버리는 게 좋지 않을까. 어쩌면 환각제가 배어 있는 건지도 모른다. 이걸 밟은 아저씨는 구두를 신고 있었기 때문에 무사했던 것이 아닐까.

어이, 잠깐 기다려. 환각제? 누가 무슨 목적으로 그런 짓을 한다는 거야. 게다가 상관도 없는 제삼자에게 거기에 그려진 그림 그대로의 환각을 보여 줄 수 있는, 그런 솜씨 좋은 약물이 있을 것 같아?

크게 한 번 심호흡을 하고 약간 등을 젖혀 그림에서 멀어지면서
신은 생각했다.

이 그림 속에는 다른 세계가 있다.

3

잠이 덜 깬 것이다.

이튿날이 되자 그렇게 생각했다.

잠들 때 보게 되는 환각 말이다. 어젯밤의 신은 목욕을 하고 난
후라서 졸렸다. 책상 앞에서 반쯤 졸다가, 스스로는 깨어 있다고
생각하면서 꿈을 꾼 것이다. 분명 그렇다.

'파인애플'은 토요일에도 영업한다. 브런치 시간대부터 붐비기
시작하기 때문에 신도 도와야 한다. 신은 방을 나갈 때 그 고성의
데생 끝자락, 아무것도 그려져 있지 않은 부분을 집어 책상 서랍
에 던져 넣은 후 도망치듯이 등을 돌렸다. 그런 현상이 정말로 일
어났을 리 없다니까.

점심시간이 지나자 가게는 갑자기 한가해졌다. 점심식사도 마
친 뒤 부모님은 느긋하게 쉬고 있다. 신은 자기 방으로 돌아갈 수
밖에 없다.

문에 등을 기대고 책상을 노려보았다. 그런 일이 정말로 일어났

을 리가 없다―.

하지만 만에 하나 정말로 일어났다면?

다시 한 번 확인해 볼까.

데생 끄트머리를 집어 책상 서랍에서 꺼냈다. 전체를 찬찬히 관찰한다. 고성과 숲의 풍경에 변화는 없다. 그림을 무참하게 짓밟은 아저씨의 신발 자국도 그대로다.

손바닥을 바지 허벅지에 문질러 땀을 잘 닦고 나서 숲의 나무를 가만히 만져 보았다.

아무 일도 일어나지 않는다.

신은 흥 하고 숨을 내쉬었다. 그것 봐, 맞지? 아무것도 아니잖아. 어제의 그것은 역시 꿈이었어.

―아니, 잠깐만.

그 현상은 밤에만 일어나는 게 아닐까. 그래서 신이 은행에서 만졌을 때는 아무 일도 일어나지 않았고, 그림 한가운데를 밟은 아저씨도 무사했다. 뭐, 무사하다는 것은 좀 과장된 표현일지도 모르지만.

"신~."

아래층에서 마사코가 불렀다. 신은 펄쩍 뛰어오를 뻔했다.

"지금 한가할 때 방 좀 정리해~."

정리. 좋다. 명안이다. 청소를 하자. 필요 없는 것을 정리하고, 쓰레기를 내놓는다. 그 김에 그림도―이 그림도―.

버리기는 아깝다고 생각하다니 제정신이 아니다. 이상하다. 어제, 버리면 미안하다고 생각했던 일은 그나마 낫다. 오늘은 왜 '아깝다'는 생각이 들었을까.

왜냐하면 이 그림은 다른 세계로 가는 입구니까.

그런 것이 있을 리 없다고 여기면서도.

조금이라도 그림이 움직이면 금방 알 수 있도록 책상 위에 세워 두고, 신은 방 청소를 했다. 필요 없어진 참고서나 문제집을 끈으로 묶어 재활용 쓰레기 수거일에 내놓을 수 있도록 해 놓았다. 고등학교 교재를 넣을 수 있도록 책장에 빈 공간을 만들었다. 낡은 노트도 처분했다.

늘 먹는 시간에 저녁을 먹고, 늘 하는 시간에 목욕을 했다. 다시 말해서 어젯밤과 똑같았다는 뜻이다. 신의 생활은 규칙적이다.

그 후 트레이닝복을 입고 책상 앞에 앉았다. 오늘 밤에는 수건은 먼저 정리해 두었다.

창문이 닫혀 있는 것은 확인했다. 커튼도 쳤다.

신은 자는 사람을 깨우지 않으면서 어깨를 만지는 듯한 손짓으로 가만히, 살짝, 고성의 데생에 손바닥을 올려놓았다.

숲의 냄새가 돌아왔다. 나무들의 술렁거림이 귀에 숨어 들어온다.

해가 가려졌다. 구름이 움직인 것이다. 하늘은 쾌청하지 않고 전체적으로 살짝 구름이 껴 있다. 그 안쪽에 녹기 시작한 아이스크림 같은 윤곽을 띤 태양이 흐릿하게 떠 있었다.

고성은 숲속에서 머리를 내밀고 있다. 크기가 얼마나 되는지 둘러볼 수가 없다. 성은 숲에 에워싸여 있는 데다가 하얀 가스가 숲 주위를 덮고 있다.

안개가 낀 것일까. 그런 것치고는 공기의 감각이 없다고 할까, 하얗고 펀펀할 뿐, 구름 같은 움직임이 없다.

—그려져 있지 않아서?

그냥 공백인 걸까.

신은 꿀꺽 침을 삼킨 뒤 숨을 멈추고 눈을 뜨고 몸을 내밀어 보았다. 그림 속에 들어갈 수 없을까. 몸까지 통째로 그림 저편으로 들어갈 수 없을까.

안 된다. 걸리고 만다. 역시 올림포스의 신들이 수반의 영상 속으로 들어갈 수 없었던 것과 똑같다.

신은 의자를 뒤로 밀고 팔짱을 끼며 생각했다. 올림포스의 신들은 지상의 인간들에게 가까이 갈 때 어떻게 했지.

인간과 같은 크기가 되어 지상에 내려갔다.

그렇다. 저도 모르게 손뼉을 딱 쳤다. 이 고성이 실제로 이 사이즈일 리는 없을 것이다. 도화지보다도 작은 종이에 그렸기 때문에 이 크기인 것이다. 그러니까 축척의 문제다.

그림 속 세계로 들어가려면 신이 그림의 축척에 맞추어야 한다.

그럼 구체적으로 어떻게 하면 될까?

—그림 속에 딱 알맞은 축척의 나를 그려 넣는다.

합리적인 가설인 듯하다. 신은 연필꽂이에서 2B 연필을 꺼냈다. 연필을 쥐고 자세를 잡은 후, 망설였다.

신은 그림을 못 그린다. 이 미려한 데생에 실례가 아닐까.

연필로 그리면 금방 지울 수 있다. 잘 안 되면 지우개로 지우면 된다. 지금은 어쨌든 시도해 보고 싶다.

만일 이 그림이 깨끗한 상태 그대로이고, 그 무신경한 아저씨의 신발 자국이 나 있지 않았다면 신은 시도할 수 없었을 것이다. 신발 자국이 일종의 면죄부가 되어 신의 손을 움직였다.

그림 아랫부분, 묘사되어 있지 않은 나무뿌리 가까이에 그리자. 하늘 부분에 그렸다가 갑자기 거꾸로 낙하하면 곤란하다. 발이 닿을 듯한 땅 부분에 그리자.

크기는?

얼마 전에 TV 프로그램에서 여성 리포터가 독일 고성 순례를 하는 장면을 보았다. 리포터는 마치 이 그림 속 성의 첨탑 같은 곳 창문에서 얼굴을 내밀고 있었다. 그녀는 아직 성장중인 신보다는 키가 클 것 같았지만 그래도 160센티대일 것이다. 그걸 참고로 생각하면 된다.

―저 아치형 창문의 높이가 대충 내 키랑 비슷하지 않을까.

좋아, 어쨌든 시도해 보자. 신은 떨리는 연필 끝을 움직여 가장 간결한 사람 모양을 그렸다. 머리는 동그라미. 막대 같은 팔다리. 그림이 아니라 기호. 차라리 양심의 가책을 느끼지 않아도 되어서 이쪽이 더 낫다.

연필을 놓은 뒤, 양손을 비비며 심호흡을 하고 나서 방금 그린 사람 모양 위에 오른손 검지를 대 보았다.

갑자기 눈앞이 캄캄해졌다. 소리도 사라졌다. 감각이 전부 사라졌다. 호흡도 할 수 없다. 신은 허둥지둥 손가락을 떼었다.

원래대로 돌아왔다. 보인다. 들린다. 자기 방의 먼지 냄새도 난다. 익사할 뻔했을 때처럼 숨쉬기가 괴롭다. 무슨 일이 일어난 걸까?

아, 그런가.

뭘 하고 있는 거야. 신은 자신의 머리를 딱 때렸다.

평평하고 밋밋한 얼굴 기호를 그리면 그야 아무것도 보이지 않고 들리지 않고, 숨도 쉴 수 없게 되는 게 당연하잖아!

―하지만 그렇다는 것은.

시도는 성공이었던 것이다. 신은 방금 자신이 그린 사람 모양이 되어 이 그림 속에 들어갔다. 그래서 감각이 사라진 것이다.

앉은 채로 몸을 부르르 떨고 말았다. 이런 상태를 흥분으로 몸이 떨린다고 하는 것이리라.

더 잘 그리면 된다. 제대로 얼굴을 그리고, 귀도 달고, 팔다리도 굵게 한다. 자신의 다리로 땅에 설 수 있도록.

기호 같은 사람 모양을 꼼꼼하게 지우개로 지우고 이번에는 훨씬 더 인간다운 것을 그렸다. 눈은 점이 아니라 흰자위와 검은자위를 갖추고 있다. 귀처럼 생긴 모양을 그린다. 코에는 콧구멍도 그린다.

이번에는 어떨까. 검지를 올려놓는다.

툭, 하고 떨어진 느낌이 들었다.

신은 숲속에 있었다. 조감하는 각도가 아니라, 올려다보는 각도였다. 우거진 숲의 나뭇잎 사이로 흐릿하게 푸른 하늘이 보인다.

됐다!

라고 생각한 순간 털썩 쓰러졌다. 그 충격으로 손가락이 데생을 떠났고 신은 자기 방으로 돌아왔다.

신이 그려 넣은 인간 그림의 균형이 나쁜 것이다. 그래서 서 있을 수가 없다. 아마 움직일 수도 없을 것이다. 관절을 그리지 않았으니까.

─굉장히 엄밀하네.

자신의 분신이 되는 인간을 그려 넣으면 우선 그림 속에 들어갈 수는 있다. 하지만 그 분신이 균형 잡힌 사실적 인체화가 아니면 아무것도 할 수 없다.

신은 또 몸을 떨고 말았다. 조금 무섭다. 아니, 꽤 무섭다.

그림 속에 들어가서 활동하려면 자신의 분신을 이 그림 자체와 똑같은 수준으로 치밀하게 그릴 필요가 있다.

생각해 보면 당연한 이야기다. 현실 세계도 그러니까. 현실의 신의 생활 속에 존재하는 사물도 인간도, 모두 똑같은 '치밀함'을 갖고 있다. 신의 몸과 부엌에 있는 전자레인지는 물체로서는 같은 것이 아니지만 만약 이것을 '신神이 그린 그림'이라고 생각한다면 똑같은 밀도로, 똑같은 스킬과 테크닉으로 묘사되어 있다고 할 수 있다. 전자레인지만 낙서 수준으로 존재하지는 않는다.

납득이 간다. 앞뒤가 맞고 합리적이다. 그만큼 어렵다.

그런 수준의 분신을, 그림을 못 그리는 신은 어떻게 해도 그릴 수 없다.

그로부터 며칠 동안 신은 여러 시도를 해 보았다. 그림에 접근할 수 있는 때는 밤뿐이다 보니 열중하면 자기도 모르게 밤을 새우고, 책상에 엎드려 어느새 잠들어 버리기도 했다.

자신이 그릴 수 없다면 사실적인 화풍의 만화 캐릭터를 복사해서 축척을 맞춰 붙여 보면 어떨까. 아니면 사진은? 사이즈만 균형이 맞으면 되지 않을까?

소용없었다. 고성의 데생은 거기에 직접 그려진 것밖에 받아들이지 않는 모양이다. 붙이거나 올려놓거나 한 것은 안 된다.

조금이라도 나은 그림을 그리려고 노력은 해 보았다. 견본이 될법한 만화책은 모조리 참고했고, 서점에 가서 『만화 그리는 법』이라는 입문서도 사 왔다. 하지만 슬프게도 센스가 없으면 무리다. 적어도 이삼일 만에 이 그림과 똑같은 수준에 도달할 수는 없다.

손이 닿지 않는다고 생각하니 더욱 분하고 아까운 기분이 가슴에 가득 찼다. 한숨을 쉬며 연필을 놓고 고성의 데생을 만지며 올림포스의 신들 흉내를 낸다. 그런 일을 되풀이했다. 볼 수는 있다. 바람도 느껴진다. 나뭇잎의 술렁거림이 귀에 기분 좋게 들린다. 한 번, 고성의 첨탑 안쪽까지 빛이 비쳐들어 무언가가 반짝인 장면을 목격했을 때는 가슴이 뛰었다. 저것은 무엇일까. 거울이 있는 걸까.

하지만 거기에 갈 수가 없다.

그 주 중반의 2교시 수학 시간은 또 자습이었기 때문에 신은 학교 도서실로 향했다. 옆구리에 낀 노트 사이에 고성의 데생을 넣은 클리어파일을 숨겨 놓았다.

미술에 흥미가 없는 신은 화집 따위 갖고 있지 않았다. 그림의 견본이 될 만한 서적은 만화책뿐이었다. 이제는 사고방식을 좀 바꿔서 본격적인 미술서를 참고해 보자. 도서실에는 괜찮은 책이 있을 것이다.

도서실에는 아무도 없었다. 자습 시간에 이런 곳에 오는 포스트 수험생은, 신 외에는 없다. 대부분 빈 교실에 모여 있거나 동아리 방이 있는 동아리에 가입해 있으면 동아리방으로 간다.

도서실을 전세 낸 신은 미술서들을 뒤졌다. 『데생의 기초』라는 책을 발견하고 기대하며 펼쳐 보았지만, 연필로 정물화 데생을 해 보자는 내용이었고 인체화는 눈에 띄지 않았다. 어쨌든 이 책의 지도를 따라 성실하게 연습해서 신이 고성의 데생 수준에 도달할 수 있다고 해도 최소한 삼 년 후 정도의 이야기가 될 것 같다. 어쩌면 삼십 년 후일지도 모른다.

어쩔 수 없지 않은가. 못하는 것은 못하는 것이다.

생각하다 보니 지쳐서 그날 방과 후 신은 오랜만에 연식 테니스부 동아리 활동에 참가했다. 하급생들이,

"오, 오가키 선배님."

"합격 축하드려요~."

하며 붙임성 있게 말을 걸었다. 하지만 구석에서는 '벽이 왔다', '벽, 벽' 하고 속삭이는 소리를 똑똑히 들었다. 좋잖아, 벽. 아주 좋다.

다음 날도 신은 동아리 활동에서 벽이 되었다. 그다음 날도 같은 일을 했다. 몸을 움직이고 있으면 우선 해가 떠 있는 동안에는 고성의 데생에 대해서 생각하지 않아도 된다는 것을 알았기 때문이다.

그렇게 1학년 부원의 히팅 파트너 노릇을 하고 있을 때였다. 한 여학생이 정문을 향해 교정 구석에서 걸어가는 모습이 눈에 들어왔다.

—시로타다.

2학년 때 같은 반이었던 여자애다. 시로타 다마미. 저 녀석도 포스트 수험생이다. 다만 신보다 훨씬 레벨이 높은 학교에 붙었다. 아무도 놀라지 않았다. 시로타는 성적이 좋다. 내내 전교 3등 안에 들곤 했다.

하지만 시로타는 미움받는 애였다.

신이 직접 아는 것은 2학년 때 상황뿐이지만, 입학 직후부터 따돌림을 당했고 3학년 때도 같은 상태였다고 소문으로 들었다. 신 같은 남자애의 귀에까지 그런 소문이 들릴 정도로 시로타는 따돌림을 당하고 있다.

성적이 좋아서 질투받는 게 아니다. 기가 세서 주위와 충돌하는 것도 아니다.

시로타는 특이한 아이다. 녀석의 성적표에는 분명히 담임교사의 이런 코멘트가 붙어 있으리라. '협조성이 부족합니다'라고.

시로타는 웃지 않는다. 말도 거의 하지 않는다. 중학생 여자애들은 별일이 없어도 웃거나 수다를 떠는 생물이니까 그것만으로도 시로타는 아웃이다.

고고한 척한다는 악담을 들은 적이 있다. 눈매가 나쁘다, 주위 사람들을 바보 취급한다는 평도 들은 적이 있다. 그러고 보니 사회 과목의 히라이 선생님이 수업중 시로타의 태도가 나쁘다며 반 친구들의 면전에서 소리를 지른 적이 있다는 이야기도 들었다. 선생님의 이야기를 뺨을 괴고 듣고 있었다나. 게다가 노골적으로 비웃는 듯한 얼굴을 하고. 이를 알아챈 선생님이,

"시로타, 뭔가 의견이 있니?"라고 물었더니 또 노골적으로 눈을 획 피해 버렸다나.

남의 눈에 띄는 일, 쓸데없는 일을 하지 않는 것이 장점인 오가키 신에게, 이런 캐릭터의 여자애는 지뢰 같은 존재다. 가까이 가지 않는 게 최고다.

가까이 갈 용건도, 다행히 없었다.

아까까지는.

그러나 지금은 있는 듯한 기분이 든다.

왜냐하면 시로타는 그림을 잘 그리기 때문이다. 1학년 때부터 미술부였고 (미술부에서도 따돌림을 당하고 있는 것 같지만) 현 콩쿠르에도 몇 번인가 입상했다. 교장실 앞의 게시판에 붙은 작품

을 본 적이 있는데, 꽃병에 꽂힌 장미꽃을 그린 정물화로, 화풍이 엄청나게 정밀했다. 각도에 따라서는 사진으로 보일 만큼.

그렇다. 시로타는 그림을 잘 그린다.

사진 같은 그림을 그린다.

—내가 그릴 수 없다면.

누군가 그림을 잘 그리는 사람한테 그려 달라는 방법이 있지.

신의 머리에 1학년이 친 공이 부딪혔다. 웃음소리가 퍼진다. 신은 신경 쓰지 않았다. 정문을 지나 떠나가는 시로타의 모습을 눈으로 좇고 있었기 때문이다.

왕따인 시로타는 입이 무거울 것이다. 무슨 이야기를 들어도 들려줄 친구가 없으니까.

왕따인 시로타는 신에게 흥미라곤 갖고 있지 않다. 누구에게도 흥미를 갖지 않는다.

하지만 그림에는 흥미가 있을 것이다. 어떻게 해서든 시로타에게 신의 분신을 그려 달라고 부탁할 방법이 없을까.

직접 그 고성의 데생에 그려 넣어 달라고 할까? 말하기가 어렵다. 다른 종이에 그려 달라고 한 뒤에 옮겨 그릴까. 트레이싱 페이퍼를 사용하면 모사하는 것보다는 잘되지 않을까.

신은 계획을 짜면서 시로타의 동향을 살피기 시작했다. 시로타는 옆 반이었기 때문에 의외로 쉽지 않았다. 자습이 실시되면 신과 마찬가지로 조퇴해 버리거나 어딘가 다른 교실로 가는 것 같다는 사실을 알았지만, 어디에 있는 건지를 알 수가 없었다. 도서실에서는 만난 적이 없다. 미술실은 1학년이나 2학년의 수업에 사용될 때가 많고, 미술부에게는 전용 동아리방이 없다. 등하교 도중에 어디에선가 붙들 수밖에 없을 듯했다.

또 주가 바뀌어, 화요일이 되었다. 오후 5교시 때 신의 반은 국어 수업이었는데 옆 반이 왠지 소란스러웠다. 단축수업이 실시된 모양이다.

다행히 아직 선생님은 오지 않았다. 신은 가방을 안고 복도로 나갔다. 옆 반 학생들이 줄줄이 하교하는 중이었다.

시로타는 반 친구들보다 조금 늦게 홀로 교실을 나왔다. 신도 집에 가는 척하면서 뒤를 따라갔다.

계단을 내려가 홀로 나가서 신발을 갈아 신은 다음 정면 현관을 통해 정문으로 향한다. 아무도 시로타에게 말을 걸지 않는다. 시로타 역시 아무한테도 말을 걸지 않는다. 시선은 내내 아래를 향했고 옆얼굴에는 표정 같은 것이 없다.

시로타는 여자치고 키가 크다. 신보다 10센티 정도 클 것이다. 마른 체격에 뼈가 불거져 있어서 허수아비 같다. 분류하자면 숏커트, 라고밖에 평할 수가 없는 아무렇게나 자른 단발이고, 도수 높은 안경을 쓰고 있다. 교칙대로 단정하게 접은 하얀 양말. 교칙대로의 치마 길이. 선생님들이 그다지 까다롭게 굴지 않는 것을 이용해 여자아이들 대부분은 치마 길이를 짧게 하거나, 색깔이 들어간 귀여운 양말을 신곤 하는데.

마치 전봇대나 표식처럼 반 친구들에게 무시당하며, 시로타는 걸어간다. 지금 정문을 나갔다.

신은 미행했다.

제3중학교는 학구가 좁다. 학생들 대부분은 반경 5킬로 이내에 살고 있다. 시로타가 곧장 집으로 돌아간다면 그렇게 오래 미행할 필요는 없을 것이다. 게다가 내내 혼자서 걸어간다. 그것도 신에게는 잘된 일이다.

버스가 다니는 큰길을 걸어가, 다음 사거리에서 오른쪽으로 꺾는다. 왼손으로는 무거워 보이는 책가방을 들고 있다. 주위를 전혀 신경 쓰지 않는다. 덕분에 신도 평범하게 걸을 수 있었다. 우연히 같은 방향으로 갈 뿐이다.

시로타가 이번에는 왼쪽으로 길을 꺾었다. 이치반초 방향이다. 시청과 보건소와 시의 주요 시설들이 모여 있는 지구로, 주택은 적은 지역이다.

옛날에 하나다 시는 작은 성 밑에 있는 마을이었다. 성은 이미 그림자도 남아 있지 않지만, 성터가 공원으로 변했다. 이치반초에서 가장 넓은 면적을 차지하고 있는 장소가 바로 이 공원인데 전체적으로 야트막한 언덕이다.

시로타는 그 성터 공원 안으로 들어갔다. 신도 잔걸음으로 뒤를 쫓았다.

성터라고 해도 그 비슷한 것이 남아 있는 것은 아니다. 공간은 넓지만 잡목림과 식수림이 있을 뿐인 녹지로, 산책로가 빙글빙글 돌며 나 있고, 중심부에 성의 과거 모습을 그린 그림과 사연을 게시한 간판이 서 있을 뿐이다. 아이들이 놀 수 있을 만한 놀이기구가 설치되어 있지 않아서 더욱더 아무것도 없다. 개를 산책시키거나 조깅하는 사람들이 지나갈 뿐인 장소다.

시로타는 좁은 산책로를 올라가 언덕 꼭대기로 나아갔다. 예의 간판이 서 있고, 찌그러진 원 모양의 광장이 있고, 주위에 나무가 심어져 있다. 벚나무였다면 적어도 꽃놀이 명소가 됐을 텐데, 공원 담당 공무원에게 그런 재치는 없었는지 칙칙한 상록수뿐이다.

시로타는 광장 구석에 있는 벤치에 걸터앉았다.

조금 떨어진 뒤쪽에서 신은 그 허수아비 같은 뒷모습을 바라보았다.

시로타는 천천히 책가방을 열었다. 스케치북과 필통을 꺼낸다.

이 녀석, 사생하러 온 건가.

휴일이라면 몰라도 평일의 이런 시간대에 성터 공원을 찾아오는 사람은 적다. 실제로 주위를 둘러보아도 아무도 없다. 좀 더 따뜻한 계절이라면 직장인 등이 드문드문 벤치에서 낮잠을 자고 있겠지만 지금은 그렇게 따뜻한 날씨가 아니다. 게다가 오늘은 날이 흐리고, 저녁때부터 비가 올 거라는 예보가 있었다.

게다가 이 성터 공원은, 시민들에게는 유감스러운 일이지만 그다지 치안이 좋지 않다. 치한이 많기 때문이다. 지난 몇 년 동안 사건이 끊이질 않았다.

학교도 수상한 사람이 출몰하니까 주의하라고 프린트를 배포한 적이 있다. 작년 가을이었나, 밤에 조깅을 하던 여성이 습격을 받은 사건은 신문에도 실렸다.

낮이라고는 해도 이런 곳에 혼자 와서 유유히 앉아 스케치를 한다. 시로타, 의외로 대담하다. 아니, 그만큼 근성이 있으니까 중학 생활 내내 왕따로 지내도 아무렇지 않았던 걸까.

하지만 곤란해졌다. 이렇게 인기척이 없으니 오히려 어떻게 접근해야 좋을지 알 수가 없었다.

벤치에서 뒤로 5미터 떨어져 있던 신은 3미터 떨어진 지점까지 몰래 다가갔다.

춥다. 오늘은 추위가 뼛속까지 스며드는 날이다.

시로타는 스케치북에 시선을 떨어뜨린 채 묵묵히 손을 움직이고 있다. 이미 그림 그리는 데 집중해 버렸다. 오늘 학교에 있는 동안에도 내내 여기에서 그릴 그림에 대해서 생각했고, 이제야 그림 그릴 시간이 다가와서 당장 그 모드로 전환했다는 느낌이다.

군더더기가 없다.

이는 약간 신의 취향이었다.

시로타가 얼굴을 들고 전방을 바라보았다. 무엇을 사생하고 있는 걸까. 광장 맞은편에도 잡목림이 펼쳐져 있을 뿐인데.

그건 그렇고 춥다—고 생각했더니 콧속이 간질간질해지다가 재채기가 튀어나왔다.

시로타가 벤치에서 펄쩍 뛰어오를 듯이 놀라며 이쪽을 돌아보았다. 눈이 딱 마주쳤다.

안경이 비뚤어졌다. 연필을 쥔 손이 허공에 떠 있다.

거북한 걸로 치자면 이 이상의 광경도 없겠다—는 생각이 들던 찰나에 두 번째 재채기.

시로타가 손을 내리고 다시 전방을 향했다.

신은 콧물을 훌쩍거리며 약간 어깨를 흔들어 몸을 풀었다. 시로타는 다시 작업으로 돌아갔다. 신은 땅바닥을 밟으며 벤치로 다가갔다.

"어, 저기, 시로타 맞지."

말을 걸면서 가까이 다가간다. 벤치 등받이까지는 이제 손이 닿을 거리다. 교복 차림의 시로타는 목도리조차 하지 않았다. 목덜미가 추워 보인다.

"음, 나, 오가키인데. 2학년 때 같은 반이었어. 기억."

기억 안 나? 라고 말하려다가 인사할 생각으로 약간 머리를 앞으로 기울였더니 시로타의 스케치북이 보였다.

소박하게 놀랐다.

거기에도 성터 공원이 있었다. 이 살풍경한 광장과, 추워 보이는 잡목림이.

시로타는 이곳을 그리고 있다. 이곳, 이 장소를. 똑같이 베끼고 있다. 공기까지.

지금 그리기 시작한 것이 아니다. 이미 며칠을 들였고, 완성 단계에 돌입해 있다.

냉랭하다.

스케치북 속에 추위가 있다.

"―잘 그리네."

그 말밖에, 나오지 않았다.

시로타는 별 반응이 없었다. 손은 움직이고 있다. 자세히 보니 쥐고 있는 것은 연필이 아니라 검고 가느다란 막대 같은 것인데, 쥐는 부분에 종이를 감아 놓았다.

시로타가 지금 그리고 있는 것은 광장의 지면이었다. 그림자를 주고 있다. 아니 '그늘'이라고 해야 할까. 자갈과 적토가 깔린 지면의 질감을 표현하기 위해 음영을 주는 중이다.

신의 존재는 완전히 무시되고 있다.

계획대로 시로타와 접촉하게 되면 어떻게 말을 꺼낼까. 시뮬레이션을 하고, 준비를 해 왔다고 생각했는데 전혀 떠오르지가 않는다. 시로타가 그리고 있는 그림 때문이다.

시로타는 그림을 잘 그린다. 고성 스케치를 그린 사람에게 뒤지지 않는 실력이다. 기법도 비슷하지 않을까?

앗. 문득 떠올랐다.

혹시 그 그림도 시로타의 작품이 아닐까. 친구가 없고 왕따인 시로타가, 미술부에서도 따돌림을 당하고 있는 듯한 시로타가, 자신의 작품을 봐 달라고 몰래 은행 로비의 전시물에 섞어 넣었다. 있을 수 있는 일이다.

그렇다면 장황하게 설명(변명)할 필요도 없다. 실물을 보여 주자. 그게 제일 빠르다.

"시로타."

신은 가방을 열고 발치에 내려놓은 뒤 클리어파일에 넣어서 소중히 갖고 다니는 고성의 데생을 꺼냈다.

"잠깐 이것 좀 볼래? 이거 너가 그린 그림 아니야?"

신의 말투나 동작도 전혀 신경 쓰지 않고 시로타는 그저 '그림'이라는 단어에만 반응했다. 손을 멈추고 시선을 들었다가 신이 내민 데생에 눈길을 떨어뜨린다.

몇 초 동안 침묵.

"발자국이 났네" 하고 시로타는 말했다.

신은 눈을 감았다.

그렇다. 맞아. 뭘 잊고 있었던 거야, 나. 이 그림은 밟혔다고.

"내, 내가 밟은 거 아니야."

불행한 우연으로—하고 허둥지둥 말했다.

"이 그림, 엄청 잘 그린 것 같아."

시로타는 자신의 작업으로 돌아가 버렸다. 신이 내민 고성의 데생은 허공에 떠서 북풍을 맞고 있다.

"그런데 밟다니, 정말 무례한 아저씨지. 아저씨였어, 밟은 거. 내가 바로 앞에서 봤는데."

시로타는 관심이 없다.

"좀 더 자세히 봐 주지 않을래?"

신은 클리어파일에서 고성의 데생을 꺼냈다.

"이, 음영을 주는 방법이 지금 네가 그리는 방법이랑 굉장히 비슷한 것 같은데."

시로타가 손을 멈추었다. 얼굴은 여전히 숙이고 있다.

"데생이니까."

끊어서 내던지는 것 같은 말투였다.

"데, 데, 데생이면 다 이렇게 그리는 거야?"

시로타는 대답하지 않고 스케치를 재개했다. 잡목림 부분을 고치고 있다.

"그렇지는 않지? 데생에도 화가의 개성이 나타나잖아. 자세히 좀 봐. 실은 나, 이걸 그린 사람을 찾고 있어."

입에서 거짓말이 툭 나왔다. 어떤 사람이 그렸을까 하고 생각한 적은 있지만 작가를 찾을 마음은 털끝만큼도 없었다.

시로타는 귀찮은 파리라도 쫓듯이 고개를 저었다. 그 김에 왼손을 뻗어 신의 손에서 데생을 낚아챘다. 정말로 낚아채는 손짓이었다. 신이 10분의 1초만 더 늦게 손을 뗐다면 데생은 찢어지고 말았을 것이다.

시로타의 손은 데생의 아랫부분, 성을 둘러싼 숲 부분을 제대로 움켜쥐고 있었다.

한 호흡 정도 침묵이 흘렀다.

시로타의 야윈 어깨가 움찔 튀어 올랐다.

오른손에서 검은 막대가 떨어졌다. 그 손이 데생의 오른쪽 모퉁이를 움켜쥐었다. 안경이 움직였다. 어깨가 떨린다. 그리고 얼굴이 데생에 바싹 다가간다. 마치 몸을 내밀고—.

그림 속으로 들어가려는 듯이.

순간 신은 시로타의 어깨를 잡았다. 잡고 뒤로 확 끌어당겼다. 세게 힘을 주지 않았는데도 시로타는 턱을 들고 등을 젖히면서 자세를 무너뜨렸다. 동시에 고성의 데생을 놓았다.

신은 당황해서 데생을 주워들었다. 눈앞에 시로타의 (여자치고는 큰 사이즈의) 신발이 있다.

얼굴을 들자 시로타가 눈을 부릅뜨고 있었다.

"바, 방금 그거, 뭐야?"

조금 전까지와는 전혀 다른, 뒤집어진 목소리였다. 도수 높은 안경 렌즈 너머에서 커다란 검은 눈이 흔들리고 있다.

"뭐냐니, 뭐가."

신은 천천히 되물었다. 매우 느리게. 이렇게 질문하지 않을 수 없지만, 묻고 나면 돌이킬 수 없게 된다. 그러니까 적어도 느리게.

왕따인 시로타에게, 너 머리가 이상한 거 아니야? 하고 비웃음을 받는다 해도 묻지 않을 수 없다.

"혹시 시로타, 그림 속에 들어간 것 같은 느낌이 들었어?"

시로타는 눈을 크게 뜨고, 그 김에 입도 반쯤 벌리고 있었다. 그대로 끄덕끄덕 고개를 움직인다.

"이거 뭐야?" 하고 말한다. "대체 이게 뭐냐고."

대낮인데, 밤이 아닌데 그 현상이 일어난 것이다.

"뭔지는 몰라."

쓸데없는 짓을 하지 않는 것이 장점인 오가키 신이, 그 장점에

반하는 짓을 하려 하고 있다.

"모르겠지만 분명히 이 그림, 평범하지 않아."

신은 그렇게 말하고 한숨을 쉬며 일어서서, 왕따 시로타 다마미와 마주 보았다.

2장
탑 속의 공주님

過ぎ去りし王国の城

1

6교시인 사회 시간은 예상대로 자습이었다.

"열심히 공부해라."

선생님이 그런 말을 남기고 교실을 떠나자 신도 가방을 움켜쥐고 밖으로 나갔다. 복도를 조용히 걷고 계단은 리드미컬하게 내려가, 홀에서 실내화를 다른 신발로 갈아 신는다. 교정에서는 1학년들이 체육 수업으로 배구를 하는 중이다. 그 모습을 곁눈질하며 교정 가장자리를 걷다 보니 점점 걸음이 빨라졌고 교문을 나서자마자 달리기 시작했다. 거기서부터는 내내 달렸다. 신호등에 걸리면 기다리기가 갑갑해서 발을 굴렀다.

시로타는 어제와 똑같은 장소에 있었다. 성터 공원의 언덕 위, 광장 벤치에 걸터앉아 스케치북을 펼치고 그림을 그리고 있다.

"시로타."

조금 떨어진 곳에서 말을 걸자 손을 멈추고 이쪽을 보았다. 신은 호흡을 가다듬으면서 벤치로 다가갔다.

"5교시에 수업을 하는 바람에."

뛰어왔기 때문에 신은 숨이 찼다. 그 입김이 하얗다. 오늘도 춥다.

어제, 오늘은 오후 일찍 여기에서 만나자고 약속했다. 신의 반도 시로타의 반도 오후에는 자습을 하게 될 거라고 짐작했기 때문이다. 그러나 5교시 때 신의 반에 들어온 국어 담당 사카이 선생이 오늘따라 묘하게 의욕을 발휘하며 수험 전의 최종 체크를 하겠다는 말을 꺼내는 바람에.

"늦었어."

약 한 시간이나 기다리게 했으니 어지간한 시로타도 추웠을 것이다.

"알고 있었어."

스케치북을 덮으면서 시로타는 짧게 말했다.

"사카이."

"아, 응, 응."

선생님을 이름으로 막 부르는 타입이었구나. 아니면 역시 단순히 붙임성이 없어서 이렇게 말하는 걸까. 말수가 적은 점과 맞물려, 정말로 단어장과 이야기하고 있는 것 같다.

"은행, 다녀왔어."

신이 그 말뜻을 이해하기까지 2초 정도 걸렸다.

"은행이라니, 어디?"

시로타는 말없이 턱 끝으로 신의 가방을 가리켰다. 신은 저도 모르게 손으로 가방을 눌렀다. 오늘도 이 안에 성의 그림이 들어 있다.

"뭐 하러 갔어?"

신은 벤치 옆에 서 있다. 시로타는 벤치 한가운데에 앉아 있다. 자리를 비워 줄 기색은 없다. 신도 그렇게 해 주었으면 좋겠다고 는 결코 바라지 않았다.

어제 그런 일이 있고 나서 오늘 만난 거니까, 설령 고백하고 고 백을 받아서 막 사귀기 시작한 포스트 수험생 커플이라고 해도 어 색한 게 당연할 것이다. 하물며 신과 시로타는 커플이 아니다. 커 플이라는 것과는 은하계의 이쪽 끝과 저쪽 끝만큼 떨어져 있다.

그럼 두 사람은 어떤 조합일까. 신도 모른다. 모르기 때문에 "늦 어서 미안"이라든가 "기다리게 해서 미안해"라든가 "추웠어?"라는 말을 할 수가 없다. 옆에 앉다니 더더욱 말도 안 되는 일이다.

시로타는 말했다. "그림에 대해서 물어보고 왔어."

신은 어처구니가 없었다. "대뜸 묻는다고 가르쳐 줄 리가 없잖 아."

"아는 사람이 있어."

"아는 사람?"

"외근 도는 사람."

어제는 신이 여러 가지를 설명하거나 가설을 늘어놓았기 때문 에 시로타의 말수가 적어도 곤란하지 않았다. 하지만 이건 곤란하 다.

"그건 그러니까, 시로타네 집은 그 지점과 거래하고 있고, 담당 외근 직원이 있다는 뜻이야?"

시로타는 고개를 끄덕였다.

"그럼 그 담당자한테 이 그림에 대해서 얘기한 거야?"

시로타는 고개를 저었다.

"정말로?"

귀찮다는 듯이 눈을 가늘게 뜨며 시로타는 신의 얼굴을 보았다.

"성의 그림은 아이들 그림이 아니야. 그런 기획의 경우 그림이나 공작을 맡아서 전시할 때는 분실하는 등의 실수가 없도록 사진을 찍어 둔대. 성을 그린 그림 같은 건 없었다고, 사노 씨는 말했어."

뭐야, 제대로 된 문장도 말하잖아. 이쪽에서 보충해야 하는 건 마찬가지지만.

"사노 씨라는 사람이 시로타네 집 담당자구나."

"응."

"그래서, 시로타는 그 사노 씨한테 '우리 집 우리 집'의 전시에 대해서 물어봤다고?"

"이번 주까지래."

그 전시는 이번 주말까지 하고 끝난다. 아니, 그건 아무래도 상관없다.

"그럼 뭐…… 역시 이건."

신은 가방을 툭 쳤다.

"멋대로 붙어 있었던 거고, 작가 불명이구나."

그림의 출처에 대한 지금까지의 추측이 증명된 것이다.

"위험할 것 같아."

신은 잠깐 생각에 잠겨 있었던 데다 시로타의 목소리는 무뚝뚝하고 억양이 없어서 미처 듣지 못했다.

"응?"

시로타는 작게 한숨을 쉬고는 양손 손가락을 마주 비비며 말했다. "어제의 계획. 위험해."

어제 이곳에서 해가 완전히 지고 언덕 위가 캄캄해질 때까지, 신은 열심히 설명하고 설득했다. 이 성의 그림 속에 들어가고 싶다. 그러려면 시로타의 협력이 필요하다. 제대로 오감이 살아 있고, 걷거나 무언가를 만지거나 필요한 경우에는 뛰어서 도망치거나 할 수 있는 인물을, 신은 그릴 수가 없다. 하지만 시로타라면 그릴 수 있다. 그 실력이 있으면. 그러니까 도와 달라고, 열심히 부탁했다.

―생각해 볼게.

하고 시로타는 늘 그렇듯이 짧게 대답했다. 그러고 나서 오늘 만나기로 약속했던 것이다.

그런데 뭐야, 위험하다는 건.

"무슨 뜻이야?"

"목적을 모르겠어."

시로타는 눈썹을 찌푸렸다. 남자 같은 굵은 눈썹이다. 반 여자아이들은 대개 눈썹을 그리지는 않아도 예쁘게 다듬는다. 시로타의 눈썹은 자연산이다. 되는 대로 기르고 있는 것이다. 그런 점이 따돌림을 당하는 이유다. 아니, 이유의 원 오브 뎀one of them일까.

시로타는 끊어서 내던지듯이 말했다.

"이상해."

뚫어져라 그 얼굴을 바라보면서 신은 저도 모르게 웃고 말았다.

"그래, 이상해. 애초에 그림 속으로 들어갈 수 있다는 것 자체가 이상하지. 보통은 있을 수 없는 일이야. 하지만 가능해. 그 부분이 슈퍼내추럴supernatural이야. 그런 걸 상대로 뭔가 생각해 봐야 소용 없어."

시로타는 생긋 웃지도 않는다. 신은 시로타를 바라보다가 노려보았다.

"이제 됐어. 나 혼자 어떻게든 할게. 하지만 이 일을 누군가한테 얘기하면 그냥 두지—."

도중에 시로타가 날카롭게 가로막았다.

"그런 말은 하는 거 아니야."

시로타의 눈빛이 날카로워졌다. 마주 노려보니 무섭다. 시로타의 눈에는 소위 박력이 있다.

신은 안절부절못하게 되었다. 북풍에 얼어붙을 것 같은데 식은 땀이 난다.

"끝까지 말하지는 않았잖아."

스스로도 한심할 정도로 맥없는 변명이 북풍에 쓸려 간다.

"오가키, TV 게임 해?"

이쪽은 전력을 다해 거북스러워하고 있는데 시로타는 아무 일도 없었던 듯이 단조롭게 그런 것을 묻는다.

"조금. 마니아는 아니야."

시로타는 또 손가락들을 비벼서 데웠다.

"나도 마니아는 아니야."

그렇게 말하며 신이 어깨에 멘 가방을 바라본다.

"하지만 그 그림은 TV 게임이랑 비슷하다고 생각해."

가상현실, 이라고 시로타는 말했다.

"TV 게임은 플레이어를 즐겁게 해 주는 게 목적이야. 괴물을 쓰러뜨리거나 퀘스트를 하는 거라도, 그냥 그 안의 세계에서 느긋하게 살면서 친구를 만들기만 하는 거라도, 목적은 오락."

"그건 나도 알아."

시로타의 시선이 또 날카로워졌다. "그럼 이 그림의 목적은 뭐지? 무엇 때문에 사람을 불러들이는 건지, 오가키 넌 알아?"

신은 입을 삐죽거렸다. "몰라. 아직 그림 속에 들어가지도 못했으니까."

"들어갔다가 무슨 일이 있으면 어쩔 거야? 위험한 거면? 돌아올 수 없게 되면? 그런 건 생각해 봤어?"

시로타는 연거푸 물어 놓고서는 입을 한일자로 꾹 다물었다가 덧붙였다.

"이게 무슨 덫이라면?"

덫. 너무나도 비일상적인 말이다. 신은 웃으려고 했지만 시로타는 매우 진지했다.

"슈퍼내추럴이라는 말로 정리하고 납득해 버리면 위험하다고 생각해."

환각제일지도 몰라, 라고 말했다.

"그 생각은 나도 했어. 어제 말했잖아? 하지만 그런 편리한 약물이 있을 리 없어."

"우리가 모를 뿐인지도 몰라."

시로타는 그렇게 말하고 신중하게 말을 고쳤다.

"중학생이 모를 뿐일지도 몰라."

이번에 신은 웃을 수 있었다. 훤히 들여다보이는 연극조 웃음이지만 어떻게든 웃어넘긴다.

"시로타 넌 그런 타입이었구나. 음모론자라고 하나? 에이즈는 생물무기라는 둥, 정부가 몰래 국민을 마인드컨트롤하고 있다는 둥."

시로타가 눈을 가늘게 떴다. 북풍이 차가워서는 아닌 것 같다.

"오가키야말로 그런 거 잘 아네."

한 방 먹었다.

"네 말대로 그림 속에 들어가려면 그림에 맞는 아바타를 만들 수밖에 없을 거라고 생각해."

아바타. 가상세계에서의 분신. 인터넷 사회에서는 그것을 사용해 게임을 하거나, 인터넷 속의 도시에서 살 수 있다. 프로필 소개

사이트에서는 글자 그대로 아바타가 자신의 '얼굴'이 된다.

"그거, 위험할 것 같아. 분명히 말하자면, 난 무서워."

표정과 말투로 보아서는 시로타가 무서워하고 있는 것처럼 보이지 않는다. 오히려 신에게는 시로타의 지금 표정이 더 무섭다.

"그렇게 심각하게 생각하지 않아도 되잖아. 약간 시험해 보는 것뿐이니까."

시로타는 고개를 살짝 저으며 말했다.

"그림은 작가의 영혼을 비추는 거야."

아마 무의식중에 그런 거겠지만 이때 시로타는 무릎 위의 스케치북을 가볍게 어루만졌다. 그리다 만 스케치. 황량하고 싸늘한 이 광장의 풍경. 거기에도 시로타의 영혼이 비치고 있을까.

그렇다면 신은 그것과 정면으로 마주하고 싶지 않다. 이 성의 그림이 더 낫다. 매우 편안할 것 같다.

"그림 속에 들어간다는 건 작가의 영혼 속에 들어간다는 거야."

엇, 어느 모로 보나 미술부 중학생이 할 만한 말이다.

"그러니까 그건 과장이라니까."

"성을 그린 작가가 무엇을 추구하고 있는지 모르는데 호기심만으로 성큼성큼 들어가는 거, 위험하다고 생각하지 않아? 어떤 영혼이 지배하고 있는 장소인지 알 수 없는데."

문득 생각난 것이 있어서 신은 공격 방향을 바꾸어 보았다.

"그럼 시로타 넌, 예를 들어 베르메르의 그림 속에 들어가 보고 싶지 않아?"

신이 미술을 잘 아는 것은 아니다. 베르메르에 대해서도 거의 모르지만, 우연히 작년 이맘때 부모님이 베르메르 전시회를 보러 갔다가 그때 사 온 달력을 '파인애플' 점내에 걸어 두었다. 그래서 생각났다.

시로타는 고양이와 놀고 있는 줄 알았는데 자세히 보니 원숭이 였습니다—라는 것을 깨달은 듯한 얼굴을 했다. 다소, 신의 비뚤 어진 표현일지도 모르지만.

"베르메르의 그림이라면 들어가고 싶어. 베르메르가 어떤 화가 인지 내 나름대로 이해하고 있으니까. 오가키 넌 어때?"

날카로운 비아냥거림을 느꼈다. 네네, 죄송합니다. 도망치듯이 눈을 피한 신에게 시로타는 내뱉었다. "하지만 이 그림은 싫어. 그런 일에 협조하는 것도 싫어."

완고했다. 보니 시로타는 땅을 디딘 발에 힘을 주고 버티고 있 다.

"—그럼 어떻게 해야 하는데. 경찰에 신고할까? 상대해 주려나. FBI가 상대라면 'X 파일'이 있으니까 괜찮지만."

"'X 파일'이 뭐야?"

신은 얼굴 앞에서 손을 팔랑팔랑 흔들었다. "됐어. 내가 쓸데없 는 말을 했어."

이렇게 추운데 한 노인이 시바견을 데리고 반대쪽 산책로에서 광장으로 올라왔다. 두꺼운 코트와 목도리와 모자. 옷을 껴입어서 퉁퉁해 보인다. 개는 기운차게 목줄을 잡아당기고 있다.

"분명히 위험할 거라고 생각해."

시로타의 말이 옳다. 신은 경솔했다.

"하지만 이 그림을 조사하려면 그림 속으로 들어가 보는 수밖에 없어. 그 외에는 아무런 단서도 없으니까. 아니면 다시 한번 은행의 사노 씨한테 부탁해서 방범 카메라 영상을 조사해 달라고 할까? 그림을 장식하러 온 작가가 찍혀 있을지도 모르니까. 그 김에 그림을 주워서 도망가는 나도 찍혀 있을 것 같지만."

그 경우에도—사노라는 은행원이 선선히 사정을 이해하고 부탁을 들어준다 해도, 방범 카메라에 찍힌 모습만 보고 작가가 어디사는 누군지 알 수 있는 가능성은 지극히 낮다. 인상이나 풍채가수상한 놈이라면 시로타가 싫어할 요소가 더 늘어나 버릴 뿐이다.

"선생님이든 경찰이든 은행원이든 어른한테 말하는 건 안 돼. 아무것도 해결되지도 않고 진전되지도 않은 채 그림을 빼앗기는 게 고작일 거야. 나도 너도, 수험 노이로제라는 말을 들을지도 모른다고."

둘 다 포스트 수험생이니까 노이로제라는 것은 이상하다. 말해버리고 나서 후회했다.

"뭔가 이상한 약이라도 한 거 아니냐고 의심받을지도 몰라. 잘못하면 고등학교에 가지 못하게 될 수도 있고."

시로타는 잠자코 있다. 신이 입을 다물자 침묵이 흘렀다. 시바견이 멍멍 짖고, 노인은 광장을 반 바퀴 돌아서 나갔다. 이렇게 춥고 살풍경한 곳을 산책하는데 어째서 개는 저렇게 즐거워 보일까.

"상관하지 않는 게 좋을 것 같아"라고 시로타는 말했다. "나라면 그 그림을 태우고 잊어버릴 거야."

말도 안 된다.

"앞으로는 됐어."

신은 말했다. 생각보다 살기를 띤 날카로운 말투가 되었다.

"이제 부탁 안 할게."

손으로 가방을 누르고 발길을 돌리려고 했을 때 시로타가 한숨을 쉬면서 무릎 위의 스케치북을 뒤집었다. 딱딱한 표지를 넘겨 맨 뒷장을 드러내더니, 숨기듯이 스케치북을 가슴에 안았다.

"오가키를 그리는 건 싫어. 무슨 일이 있을 때 뛰어서 도망치는 거 잘 못할 것 같으니까."

너무 솔직하게 말하네. 자기도 체육 시간의 스타는 아니면서.

"하지만 이거라면 좋아. 좋다고 할까, 그나마 나아. 작으니까 눈에 띄지 않고, 하늘을 날 수 있지."

시로타는 팔을 움직여 스케치북을 빙글 돌리더니 신 쪽으로 내밀었다. 하얀 페이지에는 작은 스케치가 몇 개 그려져 있었다. 여러 각도에서 여러 동작을 취한 작은 생물을 그린 것이다.

작은 새다. 꼬리가 길고, 날개와 머리 꼭대기가 검다. 부리도 가냘픈, 귀여운 작은 새다.

신은 시로타 다마미의 얼굴을 보았다.

"산제비." 시로타는 말했다. "이걸로 시험해 볼 거라면 그려 줄 수 있어."

작은 한 쌍의 날개로 바람을 가르고, 숲 위를 선회하고, 고성의 첨탑으로 날아간다—.

고성이 있는 세계에서 신은 작은 새가 된다.

"정말 괜찮아?"

시로타는 무서운 얼굴을 한 채 고개를 끄덕였다. "어른들한테 알려지고 싶지 않은 건 나도 마찬가지야. 이미 휘말려 버렸으니까."

한번도 생각해 본 적이 없었던 말이 처음으로 신의 입을 뚫고 나왔다. "미안."

시로타의 날카로운 눈빛이 아주 조금이지만 누그러진 듯이 보였다는 생각은, 지나치게 낙관적인 착각일까.

"한번 시험해 보고 역시 위험하다고 생각하면 나는 그만둘래."

"알았어. 응, 알았어."

신이 손을 뻗자 시로타는 얼른 손을 움츠리고 스케치북을 떼어 놓았다.

"지금 하면? 당장?"

"안 돼."

간결하고 사정없는 재결이다. 그래서 신도 떠올렸다. "아, 그런가. 밤이 되기를 기다려야지."

시로타가 노골적으로 경멸하는 눈으로 곁눈질을 했다. "잊었어? 나 어제 아직 해가 있을 때 여기에서 그림이랑 접속했다고."

그랬다. 신은 밤이 되지 않으면 성 그림의 세계를 들여다볼 수 없었는데 시로타는 낮에도 가능했다. 이상하지만, 어쩌면 사람에 따라서 다른 건지도 모른다고, 어제 여기에서 자기 입으로 말했던 가.

"나 어젯밤 내내 생각했어."

시로타는 또 자연산 눈썹을 찌푸리며 말한다.

"성 그림에 접속하기 위한 조건은 밤이나 낮이라든가 하는 특정 시간대가 아니야. 개인차가 있지도 않을 것 같아."

그러고 보니 시로타는 어제부터 이 표현을 썼다. '성 그림과 접속한다'고.

"오가키의 경우와 내 경우, 공통점이 한 가지 있으니까."

"그게 뭐야?"

신에게는 전혀 생각나지 않는다.

"조용했다는 것."

정적이라고, 시로타는 말했다.

천천히, 신은 눈을 크게 떴다. 과연, 그렇다. 시로타는 똑똑하다. 신의 경우도 그랬고 어제 시로타가 접촉했을 때도 주위가 조용했다. 정확하게 말하자면 주위에서 거리의 소음이나 생활 소음 같은 것이 사라지고 없었다.

"—그렇구나, 응."

조용함에 둘러싸여 고성을 에워싼 숲의 나무들의 술렁거림을 듣는다. 그러지 않으면 그림 속 세계에 접속할 수 없다.

그것이 열쇠인가.

"그렇다면 지금 여기도 괜찮잖아."

"안 돼. 또 누군가가 올지도 모르고, 나도 긴장되니까 제대로 도구를 갖춘 다음 가능하면 그 그림을 이젤에 얹어 놓고 산제비를 그려 넣고 싶어."

그렇다면 신의 집으로 와 달라고 할 수밖에 없나. 그건 곤란하지 않을까, 여러모로.

신의 생각을 읽은 것처럼 시로타는 또 '경멸'하는 듯한 눈을 했다.

"너랑 나랑 단둘이 있는 건 안 돼."

"나, 나도 그런 건."

"이상한 뜻으로 말한 게 아니야. 만일 뭔가 무서운 일이 일어났을 때—그러니까, 이쪽에 남아 있는 나 혼자서는 감당할 수 없는 일이라는 뜻인데."

신은 구체적으로 상상하고 싶지 않았다.

"주위에 누군가 도와줄 사람이 있어야 해. 비상사태니까 그럴 경우에는 어쩔 수 없어. 어른들한테 의지할 수밖에 없을 거야."

변명은 나중에 어떻게든 할 수 있다고, 시로타는 말했다. 의외로 대담하달까, 막상 하기로 했으면 각오를 하고 치밀하게 생각하는 게 시로타의 방식인 것 같다.

"그럼 역시 우리 집."

자신의 콧등을 가리키는 신을, 시로타 다마미는 정면에서 바라보았다.

"오가키, 나 같은 게 집에 드나드는 걸 누군가가 봐도 괜찮겠어?"

솔직한 물음이었다.

"같은 반의 누군가에게 얼핏이라도 보인다면 10초도 안 되어서 소문이 날 거야. 그거, 성의 그림을 부모님한테 들키는 일보다 더 곤란하지 않아? 나야 이제는 상관없어. 하지만 오가키 너까지 따돌림을 당하고 싶지는 않겠지?"

지나치게 솔직해서 신 쪽이 괴로워지는 물음이었다. 그런데도 시로타는 신의 눈을 보고 있다. 그 눈에 빨려 들어갈 것 같아서, 신은 엉뚱한 질문을 입에 담았다.

"─시로타, 왜 따돌림을 당하는 거야?"

미쳤나 보다.

"오가키 너랑은 상관없잖아."

시로타는 먼지를 털듯이 가볍게 말했다. 시선은 흔들리지도 않는다.

신은 고개를 끄덕였다. 잠깐 뜸을 들이고 나서 "미안" 하고 말했다. 한번 입 밖에 내고 나니 순식간에 싸구려가 되는 말이라고, 스스로도 생각했다.

"하, 하, 하지만, 하지만."

입이 떨려서 주먹으로 입술을 문지른다.

"그런 편리한 장소가 있을까? 충분히 조용하고, 하지만 주위에는 어른이 있고, 시로타가 그림을 그리기 쉽고, 동급생한테는 목격되지 않을 법한 장소라니."

"있어."

시로타는 대답했다. 그 눈이 처음으로 미소를 띤 것처럼 보였다.

"나한테 생각나는 데가 있어."

2

'이달의 스케치 광장'

산책로 입구에 입간판이 서 있다. 글자 옆에 작은 안내도가 곁들어 있었다.

하나다 시민공원은 십 년쯤 전, 이곳에 반도체 제조 기업 단지를 유치하려던 계획이 좌절된 후에 조성된 것이다. 시 북쪽의 고지대에 있으며, 날씨가 좋은 날은 시가지를 한눈에 내려다볼 수 있고 멀리 있는 지치부 산맥을 조망할 수도 있다.

역 앞에서 시민공원행 버스로 30분. 토요일 오전 10시. 신은 동쪽 게이트에 있는 버스 정류장에서 내려 공원으로 들어갔다. 안은 드넓었지만 시로타가 알기 쉬운 지도를 그려 주었기 때문에 헤매지 않고 목적지에 도착할 수 있었다. 매화나무 숲이 내려다보이는 완만한 언덕 위, 노란색 밧줄을 쳐 놓은 한쪽에 벌써 열 사람 이상이 여기저기에 이젤을 세워 두었다.

하나다 시민공원은 개원하자마자 시내 스케치 애호가들의 인기 장소가 되었다. 벚나무나 은행나무 숲에 둘러싸인 잔디 운동장이며 여러 종류의 화단, 풍부한 지하수를 사용한 인공 연못과 옛 서양식으로 건축한 시립 도서관, 그것과는 대조적으로 근미래풍으로 디자인한 문화 홀 등, 스케치의 소재가 될 만한 것이 많이 있기 때문이다.

그러나 얼마 안 지나서, 멋대로 장소를 차지하고 스케치에 열중하는 애호가들과 다른 이용자들 사이에서 종종 트러블이 일어나게 되었다. 스케치하고 있는 사람들 사이로 공이 날아오거나, 산책로를 막고 스케치를 하는 사람과 산책하러 온 그룹이 싸움을 벌이기도 한다. 특히 꽃구경이나 단풍 구경 계절에는 작은 충돌이 끊이지 않았다. 그래서 시청이 스케치 애호가들을 위해 달마다 스케치 전용 장소를 지정했다. 그것이 '스케치 광장'이다.

—문화 센터가 아니니까 강사가 없고, 스케치하러 오는 사람들뿐이니까 서로 방해하지 않아. 주말이라면 중학생끼리 와 있어도 수상하게 여겨지지 않고.

시로타의 설명을 듣고 신도 무릎을 쳤다. 실로 안성맞춤의 장소다. 야외라서 날씨가 걱정되었지만 다행히 하늘은 맑았다.

시로타는 먼저 와 있었다. 스케치 광장 구석에 이젤을 세우고 그 앞에 앉아 있다. 검은 다운재킷을 껴입고 빨간색 니트 모자를 썼다.

"안녕."

신은 작게 말을 걸었다. 시로타는 이쪽을 보고 고개를 끄덕였다.

"여기라면 딱 알맞네."

신은 양손을 허리에 얹고 만개할 때가 지난 매화나무 숲을 내려다보았다. 심호흡을 하고 싶어지는 풍경이다. 매화나무 쪽에도 벌써 산책을 하고 있는 입장객들이 있었다.

"앉지그래?"

보니 신의 의자도 있다. 휴대용 접이식인, 장난감 같은 의자다.

"나도 이젤을 세우는 게 좋지 않을까?"

"갖고 있어?"

갖고 있지 않다. 의자를 준비해 주었다면 그것도 있지 않을까 짐작했을 뿐이다.

"스케치북은 가져왔지만……."

산 지 얼마 안 된 새것이다. 스케치북 같은 걸 뭐하러 사냐고 질문받으면 곤란하기 때문에 부모님에게는 비밀로 하고 사러 갔다.

"무릎 위에 올려놓으면 될 거야."

그렇군요. 스케치하고 있는 척할 뿐이니까.

시로타의 이젤 위에 있는 스케치북에는 시립도서관을 그리다 만 그림이 있다. 역시 잘 그린다.

"지금 그렸어?"

"전에 그리던 거야."

시로타도 알리바이를 만들기 위해 가져온 것이다.

또 한 사람, 애호가가 와서 이젤을 세우기 시작했다. 품위 있어 보이는 은발머리 할머니다. 다른 사람들도 모두 나이가 많다.

"할아버지, 할머니가 많네."

"학생도 와. 미대 학생이라든지."

시로타는 곧 덧붙였다. "하지만 우리 학교 학생은 본 적 없어."

"미술부도?"

"머니까."

시로타는 이젤 위 스케치북의 종이들을 넘겼고 거기에 나타난 스케치들을 보고 떫은 얼굴을 했다. 이것은 은행나무 가로수, 다음 것은 분수와 벤치. 신의 눈에는 모두 좋은 스케치로 보였지만 시로타는 마음에 들지 않는 모양이다.

"여기에서 시로타랑 아는 사람을 만날 걱정은 없어?"

"아는 사람은 없어."

아아, 그래.

"시작할까?"

시로타는 신의 가방에 눈길을 주었다.

"응. 아, 잠깐만."

신은 휴대용 의자 위에서 크게 숨을 내쉬었다.

"마음의 준비라면 내가 그리고 있는 동안에 하면 돼."

푸른 하늘 아래, 좋은 풍경을 앞에 두고도 시로타는 변함없이 무뚝뚝하다. 무릎이 나온 트레이닝복에 운동화 차림이라, 교복 차림일 때보다 더욱 수수해 보인다. 안경과 검은 니트 모자의 조합도 어딘지 모르게 아줌마 같은 느낌을 풍겼다.

신은 가방을 열고 클리어파일에 끼운 고성의 스케치를 꺼냈다. 그렇다. 데생이 아니라 스케치라고 부르는 편이 낫겠다는 것이 시로타의 의견이었다. 실물을 보고 그렸는지 어떤지는 알 수 없지만, 이건 이미 완성형이라고 생각하니까, 라며.

신중하고도 신중하게, 종이 끄트머리를 잡고 스케치를 꺼낸다.

"이 위에 올려 놔."

시로타는 스케치북 종이를 넘겨 백지를 찾아냈다.

"바람에 날아가 버리면 안 되니까 끝을 이걸로 고정할 건데."

시로타의 짐은 커다란 배낭이었다. 그 주머니에서 매직테이프를 꺼내 보인다.

"응, 그러는 게 좋겠다."

시로타가 꼼꼼하게 네 모퉁이를 고정할 때까지 신은 순서대로 그림의 모퉁이들을 손끝으로 눌렀다.

"좋아."

기분 탓인지 도수 높은 안경 속에서 시로타의 눈빛이 변한 것처럼 보였다. 눈동자 색이 짙어졌다고 할까, 깊어졌다고 할까. 그 눈으로 새삼스럽게 고성과 숲을 응시하고 있다.

"집중이 안 되니까 내가 그리고 있는 모습은 보지 마."

"그럼 난 뭐하지."

"뭔가 그리고 있으면 되지. 연필 가져왔어?"

"수업 때 쓰는 HB지만."

시로타는 몸을 굽혀 배낭의 다른 주머니에서 필통을 꺼냈다.

"이거, 빌려줄게."

성터 공원의 광장에서도 사용했던 검은 막대다. 연필심만을 연필 굵기로 만든 듯한 물건이다.

"이게 뭐야?"

"목탄."

신이 질문하기도 전에 예상했는지 이렇게 말했다.

"지울 때는 목탄 지우개를 써."

프로 같다.

"고마워."

"무르니까 연필처럼 쥐면 금방 부러진다."

좀 더 빨리 말해 주었으면 좋았을 텐데. 목탄은 신의 손 안에서 둘로 부러졌다.

"그냥 쓸 수 있어."

"—미안해."

나도 긴장해서. 변명하고 싶었다.

정신이 들어 보니 스케치 광장에는 사람이 더 늘었다. 이젤을 사용하지 않고 서서 그리는 사람도 있다.

"이런 곳이 있는 줄 몰랐어."

시로타는 고성의 스케치를 노려보고 있다. 목탄을 옆에 놓고 팔짱을 끼고 있다.

이렇게 보니, 스케치에 난 그 아저씨의 무참한 발자국이 그리

신경 쓰이지 않는다. 아니, 조금 옅어진 느낌이 든다. 완전히 말랐기 때문일까.

"산제비, 어디에 그릴 거야?"

대답 없음. 신은 목탄을 쥐고 들썽거렸다.

"—하늘은 안 돼."

고성을 노려본 채 시로타는 말했다.

"왜냐면 오가키, 대뜸 날 수 있어?"

응?

"낙서 같은 인간을 그려서 시험해 봤을 때도 머릿속은 오가키의 머릿속 그대로였지?"

"응."

형태뿐이지만 눈과 귀를 그렸더니 풍경이 보였고 소리도 들렸다.

"네 머릿속은 텅 비어 있는 게 아니었어. 의식이 그대로 아바타에게 옮겨지는 거야."

그렇다. 그림 속의 아바타는 몸이라는 그릇이 바뀐 것일 뿐이다. 그럴 거라고 생각한다.

"하지만 몸은 산제비라도 난 하늘을 나는 법을 모르니까—."

"맞아."

그러니까, 하며 시로타는 스케치의 숲속 나무를 가리켰다. 건드리지 않도록 주의 깊게 손끝을 떼고 있다.

"이쯤에 가느다란 가지가 그려져 있어. 이 가지에 앉게 할 생각인데."

스케치를 마주했을 때 왼쪽, 돔 같은 건물의 아래쪽이다. 얼굴을 가까이 하고 자세히 보지 않으면 시로타가 말하는 가지를 알아볼 수 없다.

"이런 걸 용케 알아차렸네."

시로타의 눈은 화가의 눈이구나, 하고 생각했다.

"꽤 높은 곳이네. 나 앉아 있을 수 있을까."

이 작은 새의 다리로 가지를 움켜쥐고.

"그것도 알 수 없어."

힘내, 하고 시로타는 말했다.

"시로타, 나 역시 처음부터 인간인 게 좋겠어. 팔다리 움직이는 법을 알고 있으니까."

"마음 약하긴."

"아니, 하지만 작은 새가 될 자신이 없단 말이야."

"인간은 그리고 싶지 않아."

"괜찮아. 안에 있는 건 나니까."

시로타는 손가락을 움츠리고 다시 팔짱을 끼더니 이번에는 신을 노려본다.

"마음이 약한 건 너 아니야? 이렇게 예쁜 그림의 작가에게 악의가 있을 것 같지는 않은데."

"악의라고는 안 했어."

"하지만 덫이라고."

"목적을 몰라서 무서운 거라고, 몇 번 말하면 알겠어?"

시로타는 약간 목소리를 거칠게 내다가 목을 움츠렸다. 가까이 있는 사람의 시선이 날아온 모양이다. 이곳에서는 모두 자신의 스케치에 몰두해 있고 수다를 떠는 목소리가 들리지 않는다. 신은 돌아보고 확인할 용기가 없어서 모르는 척하기로 했다.

시로타는 입술 앞에 검지를 세웠다. 신도 고개를 끄덕였다.

"실은 그림 속에 사람이 들어가 버린다는 이야기는 드물지 않아."

"진짜?"

"소설에서."

뭐야, 지어낸 이야기인가.

"그림 속에서 사람이 나온다는 이야기도 있고, 그림이 변화한다는 이야기도 있어. 초상화가 나이를 먹어 간다거나."

그 이야기들과 이 일은 상관없다고 생각한다.

"하지만—."

"모르겠어? 내 착각인가?"

시로타는 속삭이는 듯한 목소리를 냈다.

"그림에 난 발자국, 조금 옅어졌어."

신은 놀랐다. 시로타도 그렇게 생각했던 걸까. 그래서 아까 물끄러미 바라보았던 것이다.

"나는 내 기분 탓인 줄 알았어."

"그럼 오가키 너도."

시로타는 눈을 깜박였다. 훔쳐보듯이, 고성 쪽을 본다.

"이러다가 완전히 사라지지 않을까 싶어."

무신경한 아저씨의 커다란 발자국.

"이 스케치, 스스로 자신을 수복하고 있어. 나는 그렇게 생각해."

더러움을 없애고 있다고, 시로타는 말했다.

잠깐 동안 신은 굳어 있었다. 그러고 나서 천천히 이젤 위로 시선을 옮겼다.

"그런 일이 있을 리 없어."

있어, 하고 시로타는 간결하게 말했다. "실제로 이 그림은 사람을 꾀어 들이는걸. 다른 뭔가를 할 수 있다고 해도 전혀 이상하지 않아."

"지나친 생각이라니까."

갑자기 시로타는 낭독하는 듯한 말투로 말했다.

"그림으로 그려진 건 하나의 세계. 그림으로 그려진 것에는 작가의 생각이 담겨. 그 생각은 바람일지도 모르고, 축복일지도 모르고."

일단 말을 끊고는 숨을 죽인다.

"―저주일지도 몰라. 뛰어난 그림에는 주술적인 힘이 있거든."

그때 신은 깨달았다. 시로타가 그렇게 목소리를 낮춘 까닭은 스케치 광장에 있는 사람들의 귀를 꺼려서가 아니다. 스케치에게 들릴까 봐 두려워하고 있는 것이다.

그런 어처구니없는. 그림으로 그려진 것이 뭘 할 수 있다는 건가. 어떤 나쁜 짓을 할 수 있지?

—하지만 이 그림은 사람을 꾀어 들인다. 그리고 그림 속에 들어간다는 것은 그림 작가의 영혼 속으로 들어간다는 뜻이다.

신의 동요를 시로타는 알아보았다. "조금 더 기다렸다가 발자국이 사라지는지 확인해 볼래? 그림 속에 들어갈지 말지 결정하는 건 그 후라도 늦지 않아."

"자, 잠깐 기다려. 여기까지 와서."

"지금이 아니어도 돼."

"나는 지금 당장 시험해 보고 싶어!"

시로타가 움찔하며 아래를 향했다. 신은 손으로 입을 눌렀다. 그대로 한동안 둘이서 꼼짝 않고 있었다.

시로타가 다시 배낭에 손을 집어넣었다. 이번에 꺼낸 것은 일회용 마스크다.

준비성이 좋다. 신은 재빨리 마스크를 썼다.

"그걸로도 안 되면 재갈을 물릴 거야."

"조심할게."

마스크를 쓰자 한층 더 기가 죽어 우물우물하는 듯한 목소리로 들렸다.

"사실은 너도 시험해 보고 싶은 주제에."

시로타의 눈이 날카로워졌다. 그런 눈, 하지 말아 줬으면 좋겠어. 진심으로 무서우니까.

"어쩌면 나보다 시로타 네가 더 이 그림을 조사해 보고 싶을 거야."

"어째서?"

"너는 화가니까. 이런 그림을 그린 작가에 대해 알고 싶겠지."

어림짐작이라기보다는 자포자기로 내뱉은 말이었다. 그런데 들어맞은 모양이다. 시로타는 기가 꺾인 듯이 눈을 깜박거렸다. 그 반응이 신에게 용기를 주었다. 그렇다기보다 신나게 만들었다.

"시로타, 아까 같은 말, 미술부에서도 하지? 미술 선생님한테도."

"그게 뭐."

"축복이니 저주니, 그런 말을 들은 사람은 깜짝 놀라. 건방지다고 생각하고."

"맞아. 그래서 선생님도 날 싫어해. 하지만 여자애들한테 따돌림을 당하는 건 그것 때문이 아니야."

어째서 이런 대화가 되는 걸까. 이야기가 이쪽 방향으로 빠지면 성가셔질 뿐인데.

"—확실히 위험할 거라고 생각하지만."

하지만 시로타에게 부탁할 수밖에 없다. 협조해 달라고 하는 것 외에는, 신에게 다른 방법이 없다.

"내가 이상하다 싶으면 네가 당장 끌어내 주면 돼. 너라면 맡길 수 있다고 생각하니까."

시로타는 멋지게 코웃음을 쳤다. 여자애가 그러는 모습을, 신은 처음 보았다.

"나를 잘 알지도 못하면서."

"그림을 잘 그리는 건 알고 있어."

"바보 취급하고 있으면서."

울컥했다. "그렇게 말하면 나는 뭐라고 대답하면 되는데? 어제 네가 말했지? 내가 협박하려 했을 때, 그런 말을 해선 안 된다고. 지금 네 말도 똑같지 않아?"

시로타의 입이 시옷자로 구부러졌다. 신도 어금니를 악물었다.

"―알았어."

시로타는 휴대용 의자 위에서 자세를 바로 하며 목탄을 손에 들었다.

"어쨌든 그려 볼게. 조용히 하고 있어."

신은 얌전히 양손을 무릎에 올려놓았다가 허둥지둥 목탄을 쥐었다. 멍하니 있는 것보다 뭔가 하고 있는 편이 긴장이 덜 된다.

30분쯤 지났을까. 곁눈질로 분위기를 살펴보니 시로타는 몸을 앞으로 굽히고 숲속 나무의 잔가지에 앉은 산제비의 꼬리를 그리는 중이었다.

신의 스케치북 위에는, 매화나무 숲 같은 것의 윤곽―둥실둥실한 구름이 되다 만 무언가에서 줄기와 가지가 돋아난 듯한 그림이 출현해 있었다. 매화나무 숲을 산책하는 사람들은 팔다리도 몸도 성냥개비 같다.

그대로 가만히 지켜보고 있자니 시로타가 몸을 일으키고 손을 떼었다.

"다 됐어?"

대답 대신 깊은 한숨.

"스케치북을 통째로 바꾸자."

받아든 스케치북을, 신은 무릎에 올려놓았다.

"귀여운 제비네."

고성과 숲에 축척을 맞추었기 때문에 콩알처럼 작은 산제비다. 하지만 충분히 정밀하다.

시로타는 자연산 눈썹을 찌푸리며 또 입을 시옷자로 구부린다. 그러고는 다운재킷의 소매를 걷더니 손목시계에 시선을 떨어뜨렸다.

"처음에는 1분간. 1분이 지나면 끌어낼 거야."

신의 목이 꿀꺽 하고 울렸다. "아, 알았어."

시로타는 시계의 초침을 보고 있다. 오른손 검지를 세워 얼굴 옆에 든다.

"카운트다운."

"응."

10, 9, 8, 7, 6, 5—.

"2, 1."

신은 산제비 위에 가만히 손가락을 놓았다.

다음 순간, 시야가 초록색으로 가득 찼다. 반짝반짝 빛나고 있다. 아아, 나뭇잎 사이로 비쳐드는 햇살이다. 나는 숲의 나무들 사이에 있다. 잔가지에 앉은 작은 산제비. 그 눈으로 보고 있다.

시야가 빙글 반전되었다. 그리고 신은 돌멩이처럼 낙하했다.

움찔하며 제정신으로 돌아왔다. 시로타가 아까와 똑같은 자세를 한 채 눈을 휘둥그렇게 뜨고 있다.

"왜 그래?"

"—떨어졌어."

제대로 앉아 있을 수 없었다.

"의식적으로 다리에 힘을 주어야 하나 봐."

시로타가 눈을 감고 하늘을 올려다본다. "정신 똑바로 차려."

"미안. 제비는 괜찮아?"

스케치 속의 산제비는 분명히 시로타가 그린 장소에 있다.

"이거, 꽤 귀찮네."

허들이 높다고, 시로타는 말했다.

"반쯤 재미로 들어가려는 구경꾼은 이 그림 속에 들어갈 수 없어."

"작가가 일부러 그렇게 했다고 생각해?"

"모르겠어. 그린 본인에게 그런 의식은 없었을지도 몰라."

정밀한 그림이니까—하고, 시로타는 속삭이는 목소리로 말한다. 또 그림이 들을까 봐 두려운 듯이.

"완성된 세계 또한 정밀한 거야. 하지만 그게 작가의 의도인지 아닌지는 모르겠어. 이 사람, 그림을 일부러 못 그릴 수는 없었을 테고."

그렇게 말하고 시로타는 몇 번이나 고개를 저었다. "아아, 그것도 모르겠어."

초조해하는 것 같았다.

신은 코트 자락에 손을 문질렀다. "한번 더 해 볼게."

시로타가 다짐을 놓는다. "발가락으로, 가지를, 움켜쥐어."

"알고 있어."

신은 숲속의 산제비에 손가락을 올려놓았다. 동시에 두 다리의 운동화 속에서 발가락을 움직여 움켜쥔다.

나뭇가지를.

—나는 잔가지에 앉아 있는 작은 새다.

나뭇잎 사이로 햇살이 비쳐든다. 나뭇잎이 흔들리고 있다. 숲이 술렁거리고 있다. 바람이 부는 것이다.

신은 산제비가 되었다. 숲의 나뭇가지에 앉아 있다. 이번에야말로 확실하게 앉았다.

고개를 갸웃거려 본다. 시야가 비스듬해진다. 반대쪽으로 기울여 본다. 균형이 무너질 뻔해서 발로 가지를 다시 움켜쥔다. 좋아, 괜찮다.

머리 위를 올려다본다. 신은 매우 작다. 숲은 주위에서 피어오르는 초록색 구름처럼 신을 감싸고 있다. 숲속에서 작은 새는 이렇게나 하찮은 것이다. 눈에 들어오는 것은 나뭇잎들과, 나뭇잎 사이로 비쳐든 햇살의 반짝거림뿐.

오른쪽 날개를 움직여 보았다. 날렵한 검은 날개. 작고 가냘프지만 틀림없이 새의 날개다. 왼쪽 날개도 뻗어 본다. 시로타의 실력은 굉장하다.

가지에 앉은 채 양쪽 날개를 펼쳐도 비틀거리지 않는다. 그럼 날개를 접어 보자. 매끄럽게 할 수 있다.

한 단 위의 가지로 날아서 옮겨가 볼까.

새는 가지에서 가지로 날아갈 때 어떻게 할까. 그냥 날아서 옮겨갈 뿐이다. 바보 아니야, 나? 간단하잖아. 자, 날아.

무서워서 다리가 움직이지 않는다.

눈을 감으면 어떨까. 깜박깜박깜박. 바쁘게 눈을 깜박이고 만다.

—힘내라, 나!

폴짝.

위쪽 가지를 움켜쥐는 데 실패했다. 떨어진다! 순간적으로 날개를 펴서 균형을 잡는다. 할 수 있었다. 마치 태어났을 때부터 산제비였던 것처럼, 자연스럽게 할 수 있었다.

됐다. 이렇게 하면 된다. 쓸데없는 생각을 하지 않는 게 좋다. 신은 새다. 새가 할 수 있는 일은 다 할 수 있다. 할 수 있다고 믿으면 그걸로 되는 것이다.

더 위쪽 가지로. 거기에서 옆으로. 나뭇잎이 밀집해 있지 않은 곳으로. 조금이라도 시야가 트이는 곳으로.

나무 꼭대기가 가까워졌다. 바람 소리가 들린다. 가지가 흔들린다.

하늘이 머리 위로 다가왔다.

날자. 가지를 차고 날개를 펼친다. 간단하게 움직이면 된다. 자, 날아!

산제비 신은 가지를 떠났다. 좌우의 날개를 한껏 뻗는다.

또 시야가 반전되었다. 또 반전되었다. 신은 떨어진다. 바람 소리가 울린다. 안 돼, 안 돼, 안 돼. 몸을 일으켜. 날갯짓을 해!

날갯짓을 해!

정신을 차려 보니 나뭇잎 속으로 돌진하고 있었다. 그래도 신은 날갯짓을 멈추지 않았다. 나뭇잎 사이를 빠져나간다. 돌파하고, 날아간다. 푸른 하늘 아래로.

신은 날아올랐다. 숲 위로. 푸른 하늘 가까이로. 흐르는 구름 틈새로 햇빛이 비쳐든다.

눈앞에 그 고성의 첨탑과 돔이 있었다. 저기에 존재하고 있다. 확실하게 존재한다. 신과 같은 공간에.

됐다!

갑자기 도로 끌려왔다. 정신이 들어 보니 휴대용 의자 위에서 헐떡이고 있었다. 어깨가 크게 오르내린다. 시로타의 손이 신의 오른팔을 움켜쥐고 있다.

신은 마스크를 뜯어내듯이 벗었다. 호흡이 편해졌다. 입을 벌린 채 시로타를 돌아보았다. 시로타는 눈을 부릅뜨고 있었다.

"—날 수 있었어."

신의 목소리를 듣자 시로타의 손에서 힘이 빠졌다. "날았어. 날 수 있었어. 정말로 날았어. 굉장해 굉장해 굉장해 굉장해!"

갑자기 시로타가 신을 때리려고 했다. 따귀다. 신은 순간적으로 몸을 웅크려 피했다. 시로타의 손이 신의 얼굴을 움켜쥐었다.

"쉿! 조용히 해!"

아, 나 흥분해서―신이 나서 소리를 지른 건가.

"알았어, 알았어."

마구잡이로 입을 누르려고 하는 시로타의 손을 움켜쥐고 도로 밀어내면서 자세를 바로 했다.

"알았다니까."

시로타의 손이 차갑다. 얼굴이 창백하다.

"안심해. 난 아무렇지도 않으니까. 정말 괜찮으니까."

시로타가 떨고 있음을, 그때 깨달았다. 신은 주위를 둘러보았다. 가까운 곳에 있는 스케치 애호가 몇 명이―할아버지와 할머니들이 의아한 듯이, 또는 화가 났다는 듯이 이쪽을 보고 있다. 신은 일어서서 꾸벅 머리를 숙였다.

"죄송해요. 이제 안 떠들게요. 조용히 할게요."

스스로도 자각했다. 노래하는 듯한 덤벙거리는 목소리다. 얼굴의 근육이 풀린 것처럼 실실거리는 웃음이 멈추질 않는다.

다시 앉으려고 했더니 무릎에서 힘이 빠져 땅에 엉덩방아를 찧고 말았다. 혼자서는 일어설 수가 없다. 버둥거리면서도 여전히 실실 웃고 있다.

시로타가 손을 잡아당겨 주었다.

"정말 날 수 있었어?"

쉰 목소리로, 시로타가 물었다. 신은 몇 번이고, 현기증이 날 만큼 격렬하게 고개를 끄덕였다. 그러자 시로타가 신의 머리를 눌렀다.

"그만해. 나까지 눈이 빙빙 돌 것 같아."

신은 시로타의 손을 잡았다. 억지로 악수했다. "됐어. 역시 너한테 부탁하길 잘했어. 완벽해!"

신의 손을 뿌리친 시로타는 마치 안전함을 확인해 보기라도 하는 듯이 자신의 손을 문지르고 손가락을 움직였다. 그동안에도 신의 얼굴에서 눈을 떼지 않는다.

"―들떠 있지 마."

아무래도 제정신인지 의심하고 있는 것 같다. 신은 만세를 부르고 싶은 것을 참기 위해 한 번 심호흡을 했다.

"가지에서 가지로 날아가서 숲 위까지 날아올라 갔어."

제대로 날 수 있다. 산제비의 몸을 제어할 수 있다.

"한번 더 해 볼게. 이번에는 2분 동안 기다려 줄래? 단숨에 그 고성까지 날아가 볼 테니까."

"무리야, 그렇게 단번에."

"할 수 있다니까. 네가 그려 준 제비, 진짜니까."

신은 땀을 흘리고 있었다. 속옷 대신 입은 티셔츠가 앞도 뒤도 흠뻑 젖어 몸에 달라붙었다.

"얼굴이 새빨개졌어. 눈도 충혈됐고. 심장이 두근거리지 않아?"

두근거리는 정도가 아니라 갈비뼈 안쪽에서 춤추고 있는 것 같다. 그야 그럴 것이다. 신은 춤을 추고 싶은 기분이니까.

"좀 더 쉬어. 물 마실래?"

시로타가 배낭에서 페트병을 꺼냈다. 뭐든지 나오는구나, 그 배낭.

물을 마시고 호흡을 가다듬는다. 그 사이에 시로타는 화난 듯한 얼굴로 내내 지켜보고 있었다.

"진짜 굉장해. 나, 새가 됐다니까. 정말 날았어. 눈 아래쪽에 숲이 쫙 펼쳐져 있고, 그 이외에는 전부 하늘이라는 느낌."

어린애 같다고, 시로타가 말했다. 신은 손으로 입을 막으며 웃었다.

"어린애가 아니야. 작은 새지."

또 '경멸'이 담긴 눈빛을 띠면서 시로타도 그제야 웃었다.

"잘되었다면 다행이지만……."

"응! 한번 더 할래!"

"1분이야. 연장은 안 돼."

시로타는 손가락을 세우고 손목시계를 본다. 신은 손가락을 뻗으며 눈을 감았다.

다시 숲의 나뭇잎과 나뭇잎 사이로 비쳐드는 햇살 속.

가지에서 가지로. 아까와 같은 루트다. 몸은 가볍다. 산제비니까. 나뭇잎들의 밀도가 낮아진다. 하늘이 보이기 시작한다.

신은 다시 고성의 세계에 펼쳐진 하늘로 날아오른다. 자, 날자.

이번에는 크게 비상하는 거다. 날개를 펴고, 바람을 움켜잡는다. 그렇다, 그러면 된다. 날갯짓을 해. 주위의 풍경이 흐르며 녹아든다. 바람과 구름과 푸른 하늘과 햇빛.

신은 급상승한다.

조금 지나치게 급하다. 날갯짓을 하려고 한다. 날개가 움직이지 않는다. 뭐야 이거? 바람을 타고, 바람을 가르고—.

아니야, 아니야! 기류에 휘말린 것이다. 점점 상승해 간다. 빙글빙글 돌고, 컨트롤이 되지 않는다.

어느 쪽이 위고 어느 쪽이 아래지? 나는 지금 어느 쪽을 향하고 있지? 상공으로 빨려 올라가고 있는 걸까, 아니면 지면으로 낙하하고 있는 걸까.

우와아아아아아아아!

갑자기 하늘에 내던져진 것 같았다. 기류에서 뛰쳐나온 걸까, 아니면 튕겨나간 걸까. 순간 무중력 상태로 허공에서 멈추었다.

주위에 아무것도 없다. 하늘뿐이다. 구름이 머리 위 가까이에 있다. 숲은? 성은?

무중력의 찰나가 지나가고 몸이 스윽 하강을 시작했다. 발치를 보고, 신은 경악했다. 뭐야, 성이 아래에 있어. 날아서 넘어 버린 건가?

—나, 역시 초심자구나.

또 돌멩이처럼 떨어진다. 초조해져서 날개를 펼치려고 해도 기압을 이길 수가 없다. 균형을 잡으려고 필사적으로 노력해도 중력은 당해낼 수가 없다.

산제비 신은 고성의 첨탑을 스치듯이 하며 떨어져 간다.

그때였다. 신의 눈동자, 산제비의 작은 눈동자가 그것을 보았다. 10분의 1초 정도 사이에 지나간 풍경.

첨탑의 작은 창. 튼튼해 보이는 격자 사이로 작은 얼굴이 보였다. 하얀 옷. 검은 머리카락. 얼굴 양쪽으로 들어 올린 손도 보였다. 격자를 잡고 있다.

신은 소리를 지르면서 낙하한 뒤 스케치북 앞으로 돌아왔다. 신이, 이번에는 시로타의 두 어깨를 움켜쥐고 있다. 아플 정도로 세게 움켜쥐고 있었다.

숨을 쉬기가 어렵고 얼굴이 땀으로 젖었다. 혀가 꼬여서 말을 할 수가 없다. 가슴이 괴롭다.

"시, 시로타."

신은 시로타에게 매달렸다. 둘이서 함께 의자에서 굴러떨어져 땅에 주저앉았다.

"사, 사, 사람이, 있었어."

그 고성의 첨탑 창을 통해, 어린 여자아이가 바깥을 보고 있었다.

신과 시로타의 의견은 완전히 둘로 갈렸다.

싸움은 아니다. 감정의 대립도 아니다. 어디까지나 의견의 충돌이다.

"구하러 가야 해" 하고 신은 주장했다. "그 탑 속에 작은 여자아이가 갇혀 있어. 구해 줘야 해."

시로타는 반론했다. "정말로 그런 여자애가 있었어? 순간적인 일이었으니까 잘못 본 건지도 몰라."

"분명히 봤어!"

"만일 있다고 해도 갇혀 있다고 단정 짓는 건, 글쎄."

"하지만 양손으로 이렇게 격자를 움켜쥐고 있었단 말이야."

"어린아이는 창문으로 밖을 볼 때 자주 그렇게 해. 그 애, 울거나 소리 지르고 있었던 건 아니잖아."

실컷 그런 말다툼을 했다.

"그럼 확인하고 오면 되잖아? 한번 더 그 성에 보내 줘!"

"안 돼. 이걸로 중지."

'스케치 광장'의 사람들에게 눈총을 받으며 어느 한쪽이 양보하지도 못한 채 둘은 하나다 시민공원을 떠났다. 같은 방향으로, 같은 버스를 타고 돌아가는데도 신이 탄 버스에서 시로타의 모습은 보이지 않았다.

아직 이른 오후 시간이다. 텅텅 빈 버스는 조금씩 봄 냄새를 띠기 시작하는 햇살을 받으며 달렸고, 그 차 안에서 신은 혼자 화를 내고 있었다. 시로타와의 말다툼이 머릿속에서 계속 빙글빙글 재생되었다.

─역시 이제 그만두자. 이 스케치는 버리는 게 좋겠어.

무엇이 화가 나느냐 하면 시로타가 또 그런 신중론을 끄집어 냈다는 사실이었고, 그게 분했다.

그리고 그 의견에 일리가 있다는 것도.

역 앞 버스 터미널에 도착했을 때 좌석에서 일어서다가 신은 현기증을 일으켰다. 순간적으로 앞의 등받이를 움켜쥐었고 눈을 감고 견디는 사이에 현기증은 사라졌지만, 위 속이 뒤집힌 듯한 불쾌감은 남았다.

'스케치 광장'에서 두 번째로 산제비가 되어 그 여자아이를 목격하고 귀환한 직후부터 내내 이런 느낌이다. 한기가 들고 팔다리에 힘이 들어가지 않는다. 속이 메슥거린다. 머리가 어지럽고 순간 시야가 흐려지기도 한다. 그럴 때는 심장 박동도 호흡도 빨라졌다.

고성 스케치의 세계에 들어감으로써 신의 몸에 무리가 갔기 때문이라고, 시로타는 말했다.

─오가키, 자기 얼굴을 못 봤지. 유령처럼 새파래.

심상치 않은 느낌이라고 한다.

─그 성에 가까이 가는 건, 살아 있는 인간한테 위험한 거야.

자연산 눈썹을 험악하게 찌푸리며, 타협의 여지는 없다는 결연

한 말투로 그렇게 말했다. 신이 아무리 반론해도 받아들이지 않는다.

여자라서 오기가 없는 것이다. 시로타는 여자다운 데라고는 얼마 없는 주제에 무서워하는 구석만은 여자답다.

마음속으로 마구 시로타의 험담을 하면서 혼자서 집으로 돌아간다. 역 앞부터는 걸어서 15분 정도 걸리는 거리다. 그 사이에 신은 두 번이나 쉬어야 했다.

그러자 정상적인 인식과 씁쓸한 반성이 치밀어 올랐다.

그것을 억지로 도로 눌러 삼키고, 다시 시로타의 언동을 생각하며 화를 냈다. 이제 그런 녀석에게는 의지하지 않을 것이다. 다른 사람을 찾아보자. 그림을 잘 그리는 사람이라면 누구든 좋다. 생각해 보면 제3중학교 학생을 고집할 필요는 없다. 다시 그 '스케치 광장'에 가서 괜찮아 보이는 일요화가를 스카우트해도 된다.

탑에는 여자아이가 있었다. 절대로 잘못 본 게 아니다. 창밖을 올려다보고 있던 표정도, 물론 분명히 한순간의 일이었지만 아직도 이 눈에 똑똑히 새겨져 있다. 그 애는 좋아서 그런 곳에 있는 게 아니다. 갇혀 있는 것이다.

구해 내려면 작은 새로는 안 된다. 현실의 신과 똑같은 아바타로도 능력 부족일 것이다. 더 어른인 남자. 무장을 하고 있고 무기를 쓸 수 있는, 진짜 전사. 아니, 기사일까. 고성에는 그 편이 어울린다.

'파인애플'의 간판이 보이기 시작했다. 발걸음이 무거웠다. 다리가 좀처럼 올라가지 않는다. 그렇게 생각했더니 배에서 소리가 났다. 뭐야, 나 배고팠구나.

출입구의 문에는 '준비중' 팻말이 걸려 있다. 뒤쪽에 있는, 집 쪽 현관으로 돌아 들어가야 한다.

그 잠깐 동안 돌아가는 길이 힘들다. 빨리 집에 들어가서 쉬고 싶다. 신은 헤엄치듯이 가게 문으로 손을 뻗었다.

문이 움직였다. 잠겨 있지 않다. 스윙 도어라서 안팎 어느 쪽에서 밀어도 열린다. 신은 그대로 앞으로 쓰러지듯이 가게 안으로 몸을 집어넣었다.

"어머나, 왔니—."

어머니 마사코의 목소리가 들렸다. 부모님은 모두 주방에 있었다. 정리를 하거나 청소를 하거나, 아니면 새 메뉴를 만들어 보고 있는 걸까.

신은 다녀왔습니다, 라고 말하려고 했는데 목소리가 나오지 않았다. 일단은 문 옆 계산대를 붙잡았고, 그것도 힘들어져서 쪼그려 앉았다.

"신, 왜 그래? 몸이 안 좋니?"

마사코가 주방에서 나왔다. 카레 루의 좋은 냄새가 난다.

"엄마, 나."

신의 목소리에는 힘이 없었다. 너무 많이 데친 채소처럼 흐물흐물하다.

"몸이 안 좋은 것처럼, 보여?"

주방의 그릴에서 쉬익! 소리가 났다.

"응, 안색이 나빠."

어머니의 손이 이마에 닿았다. 곧 놀란 듯이 소리를 지른다. "차가워! 너, 어디에 갔니? 내내 밖에 있었어?"

"역 앞에서부터 걸어왔을 뿐인데."

"꼭 냉장고 속에 들어가 있었던 것 같아."

그런가. 체온이 내려간 것이다.

"뭐 좀 먹어야겠어."

"식욕은 있는 거지?"

"엄청 배고파."

"그럼 앉아서 기다리렴."

신은 어떻게든 자력으로 일어서서 가까운 테이블에 앉았다. 입 속에서 침이 마른다.

부모님이 재빨리 만들어 준 치킨라이스와 샐러드를 곱빼기로 먹고 디저트로 치즈케이크를 맹렬하게 해치웠다. 그 모습은 어머니와 아버지가 기가 막혀서 얼굴을 마주 볼 정도로 게걸스러웠다. 신은 결코 적게 먹는 편은 아니지만 평균 이상의 대식가도 아니다. 이런 일은 부모님에게도 처음이었을 것이다.

"아침에 밥 먹었지?" 마사코가 이상하다는 듯이 중얼거렸다.

배가 차자 신은 차분해졌다. 컨디션 난조의 원인은 역시 에너지 고갈이었던 모양이다. 고성의 스케치에서 귀환했을 때도 녹초가 되어 있었고, 거기다 시로타와 말다툼을 하면서 흥분하고 말았다.

보급이 필요했던 것이다.

기운과 함께 분별도 돌아왔다. 정상적인 인식과 쓸쓸한 반성도 다시.

신이 이렇게 비실비실하고 딱 보기에도 이상했기 때문에 시로타는 걱정해 준 것이다. 그래서 서두르는 신을 말리려고 냉정한 의견을 제시했다. 여자애가 갇혀 있다니, 오가키, 비약이 지나쳐.

하지만 신은 취하고 흥분해 있었다. 새가 되어 하늘을 날았으니까. 현실이 아닌 장소의 하늘을. 거기에는 적요를 풍기는 아름다운 고성이 있고, 탑 속에는 작은 여자아이가 있고, 그 여자아이가 창살에 매달려 있었으니까.

이런데도 침착할 수 있다면 남자로 태어난 보람이 없을 것이다. 남자는 그런 법이다. 하지만 여자는 냉정하고 현실적이기 때문에 그 서두르는 마음에 찬물을 끼얹는다.

이 또한 다 신을 걱정해 주었기 때문이다.

그런데 신은 화를 내며 심한 말을 했다.

—그런 알 수 없는 세계에 작은 여자애가 혼자 있다고. 그것만으로도 예삿일이 아니야. 누군가 가 줘야지. 안전한지 어떤지 봐줘야 해.

—그렇게 생각하지 않아? 전혀 생각하지 않냐고?

—시로타, 차갑네.

—그러니까 네가 따돌림을 당하는 거야.

신의 입에서 그 말이 튀어나온 순간, 시로타는 끊겼다. 화가 나서 이성이 끊긴 것이 아니다. 신과의 연결이 끊겼다. 아직 가느다랗게나마 신과의 사이에서 통하기 시작하고 있던 것이 끊겼다.

—그래, 그럼 됐어. 나는 손 뗄래.

오가키, 할 거면 알아서 멋대로 해.

신도 알고 있었다. 왜냐하면 감각이 느껴졌으니까. 그 순간 분명히 시로타를 상처 입혔다. 정말로 날붙이로 베거나 찌른 듯한 감각이었다.

굉장히 무서웠다. 심한 짓을 했다고 스스로도 느꼈다. 그래서 억지로 화를 내며 시로타가 나쁘다고 탓하고, 혼자서 헛돌면서 쓸데없이 에너지를 소비하다가 결국 축 늘어져 이 꼴이 되었다.

시로타는 벌써 집에 돌아갔을까.

부모님은 역시 새 메뉴를 만들어 보려고 주방에 있었다. 키마 카레와 스페인풍 채소 국물 요리라고 한다.

"오늘 저녁 메뉴로 할 거야."

등 뒤에서 말하는 마사코의 목소리를 들으며 신은 자기 방에 들어갔다. 짐을 내려놓고 침대에 앉아 잠시 동안 머리를 감쌌다.

그러고 나서 고성의 스케치를 꺼냈다.

시로타가 그려 준 산제비는 그대로 있었다. 고성의 풍경에도 변화는 없었다.

하지만 클리어파일 너머로도 알아챘다. 파일에서 꺼내 보자 더 잘 알아볼 수 있었다.

발자국이 한층 엷어졌다. 게다가 전체적으로 구깃구깃했는데 왼쪽부터 시작해서 3분의 1정도 부분이 깨끗해졌다. 다림질을 한 것처럼.

이 스케치는 스스로 수복하고 있다.

그 수복을 가속하기 위해 오늘 신은 에너지를 제공한 듯하다.

—아냐, 틀려.

스케치가 신으로부터 에너지를 빨아들인 것이다. 신이 축 늘어질 정도로.

더 이상 춥지 않은데도 새삼 몸이 떨렸다.

주말이 끝나자 신은 평범하게 등교했다. 토요일 오후와 일요일을 통째로 쉬고 잔뜩 먹었기 때문에 컨디션이 완전히 돌아왔다.

고성의 스케치에 커다란 변화는 없었다. 발자국이 아주 조금 옅어진 듯 보였을 뿐으로, 이 스케치도 잠깐 쉬어 가고 있는 것 같았다.

혹은, 또 에너지원이 찾아오기를 기다리고 있는 건지도 모른다.

—맛들인 건가.

이런 표현을 떠올렸다가 섬뜩해져 머릿속에서 털어냈다.

시로타의 상태는 알 수가 없다. 반도 옆 반인 데다가 학교에서의 그 녀석에게는 투명인간 같은 부분이 있다. 주변 사람들에게 계속 무시당해 왔고 스스로도 거기에 익숙해져서 존재가 사라져 버렸다.

한 마디, 사과해야 한다. 제대로 사과하고 고성 탐색을 계속하고 싶으니까 도와 달라고 부탁해야 한다. 머리로는 신도 알고 있다. 하지만 구체적으로 행동하자면 이야기가 다르다. 신은 스스로 여자에게 말을 건 경험조차 별로 없는데, 그 여자애가 왕따면 난이도는 덧셈이 아니라 곱셈으로 뛰어오른다.

월요일, 화요일, 수요일. 신은 시로타의 모습조차 보지 못한 채 등교와 하교를 되풀이했다. 목요일에는 또 하교하는 시로타를 붙잡을 수 있을지 모른다는 기대로 동아리 활동에 나가 하급생들의 '벽' 역할을 맡기도 했지만 시로타는 지나가지 않았다.

그러니까 시로타는 신을 피하고 있는 것이다. 신의 모습을 발견하면 시로타는 가까이 오지 않으리라. 제3중학교도 이십 년쯤 전에는 맘모스 학교였다지만, 현재는 3학년을 다 모아도 백오십 명밖에 안 된다. 그런 가운데, 우연히 서로를 전혀 보지 못하는 일이 있을 수 있을까.

혹시 학교를 쉬고 있다거나.

생각해 보지 못할 일은 아니었다. 이대로 열기가 식을 때까지, 신의 머리가 식을 때까지, 시로타는 그렇게 거리를 둘 작정인지도 모른다.

전화를 건다. 메일을 보낸다. 어느 쪽이든 번호나 메일 주소를 모르면 불가능하다. 여자애들 중 누군가에게 물어보면 가르쳐 줄지도 모르지만 일이 복잡해진다.

—소문이 날 거야. 오가키 너까지 따돌림을 당하고 싶지는 않겠지?

신이 망설이고 있는 사이에 사건이 일어났다. 목요일에 3교시가 끝나고 5분간의 쉬는 시간 때였다. 반 여자애들 몇 명이 계속 옆 교실을 왔다 갔다 하며, 왠지 술렁거리면서 흥분하고 있었다. 그 중 한 사람의 입에서 새어나온 '시로타'라는 이름을, 신의 귀가 들었다.

소란을 피우고 있는 여자애들에게 겁먹거나 화가 난 기색은 없다. 오히려 들뜬 것 같다. 웃고 있는 여자애도 있다.

"결국 저질렀네."

"뭐 어때. 어쩔 수 없지."

시로타가 어떻게 된 걸까. 교실 앞줄에서 신은 귀를 기울였다.

"하지만 시로타는 어떨지 몰라도 에모토는 곤란해지지 않을까?"

"하지만 손을 댄 건 간나가 아닌걸. 오사가 멋대로 화낸 거야."

신의 가슴은 불온하게 술렁거렸다.

에모토라는 학생은 에모토 간나가 틀림없다. 시로타와 같은 반인 여자애로 같은 학년 사이에서 유명하다. 눈길을 끄는 미소녀이고 1학년 때부터 인기가 많았다.

본인도 이를 분명히 의식하고 있어서 학교생활의 모든 장소에서 공주님처럼 행동해 왔다. 또 추종자들이 그것을 부추기다 보니 최상급생이 된 올해에는 어디를 가도 적이 없는 여왕님으로 군림하고 있다.

오사는 그녀의 남자친구다. 에모토에게는 남자 추종자도 있지만 그는 각별해서, 둘은 항상 커플로 인정받아 왔다.

그런 존재에 대한 질투가 없다 해도 신은 에모토도 오사도 좋아하지 않는다. 에모토는 확실히 미소녀지만 동급생들에게 으스대며 고자세를 취하는 한편, 선생님들에게 아양은 잘 떤다. 그 앞뒤가 다른 면이 싫었다. 이는 신만의 편견이 아니라, 소수이기는 하지만 그녀에게 비판적인 시선들이 잠재해 있음을 신은 알고 있었다. 연식 테니스부에서 얼핏 들은 적이 있는 것이다.

—간나라니, 딱 맞는 이름이지 뭐야. 개, 대패처럼 주위 애들의 신경을 깎아 내니까.'간나'는 일본어로 '대패'라는 뜻.

남자친구인 오사는 소프트볼부의 에이스였던 남자애로, 스포츠는 만능이지만 소란스러워서 불쾌한 녀석이다. 그리고 에모토는 그 소프트볼부의 매니저였다.

에모토와 오사 커플에게 시로타가 무슨 일이라도 당한 걸까.

그러다가 쉬는 시간은 끝나 버렸고 신은 마음 졸이면서 다음 수업 시간을 보낸 후 점심시간이 되자 복도로 나갔다. 운이 좋았다. 동아리 활동을 같이 했던 옆 반 남자애가 마침 화장실에 가려고 한다. 신은 다가가서 말을 걸었다.

"오, 오가키, 아직 학교에 나오고 있었구나. 고등학교가 결정됐으니까 곧장 봄방학에 들어간 줄 알았어."

신의 존재감도 이 정도다. 이 구가라는 남자애에게는 너랑 한 조가 되면 게임이 단조로워져서 재미없다며, 복식 페어를 거절당한 적이 있다. 얼핏 떠올렸다.

"아까 좀 소란스럽더라."

응? 하고 건성인 대답이 돌아왔다.

"우리 반 여자애들이 뭔가 시끄럽게 떠들어대고 있던데."

"아아, 그거."

바보 같다니까, 하고 구가는 말했다.

"3교시 때 우리 반은 자습했는데, 뭔지 모르겠지만 에모토가 시로타한테 열 받아서 시끄럽게 소리를 질러댔어. 그랬더니 시로타도 안색이 달라져서."

교실을 나가려고 했다. 그러자 오사가 옆에서 다리를 내밀어 시로타의 발을 걸었다. 시로타가 넘어지자 교실 전체가 폭소했다고 한다.

"그래도 시로타는 묵묵히 일어서려고 했는데 그걸 오사가 걷어찼어."

신은 자신의 안색도 바뀌는 것을 느꼈다.

"찼다니―."

"얼굴. 제대로."

구가는 약간 아파하는 듯한 얼굴을 했다.

"깨끗하게 발길질이 먹혀서 말이야. 시로타가 코피가 나서, 난리 났지."

"그래서 어떻게 됐어?"

"시로타는 보건실에 갔어. 나중에 미타니가 달려와서 우리 다 혼났고. 상관도 없는데 말이야."

미타니 선생님은 옆 반의 담임이다.

"시로타는 지금은,"

"돌아오지 않은 걸 보면 집에 간 게 아닐까?"

얼굴을 제대로 걷어차여 코피가 났다. 다치지 않았을 리가 없다. 게다가 여자애의 얼굴이다. 그런데 뭐야, 그 말투는.

신의 표정을 눈치챈 모양이다. 역시 구가도 조금 진지한 얼굴을 했다.

"시로타네 집, 병원을 하고 있거든. 그러니까 집에 돌아가면 제대로 진찰받을 거야."

신은 몰랐다.

"시로타네 부모님, 의사야?"

"시로타 외과병원이라고, 낡고 더러운 곳. 성터 공원 뒤쪽에 있어."

그 말만으로 충분했다.

'파인애플'에는 여전히 착실하게 직업별 전화번호부가 구비되어 있다. 페이지를 넘겨 시로타 외과병원의 대표 번호를 찾아냈다.

전화는 곧 연결되었다. 사무적이고 정중한 여성의 목소리가 전화를 받았다.

"죄송해요, 저는 하나다 제3중학교 학생인데요. 시로타 다마미의 동급생이에요. 오늘 시로타가 다쳐서 조퇴했다고 들었는데."

여성의 목소리는 여전히 사무적이고 정중하게, 이쪽은 병원의 대표 번호이니 원장님의 자택으로 다시 전화를 걸라고 대답했다.

"자택 전화번호를 몰라서—."

신이 말을 마치기도 전에 전화가 끊기고 말았다.

어쩔 수 없다. 직접 가 보자. 결심한 신은 서둘러 옷을 갈아입었다. 교복을 입은 채 가면 눈에 띄어서 곤란해질 듯한 기분이 들었다.

'성터 공원 뒤쪽'은 제3중학교 쪽에서 본 표현으로, 성터 공원의 동쪽이라는 뜻이다. 사적史蹟은 없지만 면적만은 넓은 이 공원의 가장자리를 돌기보다는 넘어서 가는 편이 빠르다.

달리면서 신은 숨을 헐떡였다. 일단은 운동부 부원이었으니까 이 정도로 숨이 가빠지지는 않는다. 불안 때문이다.

시로타 외과병원은 금세 찾을 수 있었다. 오가키 가에는 주치의가 있고, 필요한 경우에는 그쪽을 통해서 현립 병원의 각 과로 소개를 받을 수 있기 때문에 지금까지 이곳에 온 적이 없다. 이 근처에는 도서관이나 테니스코트 같은, 신의 학생 생활과 인연이 있는 시설도 없고 사무실용 건물들뿐이기 때문에 발을 들여놓은 적도 거의 없었다.

구가의 말대로 오래된 병원이었다. 사 층짜리 건물의 콘크리트 벽은 지저분하고, 꼭대기의 간판도 눈에 띄지 않는다. 규모도 작다.

정면 출입구 쪽에는 '의료법인 시로타 봉공회'라는 간판이 있다. 진료 과목은 외과, 심장외과, 혈관외과와 정형외과. 주로 그 네 번째 진료 과목 때문인지, 일층 종합 접수대 앞에 앉아 있는 환자들의 80퍼센트가 노인이었다. 게다가 혼잡하다.

벽의 '시설 안내'를 보니 재활치료실이나 수술실도 있다. 삼층과 사층은 입원 병동이다. 바로 옆의 게시판에는 다양한 홍보 포스터들—'정기 검진을 받읍시다', '약은 올바르게 복용합시다'—이 붙어 있고 사이에 간호사와 요양사 모집 광고가 섞여 있다.

신은 호흡을 가다듬고 지금은 가장 바쁘지 않을 것 같은 '입퇴원 수속' 창구로 향했다. 연한 분홍색 유니폼을 입고 마스크를 쓴 여성 간호사가 카운터 맞은편에 앉아서 컴퓨터를 두드리고 있다. 말을 걸자 이쪽을 보았다.

"실례합니다. 저는 하나다 제3중학교 학생인데요, 오늘 시로타 다마미가 다쳐서 조퇴했다는 얘기를 들어서요."

여성 간호사는 말없이 눈을 깜박이더니 갑자기 카운터를 떠나 바로 옆의 '수납' 코너로 가 버렸다. 거기에서 와이셔츠를 입고 넥타이를 맨 중년 남성에게 말을 걸어 뭔가 이야기한다. 그러자 그 남성이 신에게 다가왔다. 와이셔츠의 가슴 주머니에 '사무국장 곤 사다노부'라고 적힌, 얼굴 사진이 들어간 명찰을 달고 있다.

신이 또 그 말을 되풀이하기 전에 곤 사무국장이 말했다. "다마미랑 같은 반 친구니? 일부러 와 줘서 고마워."

신의 무릎에서 힘이 빠졌다.

"다마미는요?"

"집에서 쉬고 있어. 치료는 끝났고, 상처는 걱정할 필요 없어."

다행이다.

"갑자기 찾아와서 죄송해요. 학교에서는 선생님이 아무것도 가르쳐 주시지 않아서."

"뭐, 그렇겠지."

곤 사무국장의 표정에는 소위 다 안다는 기색이 있었다.

"문병을 온 거라면 자택으로 가렴. 로비를 나가서 오른쪽으로 꺾은 다음, 첫 번째 신호에서 다시 오른쪽으로 가면 문패가 있으니까."

신은 고개를 꾸벅 숙였다. "고맙습니다. 저어, 이 병원 원장선생님이 다마미의 아버지인가요?"

"원장님은 다마미의 할아버지야."

곤 사무국장은 그것만 가르쳐 주고 바삐 수납 코너로 돌아가 버렸다. 바쁜 모양이다. 아까 그 여성 간호사도 카운터 뒤에서 전화를 받고 있다.

신은 자동문을 통해 로비에서 길가로 나간 후 생각했다. 곤 사무국장은 친절했지만 이대로 시로타 가로 돌격해도 되는 걸까. 지나친 행동은 아닐까.

―시로타는 내 문병 같은 건 좋아하지 않을 거야.

상처는 걱정할 필요 없다고 한다. 코가 부러졌다거나 눈을 다쳐서 실명할 위험이 있다거나, 그런 사태는 아니었다. 그걸 알았으니까 돌아가자. 시로타를 만나도 거북할 뿐이다.

집에 가자. 다만 돌아가는 도중에 시로타 가 앞을 지나가도 딱히 부자연스럽지는 않을 것이다. 그렇다, 그냥 지나가는 것뿐이니까.

오른쪽으로 돌아서 첫 번째 신호에서 오른쪽. 도로는 일차선 일 방통행로가 되었고 인도도 없어졌다.

그 길에서 시로타 가는 병원보다 눈에 더 잘 띄었다. 신은 순수하게 놀라서 멈춰 섰다.

시로타, 부잣집 아가씨였구나.

주택회사의 광고에 나올 듯한 저택이었다. 부지도 넓어 보인다. 주차장 같은 것이 길에 면해 있는데, 셔터가 내려가 있는 출입구만 해도 '파인애플'의 입구보다 넓다. 차가 몇 대나 들어갈까.

입을 벌리고 올려다보고 있자니 주택의 정면 현관, 화분으로 장식된 계단을 세 단 올라간 곳에 있는 쌍바라지 문이 열리기 시작했다. 신은 가까운 전봇대 그늘에 숨었다.

문 안쪽에서 단정하게 양복을 입은 미타니 선생님이 나타났다. 혼자가 아니다. 바로 뒤에서 교장선생님도 따라가고 있다. 둘이서 문 쪽을 돌아보더니 깊이 머리를 숙인다.

과연, 사정을 설명하고 사과를 하러 왔던 건가. 이것은 그 정도의 사태, 사건인 것이다.

당연하지 않은가. 시로타는 발이 걸려 넘어진 차에 걷어차였다. 시로타는 아무 짓도 하지 않았다. 일방적인 폭력이다. 게다가 얼굴을 차였다. 여자애의 얼굴이다. 비열하고 난폭하고, 오사에게 변명의 여지는 전혀 없다. 등교 정지 처분을 받아도 이상하지 않다. 직접 손을 대지는 않았어도 오사를 부추겼다고 할까, 오사가 뭔가 할 거라는 사실을 잘 알고 이를 믿고 소란을 떨었을 것이 뻔한 에모토도 같은 죄를 지었다.

교장선생님과 미타니 선생님은 몇 번이나 머리를 숙였다. 시로타의 부모님이 화를 냈을 것이다. 하지만 선생님들은 어째서 오사와 에모토도 데려오지 않은 걸까. 그 두 사람에게 꾸벅꾸벅 머리를 숙이게 해야 하지 않는가.

신이 자연스럽게 주먹을 움켜쥐면서 지켜보는 동안에 쌍바라지 문이 닫혔다. 문이 완전히 닫힐 때까지 계속 머리를 숙이고 있던 선생님들이 몸을 일으키고, 발길을 돌려 계단을 내려온다.

신은 토끼처럼 달아났다. 달아난 곳은 결국 다시 병원 로비다. 일단 접수대 근처까지 갔다가 천천히 정면 출입구의 자동문으로 돌아가 상황을 살피고 있자니, 교장선생님과 미타니 선생님이 인도를 지나갔다.

둘이서 뭔가 이야기하고 있었다. 표정은 침울하다고 해도 좋을 것이다. 신을 알아차리지는 못했다.

선생님들이 가고 나서도 신은 그 자리에서 움직일 수가 없었다. 차례차례 치밀어 오르는 자문의 무게에 짓눌릴 것만 같았다.

어째서 도망친 걸까. 어째서 선생님들 앞에 나가서 시로타의 상태는 어떠냐고 묻지 않은 걸까. 시로타가 걱정되어서 상황을 알고 싶어서 왔다고, 왜 확실하게 말하지 못했을까.

─오가키 너까지 따돌림을 당하고 싶지는 않겠지?

답은 지극히 간단하다.

나는 오기도 없다. 오기가 없는 건 시로타가 아니라 나다.

아주 짧은 시간이었지만 다른 세계에 갔는데. 거기에서 발견한 여자애를 구해야 한다, 저런 어린아이를 혼자 내버려둘 수 없다고 난리를 치며 시로타를 곤란하게 했는데.

그런 건 용기가 아니었다. 현실과 상관이 없으니까 기세 좋게 무슨 말이든 할 수 있었고, 어떤 생각이든 할 수 있었다. 하지만 신의 본질은 오기가 없어서, 모두에게 따돌림 당하고 있는 시로타 다마미와 친하다고 여겨지는 게 싫은 것이다. 무서운 것이다. 귀찮은 것이다.

자신의 사정 때문에 시로타의 실력을 이용할 생각을 하고 있을 뿐이고.

나는 산제비보다도 더 하찮다.

이튿날, 시로타는 학교에 오지 않았다.

이상한 일이 아니다. 하지만 에모토와 오사가 아무 일도 없었던 듯이 등교해서 추종자나 친구 들과 평소처럼 웃거나 떠들거나 장난치고 있는 상황은 이상하다기보다 부조리했다.

저 녀석들, 아무런 벌도 받지 않는 걸까. 어제 사건을 선생님들은 어떤 형태로 처리하려는 걸까.

혼자서, 그것도 내심으로 씩씩거리기만 해서는 누구에게도 전해지지 않는다. 현실에는 털끝만큼의 영향도 가져오지 않는다. 그렇다고 해서 신이 오사에게 싸움을 걸어서 이길 수 있는 가능성은 전혀 없고, 에모토에게 뭐라고 말해 봐야 말싸움에서 지는 게 고작이다. 에모토 간나는 억지를 부리고 자신에게 유리한 쪽으로 빠져나가는 데 능숙하다.

그리고 모두 신을 비웃을 것이다. 헤에~, 오가키는 시로타랑 커플이었어? 딱 좋네, 이 둘이라면.

신이 이렇게 분한데 시로타는, 그 녀석은 지금 어떤 기분일까.

익숙하니까 이런 일쯤은 아무렇지도 않아. 그 표정이 별로 없는 얼굴로, 평탄한 말투로, 끊어서 내던지듯이 말할까.

역시 시로타를 만나야겠다. 시로타가 어떻게 생각하는지는 아무래도 좋다. 자신을 어떻게 생각해도 좋다. 오가키 너랑은 상관없다는 말을 들어도 좋다.

신은 만나고 싶었다. 만나서, 자기는 화가 났다고 전하고 싶다. 시로타가 이런 일을 당했는데 에모토와 오사는 태연자약하게 있는 걸 용서할 수 없다. 이런 일은 용서되어서는 안 된다고 전하고 싶다.

무엇보다, 우선 시로타에게 사과하고 싶다.

정식으로 집을 찾아갈까, 갑자기 가면 뭣하니까 다시 그 친절한 곤 사무국장한테 부탁할까 하다가 신은 자신이 터무니없는 바보임을 깨달았다.

저도 모르게 "아!" 하고 목소리를 내고 말았다. 영어 수업중이었고, 교단에는 마에지마 선생님이 서 있었다. 과거 기출 문제의

답을 확인하는 중이다.

"오가키, 왜 그래?"

반 친구들 사이에서 소리 죽인 웃음이 새어나왔다.

"너한테는 이제 볼일이 없는 수업이겠지만 지금부터 시험을 볼 애들한테는 중요해. 조용히 하렴."

"죄송합니다."

잠이 덜 깬 거 아니야? 하고 바로 뒤에서 누군가가 말했다. 좋겠네, 안전한 패를 골라서 수험을 끝내 버린 사람은.

가만히 있으면 당장이라도 일어서서 뛰쳐나가 버릴 것 같았다. 신은 입을 꾹 다물고 참았다.

확실하게 시로타를 만나고 싶다면, 그 녀석과 제대로 이야기하고 싶다면, 가야 할 곳은 집이 아니다. 잘 알고 있지 않은가.

성터 공원이다. 그 녀석은 틀림없이 거기에 있다. 그 살풍경한 풍경을, 스케치북에 그리고 있다.

4

시로타는 오늘도 검은 다운재킷을 입고 빨간색 니트 모자를 썼다. 벤치에 앉아 무릎 위에 스케치북을 펼쳐 놓았다.

신이 다가가도 시로타는 목탄을 움직이는 손을 쉬지 않았다. 스케치는 신의 눈에는 거의 완성된 것처럼 보였다.

"다 된 거야?"

말을 걸자 목탄이 멈추었다.

신은 벤치 옆에 섰다. TV 일기예보에서 본 서고동저의 기상도 대로, 성터 공원의 광장 위에는 푸른 하늘이 펼쳐져 있다.

입을 벌리면 바람 때문에 이가 시릴 정도로 추웠다.

시로타는 왼쪽 눈에 안대를 했다. 어린이용 마스크만 한 크기의 안대로, 뺨의 절반을 덮고 있다. 얼굴 외의 부분에는 눈에 띄는 상처나 흔적은 없었다. 거기에 안도하는 마음이 반, 안대 뒤가 어떻게 되어 있는지 걱정스러운 마음이 반.

"이미 완성했어."

평소와 똑같은 시로타의 목소리였다. 얼굴을 들고 잡목림을 바라보고 있다.

"안대를 하고 보면 느낌이 다를 것 같아서."

"달랐어?"

"응. 재미있어서 고치고 있었어."

철저하게 그림쟁이의 대사다. 신의 마음속 미터기의 바늘이 안도 쪽으로 조금 흔들렸다.

그러나 스케치는 역시 황량했고 현실의 이 장소보다도 추워 보였다. 요전에 보았을 때보다 더 추워 보였다.

지금 시로타가 품은 마음의 온도다, 라고 생각했다.

"많이 다쳤어?"

시로타는 대답하지 않는다. 신도 일부러 질문으로 들리지 않을 만한 어조로 물었다.

"좀 비켜 줄래? 나도 앉아서, 네 눈높이에서 이 풍경을 보고 싶은데."

시로타는 말없이 오른쪽으로 살짝 비켰다. 빈 공간에 신도 말없이 앉았다.

북풍이 불어 지나간다. 둘뿐이고, 광장에는 아무도 없다.

"나도 이렇게 볼 수는 있지만."

신도 잡목림을 바라본 채 말했다.

"본 걸 그릴 수가 없어. 분명히 눈과 손이 연결되어 있지 않은 걸 거야."

잡목림이 소란스럽다. 북풍이 강하다.

"─흔히들 그런 말을 하지만."

시로타의 말은 웅얼거림처럼 들렸다. 입가를 많이 움직이지 않도록 하면서 얘기하고 있다.

"보는 것도, 본 걸 그림으로 그리는 것도, 전부 머리가 하는 일이야."

그래? 하고 신은 말했다.

시로타는 스케치북을 접었다. 이렇게 가까이에서 보니 표지가 닳아 있었다. 시로타는 몇 번이나, 몇 번이나 이 스케치북과 목탄을 들고 나와서 눈에 비치는 것을 그려 온 것이다.

늘 혼자서.

꼼꼼한 손놀림으로 목탄도 필통에 다시 넣는다. 발치에 놓은 구깃구깃한 비닐백에 스케치북과 함께 집어넣었다. 오늘은 책가방이 아니다. 학교에 가지 않고, 집에서 곧장 이곳으로 와서 내내 여기에 있었을 것이다. 언제부터 있었던 걸까.

시로타는 도구를 정리한 뒤에도 벤치에서 일어서지 않았다. 양손을 무릎에 놓고 다시 잡목림을 바라보고 있다.

"머릿속에서 살 수 있다면 좋을 텐데."

중얼거리듯이 그렇게 말했다.

"밖에 나가지 않고, 계속 머릿속에만 있을 수 있다면 편할 텐데."

하지만 그곳은 추워—하고 신은 생각했다. 네 머릿속은 너무 추워서, 목탄을 쥔 손이 얼어붙어 버릴 거야.

"네가 그렇게 그리는 그림도 보고 싶지만."

말하다 말고 신은 목이 메었다. 건조한 바람 때문이다. 틀림없이 그렇다. 눈을 깜박거리는 이유도 바람이 눈에 들어갔기 때문이다.

그런 말 하지 마, 하고 말했다. 스스로는 그럴 생각이었지만, 실제로 나온 목소리는 흐릿하기 짝이 없어서, 그러 마 라지 마, 로 들렸다.

시로타가 웃었다. 입이라기보다 뺨을 움직이지 않으려 하고 있다. 그래서 웃음소리도 웅얼거림처럼 들렸고, 짧았다.

그러고 나서 신을 바라보았다. 안대를 하지 않은 오른쪽 눈이 약간 가늘어졌다.

"너는 요즘 남자애였구나."

신은 시로타의 오른쪽 눈을 들여다보았다. "어, 어째서?"

"금방 울잖아. 여자애처럼."

또 웃는다. 신은 손등으로 얼굴을 닦았다.

"안 울었어."

"헤에."

맥 빠진 듯한 목소리를 냈다가 뭔가 다른 뚜껑도 빠진 것처럼 시로타는 깊이 한숨을 쉬었다.

"나, 뽑기 운이 없어."

자리 배정 때 굉장히 높은 확률로 싫어하는 애 옆자리가 돼 버리거든.

"상대방도 싫어하니까 선생님한테 비밀로 하고 다른 애랑 바꿔도 될 텐데. 왜 그런지, 다들 자리 배정 뽑기에만은 충실하단 말이야."

상대는 너만큼 싫어하지 않기 때문일 거야. 널 따돌리는 게 즐거우니까. 그렇게 생각했지만 신은 잠자코 있었다.

"3학기 초부터 나, 계속 에모토랑 오사 사이에 앉았어."

시로타는 에모토를, 다른 여자애들 대부분이 그러는 것처럼 '간나'라든가 '간나짱'이라고 부르지 않았다.

"별로 상관은 없었지만. 그 애들, 나 같은 건 존재하지 않는 것처럼 행동했으니까 나도 신경 쓰지 않았어."

시로타를 사이에 두고 시로타의 머리 너머로 끈적끈적, 알콩달

콩 시시덕거리고 있었을 것이다.

"에모토는 스스로는 아무것도 안 해. 싫은 일은 추종자들한테 시키지. 머리가 좋으니까."

"대충 알아."

"그럼 얘기가 빠르겠네."

쭉 따돌림을 당해 온 시로타로서는 그 자리 배정으로 인해 뭔가 바뀌는 것은 아니었다. 상관없었다는 말은 허세가 아니다.

하지만 시로타가 고등학교 추천 입학 전형을 통과해서 포스트 수험생이 되자 갑자기 분위기가 바뀌었다.

"에모토가 날카로워지더라고. 나한테 직접 뭔가 말하거나, 하게 되었어."

대단한 일은 아니다. '죽어'라는 메모를 돌리거나, 추종자들에게 쓰게 한 '시로타가 인간 실격이라고 생각하는 열 가지 이유'라는 롤링페이퍼를 책상 위에 놔두거나, 시로타의 교과서를 일부러 쓰레기통에 눈에 확 띄게 버리고, 시로타가 말없이 주우러 가면,

—이제 필요 없을 테니까 버려 준 건데.

라고 말하기도 했다. 그럴 때 오사는 반드시 에모토 옆에 붙어서 실실 웃고 있었다고 한다.

"시로타." 신은 말했다. "그거, 질투야."

시로타는 고개를 끄덕였다. "시시하지."

난 이상하게 여겼어, 라고 말한다. "에모토 같은 애도 분하게 생각할 때가 있구나, 하고."

그렇게 좋은 조건을 타고났는데.

"그런 솔직한 감정이 아니야. 왜냐하면 그 녀석, 고등학교는 교복이 예쁜 데가 좋다, 는 정도로밖에 생각하지 않거든."

시로타는 놀란 것 같았다. "어떻게 그런 걸 알아?"

"동아리 여자애가 꽤 에모토의 험담을 하고 다니니까. 추종자가 아닌 평범한 여자애들은 에모토한테 찍히면 귀찮으니까 맞장구를 쳐 주고 있을 뿐이고, 사실은 그 녀석을 싫어해."

에모토는 성적이 좋은 편이고, 어쨌든 선생님들한테 아첨을 잘한다. 꾸중을 듣거나 주의를 받아도 교묘하게 어리광을 부려서 벗어난다. 특히 중년 남자 선생님한테는 엄청나게 강하다. 모두 에모토가 굴리는 대로 이리저리 굴려지니까.

"남자는 바보라고 말한 적도 있어. 선생님이라고 해서 예외는 아니야."

말이 난 김에 덧붙이자면, 남자들이 그렇게 바보니까 간나 같은 여자가 결국 세상을 잘 살아가는 거지, 하고 그 여자애들은 한탄하고 있었다.

"오가키는 의외로 소문을 좋아하는구나."

억울하다. "여자애들은 수다스러우니까 들으려고 하지 않아도 귀에 들어오는 거야!"

그런 수다를 떨며 울분을 푸는 여자애들은 신을 '남자'로 치지 않는다. 존재가 의식되지 않는다는 의미로는 시로타의 처지와 가까울지도 모른다. 아니, 반대인가. 시로타는 존재감이 있고, 그 존재감이 에모토 같은 타입의 여자애의 신경에 거슬리기 때문에 따돌림을 당했지만, 신은 애초에 존재감 자체가 없는 것이다.

"어제 무슨 일이 있었던 거야?"

기세가 붙은 덕분에 아무렇지도 않게 물을 수 있었다. 시로타는 신의 물음이 직접 눈에 닿은 것처럼, 피하듯이 얼굴을 돌렸다.

"오사가 손을 댔으니 꽤 심각한 일이었겠지?"

정확하게는, 댄 건 발이지만.

"그때 선생님은 없었고 우리는 자습을 하고 있었어."

에모토가 연필을 떨어뜨렸다고 한다.

"발밑으로 떨어지길래, 나는 주웠지."

주워서 에모토의 책상 위에 다시 올려놓았다. 그저 그뿐이다.

"나는 생각을 하느라고."

"생각?"

"그 고성의 스케치에 대한 생각이 머릿속에 가득했어."

그 후로 스케치는 또 변화했을까. 탑 속에는 정말로 여자아이가 있을까. 좀 더 안전하게 그 세계에 접속할 방법은 없을까.

시로타는 생각해 주고 있었던 것이다.

"그래서 깜박 정신을 놓았어. 평소 같으면 그런 부주의한 짓은 하지 않았을 거야. 에모토는 나랑 같은 공기를 마시는 것도 싫다고 할 정도니까, 내가 그 애 물건을 만지거나 하면 절대 용서하지 않을 거거든."

"그럼 평소 같으면 어떻게 하는데?"

"말없이 일어서서 옆으로 피하고 에모토가 직접 연필을 줍거나, 오사가 주워 줄 때까지 기다려."

바보 같은 데에도 정도가 있다.

"이러쿵저러쿵하는 것보다 그 편이 빠르다니까. 나도 알고 있었는데."

그때는 마음이 다른 곳을 향하고 있었다. 시로타의 마음의 눈은 고성의 풍경을 보고 있었다. 귀에는 그 숲의 나무들이 술렁거리는 소리가 들렸다.

"그래서 거의 반사적으로 연필을 주워서 에모토의 책상 위에 올려놓고 만 거야."

큰일 났다는 것을 깨달았을 때는 늦었다.

"에모토가 갑자기 꺅 하고 소리를 질렀어. 더러워, 더러워 하면서, 마치 누가 덮치기라도 한 것처럼 소란을 피워서."

순간적인 판단으로, 시로타는 그 자리를 떠나려고 했다. 자리에서 일어서서 복도로 나가려고 한 것이다.

그때 오사가 발을 걸었다.

"간나한테 무슨 짓이냐면서, 갑자기."

책상과 책상 사이는 좁다. 게다가 상대는 체격이 좋은 운동부 선수다. 시로타는 피할 수가 없었다. 제대로 걸려서 넘어졌다.

"하지만 설마 걷어차일 줄은 몰랐어. 모두 웃고 있었으니까, 넘어진 것만으로 끝날 거라고 생각했는데."

―오버하지 마, 이게!

오사의 욕설과 발길질이 날아왔다. 시로타의 눈에서 불꽃이 튀었다. 순간적으로 의식이 멀어졌는지, 정신이 돌아온 뒤에 자신이 바닥에 쓰러진 채 코피를 줄줄 흘리고 있다는 사실을 깨달았다.

신은 가슴이 답답해지기 시작했다.

"네가 어딜 오버했다고 그래."

"그, 러, 니, 까." 참을성 있게 해설하는 말투가 되었다. "내가 에모토한테—"

"연필을 주워 줬을 뿐이잖아. 친절한 마음으로 한 일이잖아!"

"내가 에모토한테 친절하게 대하다니, 그건 해선 안 되는 일이야. 그런 건 그 애들한테 인정받지 못해."

"하지만."

"오가키, 아는 것 같으면서도 모르는구나. 뭐, 어쩔 수 없지만."

시로타는 어깨를 으쓱했다. 말을 많이 해서인지 왼쪽 눈의 커다란 안대가 위로 올라갔다. 시로타가 그 위치를 고치기 전에 신은 보았다. 뺨의 절반 정도에 푸른 멍이 들어 있다.

"오사 그 자식, 시로타의 눈을 노리고 찬 거지."

"아닐 거야. 내 얼굴 한가운데를 노린 거 아닐까?"

약간 빗나갔고, 별로 좋은 발차기는 아니었다.

"오사가 축구부가 아니라서 다행이야."

그런 말을 하고 있을 때냐.

"아아, 그리고 사실은 '찬' 게 아니라 '발이 닿은' 걸로 되어 있어."

신은 할 말을 잃었다.

"오사도 에모토도, 선생님한테 그렇게 변명했어. 내가 갑자기 넘어지는 바람에 깜짝 놀라서 일어나다가 우연히 발이 닿은 거라고."

"—미타니 선생님, 그 말에 납득했어?"

"한 거 아닐까? 오사는 선생님한테 사과했고 에모토는 울고 있었으니까."

가짜 울음이다.

"그렇다면 시로타네 집 현관 앞에서 교장이랑 미타니가 어째서 그렇게 머리를 꾸벅꾸벅 숙이고 있었던 건데?"

말해 버렸다.

"봤단 말이야. 나, 어제—."

시로타는 놀라지 않았다. "병원에 와 줬다면서?"

신 쪽이 놀랐다. "알고 있었어?"

"곤 씨가 가르쳐 줬어. 그 아저씨는 내가 어릴 때부터 일해 왔는데, 집에서 제일 이야기하기 쉬운 사람이야."

신에게 친절했던 곤 사무국장은 시로타와 친한 것이다.

"어쨌든 그건 사고였어" 하고 시로타는 말을 이었다. "사고이더라도 학교 안에서 학생이 다쳤으니까 교장선생님이랑 미타니 선생님이 사과하러 온 거야. 있지, 오가키."

따끔하게 꾸짖는 듯한 말투였다.

"선생님을 이름으로만 막 부르면 안 돼. 너답지 않아."

이 상황에서 그런 걸 신경 쓸 수 있을 것 같아?

"내가 네 부모님이라면 납득하지 않았을 거야."

"우리 부모님은 납득했어."

"속으셨으니까 그렇지. 사실은 아닌데. 시로타, 어째서 제대로 말하지 않는 거야? 부모님한테 걱정 끼치고 싶지 않다거나 그런 생각을 하고 있는 거야? 그러면 바보야. 아무리 사소한 일이더라도 아버지랑 어머니는 널 걱정해 주실 게 분명한데."

순간 시로타가 몸을 움츠렸다. 겁먹은 듯이, 아픈 듯이.

—어째서?

시로타는 자신이 그렇게 반응해 버린 게 분한 듯 아랫입술을 깨물고 있다. 핏기가 사라질 정도로 세게.

"우리 부모님 얘기는 됐어."

그대로 억누른 목소리로 그렇게 말했다.

언제나 한 박자 느린 신의 통찰력이 본체를 따라잡았다.

아까 시로타는 말했다. 곤 사무국장이 집에서 제일 이야기하기 쉬운 사람이라고.

할아버지가 원장이라고 하니까 시로타 외과병원은 가족끼리 경영하고 있을 것이다. 자택도 가깝다. 그런데 그곳에서 근무하는 직원 중 한 명이, 시로타에게 '집에서 제일 이야기하기 쉬운' 상대인 것이다.

그건 이상하지.

어떻게 물으면 좋을까. 물어도 되는 것일까. 신의 판단력은 통

찰력보다도 더 걸음이 느려서, 아직 어깨 아랫부분에서 우물쭈물
하고 있고 머리까지 오지 않았다.

"되긴 뭐가 돼."

그래서 지극히 평범하고 상식적인 반론밖에 나오지 않았다.

"네 부모님이니까 다른 누구보다도 널 생각하고—."

"아아, 이제 싫어."

갑자기 시로타가 큰 소리를 지르며 니트 모자를 벗더니 머리카
락을 마구 쥐어뜯었다.

"싫어, 싫어! 이래서 싫은 거야. 하나를 이야기하면 결국은 전부
이야기해야 되니까. 나 그런 거 싫어해."

혼자서 화내고 있다. 무사한 오른쪽 눈을 치켜세우고 있다. 그
기세로 날카롭게 신을 노려본다.

"있잖아."

시로타는 한 손으로 가슴을 탕탕 치며 기세등등하게 말을 이었
다. "난 의붓자식이야. 아버지가 데려온 아이. 초등학교 3학년 때
아버지는 날 데리고 시로타 가에 데릴사위로 들어갔어. 그러니까
난 어머니랑 피가 섞이지 않았어. 그 사람은 시로타 가의 외동딸
이고, 후계자지. 왠지 모르겠지만 혹이 딸린 아버지가 마음에 들
어서 결혼한 거야."

신은 뒤로 약간 몸을 뺐다. "그럼 아, 아버지도 의사야?"

"맞아. 계속 그 병원에 있었어. 지금은 외과 의국장."

고용된 의사에서 후계자인 외동딸의 남편이 되었다. 실력을 높

이 산 걸까, 첫눈에 반한 걸까.

"네 친어머니는―."

"죽었어. 교통사고. 어쩔 수 없지."

시로타는 하나하나 물어 끊어서 뱉어 내듯이 말했다. 실제로 이를 악물고 있다.

"엄마가 돌아가셨을 때, 난 아직 여섯 살이었어. 아버지는 안 그래도 바쁜데 혼자서 날 키울 수가 없었어. 그러니까 어쩔 수 없어."

신은 그저 고개를 끄덕였다.

"아버지는 지금 힘들어해. 그 병원, 낡았잖아? 시내의 다른 곳에 땅을 사서 새 병원을 짓는 계획이 진행되고 있어. 일손을 늘려서 종합병원으로 만들고, 설비도 최신식으로 바꿀 거래. 그쪽 자금을 마련하느라 뛰어다니고 있고, 환자도 많고."

시로타는 그런 아버지에게 걱정을 끼치고 싶지가 않았던 것이다. 걱정을 끼칠 수 없다.

그리고 어머니는―.

아까 '그 사람'이라는 식으로 말했다.

신의 망설임을 놓칠 시로타가 아니다.

"그 사람한테는 애가 셋 있어. 우리 아버지와의 사이에서 태어난 애."

"으, 응."

"그 애들이 잘 지내는지 뭘 하는지, 나는 몰라. 집 안에서 얼굴을 마주하지 않으니까."

신은 결국 "응"이라는 말조차 할 수 없게 되고 말았다.

그래서 곤 사무국장이 제일 이야기하기 쉬운 상대인 것이다.

"시로타 가는 이 근방에서 오래된 집안이야. 증조할아버지는 시의회 의원도 한 적이 있대. 정치가는 의사보다 돈을 못 번다면서 금방 그만둔 모양이지만."

시로타의 말투에는 희미한 경멸이 섞여 있었다.

"그런 집안이야. 대단한 집안이지. 나는 거기에 붙어 있는 혹. 알았어?"

"—알았어."

교장선생님과 미타니 선생님이 사과한 상대는 시로타 가의 누구였을까. '그 사람'일까. 바쁜 아버지가 그때만은 집에 있었을 것 같지는 않다.

누구든, 시로타에게는 큰 차이가 없다. '가족'이 아니다. 오히려 곤 사무국장 쪽이 나을 정도이다.

시로타는 볼품없는 숏커트 머리를 매만지고 빨간색 니트 모자를 고쳐 썼다. 그저 그 동작만으로 조금 전의 격정을 씻은 듯이 지워 내고, 평온한 눈을 했다.

북풍에 잡목림이 술렁거린다. 하늘은 모르는 척하는 얼굴을 한 채 한없이 푸르다. 오늘의 성터 공원 광장은 신과 시로타 다마미가 대절한 상태다.

문득 이곳도 이세계異世界가 아닐까 하고 생각했다. 신과 시로타는 어느샌가 현실에서 떨어져 나와, 이 춥고 살풍경하고 그저 푸른 하늘만이 아름다운 곳에 어깨를 나란히 하고 앉아 있다.

꽤 오랫동안, 둘이서 바람 소리를 듣고 있었다.

"오가키."

부르는 소리에 신은 시로타의 옆얼굴을 보았다.

"아직도 그 고성에 가고 싶어?"

시로타는 먼 곳을 보고 있었다.

"가고 싶다면, 좋아."

깊이 숨을 내쉬고 신을 돌아보았다.

"다만 이번에는 내가 갈게. 가서 조사해 보고 오겠어."

여기서 만나서 마침 잘됐어, 라고 한다.

"시험해 보자고 상의하고 싶었거든. 내가 무사히 돌아온다면 다음에 네가 가면 돼. 그러니까 옆에서 보고 있어."

이제 미적지근한 방법은 쓰지 않을게, 라고 했다.

"처음부터 인간을 그리겠어. 사람의 다리로 걸어서 그 성에 들어갈 수 있을지 시험해 볼래. 탑에 올라가서, 만일 정말로 작은 여자아이가 있으면 말을 걸어서 사정을 들어 봐야 해. 작은 새는 그런 일을 할 수 없으니까."

"그건 그렇지만."

갑자기 뭐야.

"그렇게 신중하더니, 왜 그래? 무서워했잖아. 깊이 들어가는 건 위험하다고 했잖아."

"위험하다고 생각해. 그러니까 내가 가서 확인하고 올게. 난 아무렇지도 않으니까."

아무렇지도 않아. 괜찮아.

"나라면 괜찮아. 만일 거기 갔다가 돌아오지 못하게 되어도 상관없어. 아무 문제도 없으니까."

그런 뜻이냐.

신은 눈을 크게 뜨고 입을 다물었다. 바람이 스며서 괴로운데도, 그래도 가능한 한 두 눈을 크게 부릅뜬 채 멈춰 있었다.

일전에 부모님을 놀라게 할 정도로 많이 먹었을 때와 비슷했다. 굶주림 같은 것이 몸 안쪽에서 밀려와 출구를 찾고 있다. 그것을 부딪칠 상대를 찾고 있다. 원하는 것을 찾고 있다.

지난주에는, 그것은 음식이었다. 지금은 아니다.

돌아오지 못하게 되어도 상관없다.

분노가, 슬픔이, 육체적인 동작을 동반하며 표출되고 싶어 하고 있음을 신이 자각하기도 전에 몸이 먼저 움직였다.

신은 시로타의 머리에서 빨간 니트 모자를 벗겨 냈다. 놀라서 눈을 부릅뜨는 시로타도 아랑곳하지 않고 벤치에서 일어서더니 니트 모자를 움켜쥐고 힘껏 멀리 던져 버렸다.

부드러운 니트 모자는 뭉쳐진 채로 하늘에서 호를 그리다가, 도중에 펼쳐지면서 속도를 잃고 광장의 땅바닥에 떨어졌다. 색깔이 없는 광장에, 단 하나의 빨간 점. 실수로 화가의 붓 끝에서 시들고 쓸쓸한 그림 속으로 떨어진, 생생한 붉은색.

신은 거칠게 헐떡였다. 전력질주를 한 것 같았다. 손도 무릎도 떨렸다.

"뭐하는 거야."

묻는 시로타의 목소리도 떨리고 있었다.

"정말, 화가 나."

신의 목소리는 거친 호흡 속으로 섞이고 말았다. 그게 싫어서, 힘껏 고함쳤다.

"무슨 그런 제멋대로인 말을 하는 거야!"

시로타가 글자 그대로 움츠러드는 모습을, 신은 처음으로 보았다. 한순간 통쾌했다.

"거기 갔다가 돌아오지 못하게 되어도 상관없다고? 네, 그러십니까, 할 수 있을 것 같아, 이 바보야!"

똑바로 응시하는 시로타의 오른쪽 눈의 검은자위까지 움츠러들어 작아져 있었다.

"어디 가서 사라져 버리고 싶다면 나랑 상관없는 곳에서 해 줘. 그 고성을 이용하는 건 절대로, 절대로 허락하지 않을 테니까. 그건 내가 발견한 장소야. 너 좋을 대로 하게 두지 않아!"

시로타 다마미가, 시로타 다마미라는 인간을 버리는 장소로 만들 수는 없다.

여기서부터 목소리가 더 나오지 않게 되었다. 숨을 쉴 수가 없었다. 어깨를 들썩거리며 호흡하고, 격렬하게 헐떡이고, 몸을 떨면서, 신은 주먹을 쥐고 우뚝 서 있었다.

"—갈 거면 나도 같이 가."

시로타의 오른쪽 눈이 깜박였다.

"둘이 같이 갔다가, 같이 돌아오는 거야. 그러지 않으면 안 돼. 다마미, 이 바보야!"

신의 노성의 잔향은 북풍에 섞여 성터 공원의 광장을 둘러싼 잡목림을 빠져나갔다.

"오가키."

"왜."

신은 아직도 몸의 떨림이 멈추지 않았다.

"그렇게 박력 있게 말할 때도 있구나."

그래, 그러면 안 되냐? 옆에서 보기에는 아무리 연약한 남자라도, 속으로는 박력 있는 남자로 행세해도 괜찮잖아. 틴에이저의 자아라는 것에는, 그 정도 특권은 있는 거잖아.

"하지만 날 '다마미'라고 부르는 건, 친한 척하는 것 같으니까 관둬."

그랬나.

"—미안."

그러자 시로타는 미소를 지었다. 뺨이나 콧등이 아픈 듯한 부자연스러운 웃음이었다.

"나도 미안해."

"어?"

시로타의 웃음이 그녀의 눈 안쪽까지 닿았고 거기에 작은 불이

140

켜졌다.

"모자, 주워 와."

꼼꼼하게 준비해야 한다.

무엇보다도 우선 시로타가 신과 시로타의 아바타를 고성의 스케치 속에 그려 주어야 한다.

"지금 스케치 갖고 있어?"

"집에 두고 왔어. 돌아가는 길에 들러. 금방 줄게."

시로타는 비닐백에 물통을 넣어 왔다. 물통 안에 든 것은 메밀차였다. 조금 미지근해졌지만, 이 추위 속에서는 고맙다. 신은 그차를 조금씩 홀짝이고 있었다. 시로타가 별로 추위를 타지 않는 까닭은 익숙하기 때문이냐고 물었더니, 등에 핫팩을 붙였다고 한다.

"맞아, 그것도 중요하지."

아바타의 복장과 장비다.

"산제비가 되어서 날았을 때 그 성을 둘러싼 공기는 차가웠어?"

전혀 기억이 없다.

"─새는 깃털을 입고 있잖아."

"기억나지 않는 거구나. 그럼 됐어. 우선 더우면 벗으면 되게끔여러 겹 입혀 놓을게."

신발은 운동화가 제일 좋아, 라고 한다.

"먼저 말해 두겠는데 나는 사실파寫實派야. 이참에 실물보다 멋있게 그려 달라거나 역삼각형 몸매로 해 달라고 요청해도 무리야."

그렇게 비꼬는 말을 하지 않아도 될 것 같은데.

"별로 난, 겉모습은 아무래도 상관없어. 하지만 그쪽에서는 전사가 되는 편이 이래저래 든든하지 않을까?"

시로타는 코웃음을 쳤다. "아무래도 그림의 세계 자체에 뭔가 의지 같은 게 있어서 들어온 사람의 에너지를 빨아들이는 듯해. 그런 상대랑 어떻게 싸울 건데?"

뭐, 그렇긴 하지만.

"화살이든 총이든 엑스칼리버 같은 대검이든, 그리긴 그릴 수 있어. 하지만 애초에 사용하지 못하면 의미가 없고, 적 같은 게 나타났을 때 그런 공격이 통하는 곳인지 아닌지도 알 수 없어. 그렇다면 우리에게 익숙한 우리의 몸을 그려 넣고, 여차할 때는 한달음에 도망칠 수 있게 해 두는 게 상책이야."

적 같은 것이라. 신은 막연히 그 성과 탑을 경비하는 기사단 같은 존재를 상상해 보았다.

"아바타를 그리는 데 얼마나 걸려?"

"내일 하루만 있으면 충분해."

"그럼 일요일에는 결행할 수 있겠네."

응, 하고 대답하며 시로타는 고개를 끄덕였다.

"장소는 역시 '스케치 광장'이 좋을 것 같아. 주위에 사람이 많이 있으니까. 우리가 둘 다 이젤 앞에서 몇 시간이나 굳어 있으면 누군가 한 명 정도는 이상하다고 생각하겠지."

너희 왜 그러니, 하고 말을 걸고, 그래도 신과 시로타가 움직이지 않으면 어깨 정도는 두들겨 줄……지도 모른다.

"그게 우리의 긴급 귀환 스위치가 될 거야."

"비교적 상황에 맡기는 거네."

"둘이서 그쪽에 간다는 건 그런 위험을 무릅쓴다는 뜻이야."

"그럼 좀 더 적극적으로 그 스위치를 설치해 두자. 타이머를 이용하는 거야."

주방용 타이머면 충분하다.

"설정해 두면 시간이 되었을 때 자동적으로 울리겠지. '스케치 광장'의 사람들은 잡음이나 사담에 엄청 엄격했으니까 그런 게 울리기 시작하면 100퍼센트 누군가가 다가와 줄 거야."

"명안인 것 같긴 한데."

시로타는 조금 놀라고 있다.

"그렇다면 휴대전화의 타이머 기능을 이용하면 되잖아. 오가키, 휴대전화 없어?"

굉장히 부끄러웠다.

"고등학교에 들어갈 때까지는 안 된다고 하셔서."

그래, 하고 말하며 시로타는 고개를 끄덕였다. "부모님, 견실한 분들이구나."

"너는 휴대전화 있어?"

"아버지랑 이야기하고 싶을 때를 대비해서 사 줬어."

신은 아무 코멘트도 하지 않았다. 시로타도 더 이상은 설명하지 않았다.

"몇 시간 정도로 설정해 둘까? '스케치 광장'은 몇 시까지 쓸 수 있지?"

"오전 9시부터 오후 5시까지. 하지만."

시로타가 말을 흐린다.

"왜?"

"이쪽에 남아 있는 몸은, 의식이 없지만 분명히 살아 있는 거겠지."

"당연하지. 나 지금도 확실하게 살아 있잖아."

"그럼 시간이 지나면 생리적 욕구라는 게 생기지 않을까?"

화장실이다.

"최대 세 시간이 한도일 것 같아. 나도 일단은 여자니까, 긴급 귀환했는데 옷에 실례를 했으면."

"알았어, 알았어!"

그보다 신에게도 제안할 것이 있다.

"요전에 그쪽에서 돌아왔을 때 나 녹초가 돼 있었잖아? 집에 돌아가는 동안 몇 번이나 쪼그려 앉아야 했어. 하지만 밥을 먹었더니 낫더라고. 요컨대 에너지 부족이었던 거지."

"돌아오면 곧 보급할 수 있도록 음식을 준비해 두는 게 좋다는 거구나."

신은 가슴을 탁 쳤다. "내가 맡을게. 도시락을 가져갈게. 우리 집은 레스토랑이니까, 맛있을 거야."

"뭐라고 하고 만들어 달라고 하게?"

"지금부터 생각해 볼게."

결행은 일요일 오전 10시. 사전에 아침을 든든히 먹고 올 것. 회의를 끝내고 돌아가려고 일어섰더니,

"같이 가면 곤란해."

하고 시로타가 말했다.

"집이 어디쯤에 있어? 장소를 가르쳐 주면 10분쯤 늦게 갈게. 창문으로 내가 보이면 스케치를 가져와."

정말 신중한 녀석이다. 신은 장소를 설명했다.

"'파인애플'? 그럼 알아. 간판을 본 적이 있거든. 맞은편에 '봉래'라는 라면가게가 있지?"

"간 적 있어?"

"맛은 없었지만."

"그렇지? 거기는 안 돼. 가게 주인 실력이 어설프거든. 시로타, 어째서 거기는 갔으면서 우리 가게 앞은 그냥 지나갔어?"

"그냥."

신은 먼저 집으로 돌아가 스케치를 클리어파일째 큰 봉투에 넣어 두고 기다렸다. 창문으로 밖을 보고 있자니 정말로 10분 후에 시로타가 건너편의 인도를 걸어왔다.

밖으로 나가 길을 건너서 봉투를 내밀었다. 시로타는 그것을 비닐백에 집어넣고 '파인애플'의 간판과 차양을 올려다보았다.

"좋은 냄새가 나네."

바람을 타고 이 근처까지 냄새가 풍겨 온다.

"나, 한 달에 한 번 정도 아버지랑 둘이서 점심을 먹을 수 있어."

아버지와 이야기하기 위해 휴대전화가 필요하고, 함께 식사를 하는 것은 한 달에 한 번. 그것도 그냥 먹는 게 아니라 '먹을 수 있는' 것이다.

"'봉래'에도 그래서 갔던 거야. 아버지가 라면을 좋아하니까."

"그래?"

"다음번에는 '파인애플'에 와 볼게."

기특한 말이다. 이쪽 세계에서의 미래의 일을 생각하고 있다.

"꼭 와. 맛은 보증할게."

"응."

멀어져 가는 시로타의 모습이 작아질 때까지 신은 인도에 서서 지켜보았다. 얼마나 멀어지면 그 고성의 스케치에 딱 알맞은 축척이 될까, 하고 생각하면서.

5

자칫 사실파도 거리감을 틀릴 때가 있나 보다.

숲의 나무들 사이로 신과 시로타는 뛰어내렸다. 대단한 높이는 아니다. 1미터 정도일까. 그래도 예상하지 못했기 때문에 놀랐다.

신은 착지할 수 있었지만 시로타는 엉덩방아를 찧었다.

신은 얼굴을 찌푸리며 일어서는 시로타에게 말했다. "1점 감점."

"미안. 그 스케치, 숲의 가장자리는 그려져 있지 않아서 나무 높이가 짐작이 안 갔어."

시로타는 바지 엉덩이를 탁탁 털고 있다. 그 동작이 지극히 자연스럽다. 경이적으로 자연스럽고 매끄럽다.

신은 양손을 흔들흔들 흔들고 그 자리에서 발을 굴러 보았다. 목을 이리저리 돌려 보았다. 아직 확인할 수 없는 미각 이외의 감각은 모두 정상적으로 움직인다. 숲의 나무들의 온화한 속삭임. 바람은 축축하게 습기를 머금고 있고 희미하게 이끼 냄새가 난다.

시로타, 역시 실력이 좋다.

둘은 근처 언덕에 하이킹을 하러 가는 듯한 옷차림이었다. 각자 배낭도 멨다. 옷에 무늬까지 그려 넣지는 않았기 때문에 점퍼와 바지와 운동화에는 무늬가 없다. 다만 색깔은 있다. 싸구려 애니메이션의 배경 인물들이 띨 만한 흔해 빠진 색깔. 바꿔 말하자면 전부 이 숲의 분위기를 손상시키지 않을 정도의 무난한 색깔이다.

신은 스타디움 점퍼를 입었고 시로타의 점퍼에는 후드가 달려 있다. 그리고 시로타는 그 니트 모자를 쓰고 있다. 제대로 빨간색을 띤 모자다.

"그 모자에만 색깔을 칠하지는 않았지?"

시로타는 놀란 듯이 모자를 벗어 확인했다. "아, 내 거다!"

"그래서 물은 건데요."

"그런 치사한 짓은 안 했어. 너도 봤잖아."

소중하다는 듯이 양손으로 모자를 다시 쓴다.

"이걸 쓰고 가고 싶다는 내 마음이 통한 건지도 몰라. 그렇다면 여기, 정말 굉장한 곳이야."

스스로 의지(같은 것)를 갖고 있고 침입자의 의지도 이해한다. 아니면 그 마음을 읽는다.

시로타의 얼굴에 안대는 없었다. 뺨에도 콧등에도 상처가 없다. 아바타의 얼굴은 평소의 시로타의 얼굴이다. 그 눈으로 주위의 모습을 똑똑히 확인한다.

정면의 숲 너머로 그 고성과 첨탑 한 쌍과 돔 모양의 지붕 상부가 보인다.

"꽤 머네."

"네, 네, 또 내 계산 실수였던 걸로 해 두자."

고성을 향해 걸어가려고 하는데 시로타가 신의 등에 매달린 배낭을 잡아당겼다.

"잠깐 기다려. 우선 배낭 내용물을 회수해야지."

맞다. 시로타는 고성의 스케치와 마주했을 때의 왼쪽 구석에 두 아바타를 그리고, 거기에서 조금 떨어진 곳에 휴대품을 그려 넣었던 것이다.

"같은 곳에 그려 두면 좋았을 텐데."

"이쪽으로 이동한 순간에 발등 위에 손전등이 떨어지거나 하면

싫잖아."

전부 눈짐작으로 그린 거니까—하고, 시로타는 입을 삐죽거리며 말했다.

한 바퀴 둘러본 바로는 숲속 가까운 곳, 나무들 틈새로 쏟아져 내리는 햇빛 아래에 둘의 휴대품이 흩어져 있지는 않았다.

"물품들도 꽤 멀리 있다는 뜻이겠네."

시로타는 진지한 얼굴로 고개를 끄덕였다. "성의 규모를 모르니까 근본적으로 축척을 틀렸을지도 몰라. 산제비 때는 원래 작은 생물이니까 신경 쓰이지 않았을 뿐일 거고."

어쨌든 방향은 저쪽이라고 해서 시로타가 가리키는 방향으로 가 보았다. 이 근처에는 신이 발견한 오솔길은 나 있지 않았다. 나란히 선 나무들의 뿌리는 또 다른 생물인 것처럼 꿈틀꿈틀 솟아올라 있었지만 흙은 부드러웠고 이끼나 풀에 덮여 있어서 밟으면 기분이 좋았다.

"이 숲, 좋은 냄새가 나네."

시로타는 걸으면서 심호흡을 했다.

"삼림욕이야."

"말은 잘하네. 무서워했던 주제에."

시로타는 웃으며 얼버무렸다.

한동안 걷다 보니 앞쪽 풀 위에 떨어져 있는 페트병이 보였다. 둘은 뛰다시피 해서 가까이 다가갔다.

"있다!"

시로타는 안도한 듯이 소리를 질렀다.

페트병에 든 물. 휴대용 비닐 우비. 작은 초콜릿과 크래커 상자. 일회용 화장실 키트. 손전등과 핫팩. 각각 하나씩이다.

시로타는 제일 먼저 손전등을 주워들고 스위치를 눌렀다. 빛이 들어왔다.

"잘 켜진다."

고성의 스케치에 인형의 집 비품처럼 작게 그렸던 물건들이라 실은 신도 '괜찮으려나' 하고 생각하고 있었다.

"나, 깜박 잊고 건전지를 따로 그리지 않았어. 하지만 켜진다는 건,"

손전등의 바닥 뚜껑을 열고 확인한다.

"—건전지도 들어 있어."

시로타는 풀 위에 무릎을 댄 채 새삼 감탄했다.

"여기, 정말 굉장해."

신도 확인 작업을 했다. 크래커와 초콜릿 상자에는 내용물이 들어 있다. 우비도 잘 펼쳐진다. 봉지에 든 우비로 그린 데다가 라벨에는 핀 끝으로 쓴 듯한 글씨로 '비옷'이라고 적어 넣었을 뿐인데.

확실히 굉장하다고 할까, 친절한 이세계다. 아니면 이 또한 뭔가 규칙을 따르고 있고, 현재 신과 시로타가 거기에서 벗어나지 않은 것뿐일까.

둘은 배낭에 물품들을 집어넣고 고성의 첨탑과 돔이 보이는 방향으로 향했다. 상정했던 것 이상으로 숲은 깊었고 거리는 멀어

보였다. 나아가도, 나아가도 눈에 들어오는 것은 고요한 나무들과 이끼와 흙과 풀. 가끔 작은 꽃이 피어 있다. 고성은 전혀 가까워지지 않았다. 신이 발견한 오솔길도 만나지 못했다.

"—물소리가 나."

시로타가 걸음을 멈추고 오른쪽을 돌아보았다.

"강이 있을지도 몰라."

멋대로 그쪽으로 척척 가 버린다. 별수 없이 신도 따라갔다. 앞쪽에서 숲의 지면이 완만하게 올라가 있었다.

그곳을 올라갔다 내려가자 분명히 시냇물이 보였다. 신과 시로타도 한 걸음에 넘을 수 있을 듯한 작은 시냇물이다. 고성 쪽에서 흘러오고 있다. 시로타가 아무렇게나 다가가서 쪼그려 앉는 바람에 신은 소리를 질렀다.

"미끄러우니까 조심해."

말하는 도중에 시로타는 미끄러져서 또 엉덩방아를 찧었다. 떨어져서 익사할 만한 강이 아니라서 다행이다.

시로타는 그 김에 그대로 주저앉아서 손을 내밀어 물을 만졌다.

"차가워."

맑은 물이다. 바닥은 얕았고 뻗어 나온 나무뿌리들이 보였다.

"물고기는 없네."

"이렇게 좁은 시냇물이니까."

"그래서는 아닐 것 같아."

시로타는 한숨 돌리듯이 앉은 자세를 고치며 머리 위를 올려다

보았다.

"아까부터 계속 새 한 마리 보이질 않아. 울음소리도 들리지 않고."

이곳에는 생물이 없는 게 아닐까, 라고 한다.

"벌레도 없잖아? 보통 이런 곳에는 벌레가 많아. 우선 거미가 있지. 가지와 가지 사이에 거미줄을 쳐."

듣고 보니 그렇다.

"―싫어하는 건지도 모르겠네."

이 그림의 작가.

"벌레를 싫어하는 건지도."

"그렇게 자세히 그리지는 않았을 뿐일 거야."

"그럼 풀이나 작은 꽃이나 이끼는? 스케치에도 그런 건 없었어. 하지만 이곳에는 존재하잖아. 진짜 숲에는 존재하는 거니까."

하지만 벌레나 작은 동물은 없다.

"그럼 짐승 같은 것도 없으려나. 그렇다면 안심이야."

신은 진심으로 그렇게 말했지만 시로타는 불길하게 씨익 웃었다. "모르지. 곰이나 늑대는 좋아할지도 몰라."

"그, 그만해."

"곤란하게 됐네. 나 빨간 두건인데."

"모자잖아. 두건이 아니라."

시로타가 놀리고 있는 것임을 깨닫기까지 시간이 조금 걸렸다. 신은 발끈했다.

"농담 그만해."

시로타가 웃는 얼굴을 한 채 일어선다. 어째서 이렇게 좋아하는 걸까.

"여기는 정말로 작가의 영혼 속인 거야."

시로타는 곱씹듯이 말했다.

"이런 장소를 존재하게 할 수 있을 정도의 실력을 가진 사람이, 이곳을 그린 거야."

눈을 빛내고 있다.

"시로타, 신났네. 그렇게 움찔거리더니."

"과거에 얽매이는 건 남자답지 못해."

작은 시냇물을 따라 둘은 다시 고성을 향해 걷기 시작했다.

하늘은 맑다. 공기가 좋다. 하지만 나아가도, 나아가도 변함이 없는 숲의 풍경에 신이 조금씩 불안을 느끼기 시작했을 무렵―.

삐~.

둘은 동시에 펄쩍 뛰어오를 뻔했다.

손가락 피리다. 신은 들어본 적이 있는 음색이었다.

집에서 처음으로 이 세계를 들여다보았을 때 분명히 들었다. 높고 맑고 잘 울리는 소리.

신은 시로타와 얼굴을 마주 보았다. 신은 아마,

―저쪽으로 가도 될까?

라는 얼굴을 하고 있었을 것이다. 시로타는 분명히,

―저쪽에 누군가 있어.

라는 얼굴을 하고 있었다. 단정형인 만큼, 시로타 쪽의 결단이 빨랐다. 등의 배낭을 흔들면서 손가락 피리 소리가 들려온 방향을 향해 달리기 시작했다.

"자, 잠깐 기다려, 시로타!"

신은 뒤늦게 쫓아갔다. 시로타는 돌아보지도 않고 큰 소리로 앞쪽을 향해 부르기 시작했다.

"어~이, 어~이."

이 경우 여자아이로서 '어~이'라고 해도 되는 걸까.

"누구 있어요오~? 거기에 누구 있나요오~."

계속 들려오던 손가락 피리가 이 부름 소리에 호응해 그쳤음을 신은 깨달았다.

앞쪽에서 땅은 다시 완만한 사면으로 변했다. 이끼 색깔이 짙다. 이번에는 신이 발이 걸려 비틀거리고 말아서, 또 시로타와의 거리가 벌어졌다.

시로타는 사면 꼭대기까지 가자 무언가에 얻어맞은 것처럼 정지했다. 신은 허둥지둥 따라잡았다.

사면을 내려간 곳에 오솔길이 나 있다. 숲속을 비스듬히 오른쪽으로 가로지르는 느낌이다. 길을 따라 노란 수선화가 무리 지어 피었다.

거기에 수선화의 노란색을 그대로 투영한 듯한 옷차림을 하고 우두커니 서 있는 남자가 보인다.

시로타는 숨을 헐떡이고 있다. 신의 심장 박동도 빠르다. 하지만 이건 달렸기 때문이 아니다.

노란색 작업복. 소위 말하는 '멜빵바지'다. 주머니가 많다. 허리에 감은 굵은 벨트에는 많은 쇠장식이 달려 있고, 거기에 여러 가지를 매달고 있다. 공구나 도구일 것이다. 햇빛을 받아 금속의 광택이 빛나고 있다.

머리에는 검은 모자. 작고 통통하고 둥근 얼굴. 이쪽의 둘과 저쪽의 한 사람 사이의 거리는 대략 10미터. 얼굴 생김새까지는 보이지 않는다. 다만 어른 남자임은 틀림없다.

그리고 저쪽도 놀라고 있다는 것도.

그 상태로 굳은 듯이 서로 관찰하기를 몇 초. 갑자기,

"삐~."

노란색 멜빵바지를 입은 남자가 또 손가락 피리를 불었다. 시로타가 움찔했다.

"이거 또, 이거 또, 이거 또."

남자는 그렇게 소리를 지르더니 신과 시로타를 향해 달려왔다. 둥글둥글한 몸으로 데굴데굴 구르다시피 하며 달린다. 가까이 오니 대놓고 웃고 있는 모습이 보였다.

"야아 야아 야아 야아 야아!"

기합을 넣는 것이 아니라 인사하는 것임을 안 까닭은, 남자가 굴러 올라오듯이 경사면을 올라와 신의 양손을 잡았기 때문이다. 손을 잡고 바쁘게 위아래로 흔든다.

"겨우 만났네! 야아, 너희!"

시로타는 글자 그대로 눈을 동그랗게 뜨고 있다.

"어디에서 왔니? 어떻게 왔어? 너희 둘뿐이야?"

신의 손을 놓더니 이번에는 시로타의 손을 잡았다. 이번에는 악수하는 형태로, 또 위아래로 흔든다.

"기쁜데."

혼자서 희색이 만면한 채 멍하니 있는 시로타의 손을 놓는가 싶더니 멜빵바지 가슴 주머니에서 뭔가 꺼냈다. 금속으로 된, 작은 소형 휴대전화 같은 것이다.

멜빵바지를 입은 남자는 그 스위치를 누르고 입가에 가까이 가져가더니 명랑한 말투로 말했다.

"탐험 개시 십일째, 처음으로 다른 여행자들과 조우. 틴에이저 2인조다. 으~음, 너네 이름은?"

신도 시로타도 아직 말을 하지 못했다. 그러자 남자는 성급하게, 어디까지나 기분 좋게 말을 이었다.

"자세한 얘기는 나중에 다시 하자. 어쨌든 겨우 동료를 발견했어. 이 기쁨을 기록해 둬야지."

스위치를 끈다. 그 무렵이 되어서야 신은 겨우 이해했다. 저 금속으로 된 것은 IC 레코더다.

"실례했습니다."

멜빵바지 차림의 남자는 가슴 주머니에 IC 레코더를 집어넣더니 신과 시로타를 돌아보며 부자연스럽게 목례했다.

"인사도 하지 않고 갑자기 그래서 미안해. 하지만 기뻐서 말이야. 여기에는 나밖에 없는 건가 하고, 포기하려던 참이었는데."

이렇게 가까이에서 보니 마흔 살이 넘었을 것 같은—아니, 느낌으로 보아 쉰 살 가까이 되었을지도 모른다. 수염 깎은 자국이 짙은데, 눈썹에는 백발이 섞여 있다. 전체적으로 통통해 보이지만 살이 처진 체형은 아니다. 단단하게 통통한 타입이다.

노란색 멜빵바지는 오래된 옷이다. 낡았고, 여기저기에 얼룩이 묻어 있다. 벨트에 매달린 것 중 지금 신의 눈에 보이는 물품은 공구 자루와 밧줄 한 덩어리와 손전등. 신고 있는 새까만 부츠는 아마 안전화일 것이다.

"난 사사노라고 해. 은행 창구와 병원 대합실 이외의 장소에서는 오랫동안 그렇게 불린 적이 없지만."

신은 여전히 반응하지 못했다. 시로타도 어안이 벙벙한지 눈이 크게 뜨여 있다. 사사노라는 남자는 그런 사소한 것에는 신경 쓰지 않고 솔직하게 자기소개를 계속했다.

"사람들 대부분은 나를 '파쿠 씨'라고 불러. 나도 그 편이 익숙하니까 그렇게 불러 주렴."

또 머리를 꾸벅 숙인다. 이때는 정중하게도 오른손으로 검은 모자를 벗었다. 머리 꼭대기가 깨끗하고 둥그렇게 탈모되어 있었다.

이 고성의 세계에 먼저 와 있던 손님은 진짜 아저씨였다.

3 장

탐색 동료

過ぎ去りし王国の城

1

"서서 이야기하기도 뭣하니까 내 베이스캠프로 오렴."

자칭 '파쿠 씨'는 신과 시로타 앞에 서서 수선화가 핀 오솔길을 안내해 주었다. 셋이서 한 줄로 늘어서서 완만한 내리막길을 걸어가자 곧 숲 사이로 노란 삼각뿔이 보이기 시작했다.

텐트다. 새것이다. 네 모퉁이에 제대로 말뚝을 박았고 하얀 밧줄이 팽팽하게 당겨져 있다.

텐트 옆에는 '음료수'라는 라벨이 붙은 네모난 폴리 탱크가 있고, 삽과 양동이와 장화 등이 한데 놓여 있었다. 방수 시트를 씌운 큼직한 것이 있어서 뭘까 하고 들여다보니, 신의 눈에는 정체불명인 기계였다. 자동차 엔진일까?

현실 세계에서 중학교 3학년생 둘이서 숲에 가고, 파쿠 씨 같은 풍채의 중년 남성이 말을 걸자 경솔하게 뒤를 따라간다면 지나치게 무방비하다고 야단을 맞을 것이다. 지금도 사실은 그럴지 몰라서 신은 얼마쯤 긴장하고 있었다. 시로타는 어떤가 싶어 안색을 살폈는데, 솔직하게 즐거워하고 있다.

"아주 잘 그리시네요."

시로타는 서론도 없이 파쿠 씨에게 그렇게 말했다.

"이거, 포터블 발전기죠?"

방수 시트를 들추고 정체불명의 기계에 가볍게 손을 댔다. 파쿠 씨는 기쁜 듯이 고개를 끄덕였다.

"맞아. 저번에 처음으로 그려 넣어 봤지. 하지만 이 숲에서 불을 환하게 켜면 왠지 미안한 기분이 들어서 말이야. 소리도 꽤 시끄럽고. 그래서 아직 사용해 본 적은 없어."

들어오렴, 하고 말하면서 파쿠 씨는 노란 텐트의 입구를 열고 둘을 초대했다. 정중하게 검은 모자를 벗고 목례한다. 시로타는 경계하는 기색도 없이, 실례합니다, 라고 말하며 몸을 굽히고 들어갔다.

"죄송해요."

신의 인사는 무슨 뜻인지 알 수 없는 데다 어색했다.

텐트 속 공간은 한 평 정도였다. 침낭이 있고 버너가 있고 작은 냄비가 있고 반합이 있고 랜턴이 있다. 고풍스러운 거치형 라디오까지 있었다. 설마 전파가 들어올 리가 없을 텐데.

"앉아, 앉아. 커피밖에 없지만 괜찮겠니?"

"네. 설탕이랑 우유는 있나요?"

"많이 있어."

시로타, 경계할 수 없다면 적어도 좀 사양하는 게 어떨까?

파쿠 씨는 하얀 커피포트를 이용해서 착실하게 종이 필터로 드립 커피를 내려 주었다. 파쿠 씨의 컵은 노란색 머그, 신과 시로타의 것은 하얀 커피컵이다.

"그럼 건배!"

파쿠 씨와 시로타는 컵을 맞댔다. 신은 어색해서 고개를 숙이고 있었다.

"내 실력을 칭찬해 주는 걸 보면 아가씨는 이 성의 세계의 구조를 알고 있는 거겠지?"

아가씨라고 불린 시로타는, 신에게는 공전절후의 행동을 했다. 수줍어한 것이다.

"저는 시로타 다마미예요."

"시로타 씨. 처음 뵙겠어요."

파쿠 씨가 이쪽을 향했기 때문에 신은 고개를 숙인 채 우물우물 말했다. "저는 오가키예요. 오가키 신."

파쿠 씨는 성실하게 "처음 뵙겠습니다" 하고 인사를 되풀이했다.

"내가 부모님한테 받은 이름은 이치로라고 해. 사사노 이치로. 파쿠 씨라고 불리는 건 뭐든지 좋고 싫은 거 없이 덥석덥석_{일본어로는} '파쿠파쿠' 잘 먹기 때문이야."

그래서 통통한 걸까.

"너희는 다마짱, 신짱 콤비구나. 둘 다 그림을 그리니?"

"그림을 그리는 건 저예요."

시로타, '다마짱'이라고 불려도 괜찮은 모양이다.

"다마짱도 실력이 좋구나."

"고맙습니다. 하지만 저는 저렇게 발전기를 그리지 못해요."

"하지만 중학생—이지?"

"네, 3학년이에요."

"그 나이치고는 역시 평균보다 훨씬 좋은 실력이야" 하고 칭찬하고 나서 파쿠 씨는 갑자기 눈을 깜박거렸다.

"내가 느긋한 소리를 하고 있나?"

네, 굉장히 느긋하신 것 같아요.

"3월이지? 고등학교 수험은? 이런 곳에 있어도 되는 거니?"

뭐야, 그쪽 걱정인가.

"오가키도 저도 2월에 학교가 정해졌어요."

"그럼 추천 입학?"

시로타가 고개를 끄덕였다.

"굉장하구나. 둘 다 수재네."

나는 공부는 전혀 못했다며, 파쿠 씨는 머리를 긁적인다.

"초등학교 때도 중학교 때도 성적표는 항상 전부 가. 가끔 미나 양이 있으면 어머니가 기뻐서 울 정도였지. 그래서 고등학교도 중퇴했고."

태연하게 말해도 되는 걸까.

"그런데 먼저 묻겠는데 너희는 어디에서 여기로 온 거니? 이 질문의 뜻, 알지?"

원래의 몸은 어디에 존재하는 거냐는 물음이다. 시로타가 '스케치 광장'과 타이머에 대해서 설명했다.

"그럼 별로 걱정할 필요는 없겠네. 나는 우리 집 컴퓨터를 통해서 왔는데, 안전장치로 역시 타이머를 설치해 두었어. 60분이 지나면 암전되도록. 그러면 접속이 끊기니까 나는 집으로 돌아가게 되지."

왼쪽 손목에 찬 투박한 손목시계를 보여 주면서 말했다. "지금 이쪽에 온 뒤 28분 30초가 경과한 참이야. 하지만 현실 세계에서도 같은 시간이 경과한 건 아니지. 돌아가서 확인해 보면 금방 알 수 있겠지만 그쪽에서는 아직 고작해야 5분 정도가 지나지 않았을까."

네? 시로타도 의외라는 듯이 눈을 크게 뜬다.

"저희는 몸을 가지고 이곳에 온 건 처음이에요. 그래서 아직 아무것도 모르는데요."

"그래? 지금까지 만나지 못했던 게 아니라, 너희는 정말 처음 온 거구나."

파쿠 씨는 조금 진지한 얼굴을 했다. 연장자다워졌다고 바꾸어 말할 수도 있다.

"그럼 한 가지 더 충고해 주지. 이곳에 있으면 금세 에너지를 소비하게 돼."

"아, 그건 알고 있어요. 처음에 산제비로 시험했을 때."

시로타가 신에게 얼굴을 돌리며 재촉하는 듯한 눈으로 바라보았다.

"현실로 돌아갔더니 배가 고파서 다리가 풀렸어요" 하고 신은 말했다. 나는 '다마짱'만큼 당신과 순순히 친해질 생각은 없어요, 당신을 수상하게 여기고 있다고요, 그건 알아줘요—라는 언외의 뜻이 전해지도록, 무뚝뚝하게.

그것을 알아챘는지 알아채지 못했는지, 파쿠 씨는 바쁘게 고개를 끄덕인다. "잘 알아. 아주 잘 알지."

그런데 산제비? 하며 웃는다. "처음에 새가 돼 봤단 말이야?"

"네. 하늘에서 보는 게 좋을 것 같아서."

"다마짱의 아이디어?"

"—맞는데요."

"현명하군. 나는 대뜸 이 모습으로 들어왔어. 타이머는 짧게 설정해 두긴 했지만, 자신 이외의 존재가 될 생각은 해 보지도 못했네."

그래, 새라, 하며 혼자 감탄하고 있다.

"나도 슬슬 여러 가지 이동 수단을 그려 볼까 생각하고 있었지만, 날개가 있는 생물을 아바타로 삼는다는 발상은 하지 못했는데. 다마짱, 대단해!"

발전기 이상으로 정체불명인 이 사람은 잘 감탄하는 사람인 모양이다.

신은 아랫배에 약간 힘을 주며 날카로운 말투로 말했다. "사사노 씨, 수다는 나중에 떨고—."

"응, 알고 있어. 하지만 나는 수상한 사람이 아니야, 신짱."

신이 분명하게 싫어하는 얼굴을 했기 때문에 파쿠 씨는 말을 고쳤다. "수상한 사람이 아니야, 오가타."

"오가키예요."

"미안, 오가키. 혹시 너, 오카키라는 별명으로 불린 적 없니? 내가 동급생이라면 분명히 그렇게 부를 텐데."

시로타가 쿡쿡 웃어서 신은 기분이 상했다. "그게 무슨 상관이에요."

파쿠 씨는 주눅 들지 않는다. 붙임성 있는 웃음을 띤 채 약간 앉은 자세를 고치더니 신과 시로타에게 가볍게 머리를 숙인 뒤 말을 이었다.

"다시 자기소개를 하마. 나는 사사노 이치로, 47세, 독신. 프로 그림쟁이란다―라고 해도 화가는 아니야. 나는 만화가 어시스턴트거든. 업계에서는 '어시'라고 불리는 존재."

경력 삼십 년이야, 라고 한다.

"그리고 21세기가 되고 나서는 쭉 한 선생님 밑에서 일하고 있어."

파쿠 씨가 말한 만화가의 이름을 듣고 신도 시로타도 깜짝 놀랐다. 왜냐하면 그 만화가는 세계적인 히트작을 그리고 있는 엄청나게 유명한 작가였기 때문이다.

"정말로 정말이에요?"

"정말로 정말이야. 현실 세계로 돌아가면 선생님 이름으로 검색

해 봐. 나, 선생님 팬들 사이에서 잘 알려져 있으니까. 위키피디아
에도 실려 있어.”

이때 파쿠 씨는 갑자기 거북한 듯한 얼굴을 했다.

“어쩌면 내가 선생님이랑 충돌해서 잘렸다고 적혀 있을지도 모
르지만. 선생님 사무소에서 내가 내분을 일으켰다고 말이야. 그거
거짓말이야. 간짱이 바꿔 써 주겠다고 약속해 주었으니까 이제 수
정되어 있을 것 같긴 한데, 나는 선생님을 거역하지 않았어. 내내
좋은 관계였고 나는 선생님을 존경해.”

신의 기억이 확실하다면 그 만화가의 나이는 아직 마흔 정도일
것이다. 파쿠 씨 쪽이 나이가 많겠다. 하지만 ‘선생님을 존경한다’
는 파쿠 씨의 말투에나 표정에나 비꼬는 기색은 없었다.

“개인적인 사정이 있어서 올해는 휴직중이야. 내가 멋대로 군
거니까 선생님한테는 정말 죄송하지만 허락해 주셨으니 감사하
지. 하지만 그 사정을 공개하면 너무 이기적인 이유라서 돌아오기
어려워지지 않겠냐고, 선생님이 걱정해 주셔서 말이야. 주위에는
덮어 주셨는데—.”

“이상한 억측이 나와서 역효과가 된 거군요” 하고 시로타가 말
한다. “있을 수 있는 일이에요.”

“다마짱은 어른스럽구나. 혹시 인간관계 때문에 고생하고 있
니?”

“경력 삼십 년의 어시라면 실력이 좋으시겠네요.”

“어라, 다마짱, 내 질문을 무시했는데.”

"그 노란 멜빵바지, 뭔가 의미가 있는 건가요?"

시로타는 거리낌 없이 묻는다. 파쿠 씨는 멜빵바지의 가슴 부분을 잡아당겨 보였다.

"이거, 오 년 전에 선생님의 작품이 처음으로 영화화되었을 때 주인공이 입었던 의상 중 하나야. 기념으로 받은 걸 지금까지 애용해 왔어."

내 평상복, 이라고 한다.

"공구도 영화의 소품이었나요?"

"이쪽은 진짜 내 거. 집에 있는 걸 보고 그렸으니까 제대로 사용할 수 있어."

"이 텐트도요?" 하며 시로타가 텐트 꼭대기를 가리켰다. 해바라기 같은 텐트의 색깔이 비친 탓인지 시로타의 얼굴도 노랗게 보였다.

"아웃도어 취미는 없으니까 텐트는 갖고 있지 않아. 근처 잡화점까지 가서 스케치해 왔지. 색깔은 멜빵바지에 맞춘 거야."

눈에 띄어서 좋지, 하며 가슴을 편다.

"아까 집의 컴퓨터를 통해 왔다고 하셨죠? 파쿠 씨는 이곳 성의 그림을 컴퓨터에 저장해 두셨나요?"

파쿠 씨는 둥근 얼굴을 더욱 동그랗게 하며 웃었다. "다마짱은 말씨도 적절하네. 대단해! 하지만 나한테는 편하게 말해도 돼."

"알겠어요. 파쿠 씨는 그 그림을 컴퓨터에 넣었어요?"

"응."

"그거 이상해요."

신은 옆에서 끼어들었다.

"시, 실물은 제가 갖고 있으니까."

파쿠 씨의 둥근 눈이 커졌다. "오가키, 실물을 갖고 있어? 혹시 은행에서 훔쳐 온 거야?"

"훔친 거 아니에요!"

"공공장소에 있는 것을 무단으로 가져오는 걸, 보통은 훔친다고 하지?"

"하지만 그런 건—."

"잠깐, 큰 소리 내지 마."

시로타는 신을 꾸짖고 눈매를 긴장시키더니 만반의 준비가 된 듯이 몸을 내밀었다.

"질문을 바꿀게요. 그렇다면 파쿠 씨, 그 성의 그림—이 '장소'를 만든 그림은 당신 작품인가요?"

그런가! 그 가능성을 신은 생각하지 못했다.

파쿠 씨는 천천히 고개를 저었다.

"나는 그저 거기에 전시되어 있던 그림을 사진으로 찍어서 컴퓨터에 넣었을 뿐이야. 굉장히 마음에 들어서 바탕화면으로 쓰고 싶었거든."

시로타가 후우 하고 숨을 내쉬었다. "그래요……?"

"있잖니, 지금은 그래도 연장자인 나한테 상황을 정리하게 해 줘. 우선 너희가 이곳에 오게 된 경위를 가르쳐 주지 않겠니? 그 편이 이야기가 매끄러워질 것 같다."

시로타도 신을 향해 고개를 끄덕였기 때문에 신은 어쩔 수 없이 설명했다. 사실 관계는 정확하게. 심정적인 부분은 전부 자르고.

"그렇구나."

파쿠 씨는 노란색 멜빵바지의 가슴 앞에서 팔짱을 꼈다.

"아까 그렇게 말해 미안하다. 정정할게. 오가키는 그림을 훔친 게 아니라 오히려 보호했다고 해야겠구나."

신은 잠자코 입을 삐죽거렸다.

"발자국은 점점 옅어지고 있어요" 하고 시로타가 말했다. "그 그림은 스스로 수복할 수 있는 것 같아요."

"꼭 실물을 한번 보고 싶네. 나는 그림이 깨끗했을 때밖에 모르니까."

하지만 이상하지는 않아, 라고 말한다.

"우리 집에 있는 그림도 내가 가져온 변화를 받아들여 주고 있어. 이 세계는 고정된 것이 아니라 가변성이 있는 거지."

그렇게 선뜻 납득해도 되는 걸까.

"하지만 저 성의 탑 속에 사람이 있는 줄은 몰랐어."

"성에 간 적은요?"

"몇 번이나 접근했지만 성문이 닫혀 있어서 안에 들어가지 못했어. 물론 탑 내부의 모습도 보지 못했고. 나는 하늘을 나는 것까지는 생각하지 못했으니까."

처음으로 파쿠 씨의 밝은 얼굴에 그늘이 진 것처럼 보였다.

"뭐, 우선 그 일은 제쳐 두도록 하자. 이번에는 내 이야기를 해야겠구나."

파쿠 씨가 고성의 스케치를 만난 것은 신이 그림을 '보호'하기 전날의 일이다.

"목요일 오후였으니까 틀림없어. 나는 사용하지 않는 계좌를 해지하려고 그 지점에 갔지."

훨씬 이전부터 휴면 상태로 되어 있던 계좌였지만 귀찮아서 내버려두고 있었다. 문득 생각나서 해약하러 갔다고 한다.

"그런데 붐비더라고. 게다가 해약할 거라고 했으니까 심술을 부린 걸까. 엄청나게 시간이 걸려서 기다려야만 했어."

심술이라는 것은 지나친 생각이리라. 모든 수속에 시간이 걸리는 것이 은행의 현 상황이다.

"그래서 로비를 어슬렁거리다가 '우리 집 우리 집' 전시를 보고, 그 그림을 만난 거야."

역시 가장자리에 셀로판테이프를 붙여 고정해 두었다고 하니까 신이 만났을 때와 똑같다.

"한눈에 반해 버렸어. 정말 좋은 그림이구나, 하고 생각하며 우두커니 서서 한참 동안 넋을 놓고 보고 있었지."

나중에 안 일이지만, 파쿠 씨가 그렇게 넋을 놓고 보고 있는 사이에 창구에서 그를 부르고 있었다고 한다. 그래서 더욱 시간이 걸린 것이 아닐까?

"그래서 스마트폰으로 사진을 찍었어."

시로타가 뭔가 말하고 싶은 듯한 얼굴을 했다.

"알아" 하고 파쿠 씨는 말한다. "다마짱이 뭘 말하고 싶어 하는 지 알아. 나도 프로 표현가 밑에서 일하고 있는 사람이니까. 아, 지금은 쉬고 있지만."

일일이 성실하게 정정한다.

"보통은 그런 곳에 전시되어 있는 작품을 무단으로 촬영하지 않 지. 반드시 주최자나, 전시 장소에 있는 사람한테 '찍어도 됩니까' 하고 허가를 구해. 하지만 그때는 사정이 달랐어."

고성의 스케치는 분명히 정규 전시물이 아니었다.

"우선 아이들이 그린 작품이라고 생각할 수 없었어. 다른 그림 과는 레벨이 달라. 그리고 구석에 살짝 덧붙인 것처럼 붙어 있었 어."

파쿠 씨는 걱정이 되었다. 로비 스태프와 창구 은행원에게 말을 걸어서 촬영 허가를 받으려고 하면 오히려 곤란해지지 않을까.

"어머나, 이건 전시물이 아니에요, 하면서 떼어 버리지 않을까 싶어서 말이야. 잘못하면 버려질지도 몰라."

그러면 견딜 수 없다. 그래서 무단으로 몰래 슬쩍 촬영한 것이 다.

"그러고 나서 집에 돌아와 컴퓨터에 저장했어."

약간 디자인 처리를 해서 바탕화면으로 넣었다. 그때, 그 상태 에서 모니터를 만지면 그림 내부로 '들어갈 수 있다'는 사실을 깨 달았다.

"깜짝 놀랐어. 처음에는 어딘가 몸이 안 좋아서 현기증이 났나 싶었지."

그 느낌은 신도 이해할 수 있다. 벽인 줄 알았는데 그 맞은편으로 손이 뚫고 나갔다. 그런 감각이다.

"실물이 아니라 컴퓨터에 저장한 사진도 만지면 같은 효과가 일어난다—."

시로타는 얼굴을 찌푸리며 중얼거리고 있다.

"말이 안 된다고 생각하니? 복사된 것이 오리지널과 같은 힘을 갖다니, 하고."

파쿠 씨의 물음에 시로타는 말없이 고개를 끄덕였다.

"하지만 그림이나 사진이나, 그런 건 전부 그걸 보는 눈이 있어야만 의미를 갖는 거잖아? 예를 들어 은하 끝의 우주 공간에 피카소의 그림이 떠 있다고 해도 그건 캔버스에 물감이 칠해진 물체로서 존재하는 거라면 모를까, 회화로서는 '존재'하는 것이 될까?"

아무도 보는 사람이 없는데.

"보는 사람이 있어야만 그림은 그림이 될 수 있다?"

시로타의 반문에 파쿠 씨는 고개를 크게 끄덕였다.

"종이 · 캔버스와 물감 · 잉크의 조합을 하나의 작품으로, 하나의 세계로 만드는 건 그걸 만든 사람만의 힘이 아니야. 그걸 보고, 마음에 받아들이는 사람의 힘도 필요하지."

감상자가 세계를 본뜬다?

"그러니까 억지일지도 모르지만 그 고성의 스케치를 누군가가

봤다면, 어떤 형태로 존재하든 오리지널과 같은 힘을 발휘할 수 있는 건 별로 이상한 일은 아니지 않을까?"

신은 대답하지 못했다. 시로타는 생각에 잠겨 있다.

"나는 지금까지 만화의 세계에서 먹고살아 온 사람이야" 하고 파쿠 씨는 말을 이었다. "선생님이 만들어 내는 작품을, 그게 창조되는 현장에서 보아 왔어. 선생님의 상상력이 만들어 낸 캐릭터들이, 그들이 숨 쉬고 있는 세계가 많은 독자에게 공유되고 정말로 '실재'하게 되는 걸, 줄곧 목격해 왔다고."

그러니까 믿을 수 있어—라고 한다.

"인간이 마음속에 그리는 게, 형태를 얻는 경우도 있어."

물론 아무나 할 수 있는 일은 아니다.

"우리 선생님처럼 창작과 창조의 힘을 갖고 있는 사람이 아니면 불가능한, 일종의 마법이니까."

"그렇다면 이곳의 작가도?"

시로타는 또 텐트 꼭대기를 가리켰다.

"파쿠 씨의 선생님과 비슷하게 역량 있는 크리에이터라는 뜻인가요?"

파쿠 씨는 잠깐 말이 막혔다. "음…… 역량으로 따지자면 우리 선생님한테는 한참 못 미치지만."

그야 뭐, 갑자기 비교하는 건 무례한 짓이다.

"하지만 내가 이 그림에 끌린 건 단지 예술적으로 잘 그렸기 때문만이 아니라, 뭐랄까."

머리숱이 적은 정수리를 쥐어뜯는다고 할까 마구 문지르면서, 파쿠 씨는 잠시 동안 번민했다.

"진부한 말이지만 '마음을 담아서 그렸습니다'라는 느낌이 전해져 와. 그게 좋았어."

신은 그렇게까지 느끼지는 않았다. 다만 예쁘고 사실적이라고 생각했을 뿐이다.

"그런 '느낌'은 어떻게 구분한다고 할지, 느낄 수 있는 건가요? 뭔가 근거가 있어요?"

소리 내어 말해 보니 의도 이상으로 힐문하는 듯한 물음이 되었다. 파쿠 씨는 조금 곤란하다는 듯한 표정을 지었다. 시로타는 더 분명하게 '실례야' 라는 얼굴을 했다.

"—죄송해요. 하지만 저는 잘 몰라서요."

"나도 잘 설명할 수가 없어. 오가타가 궁금하게 생각하는 건 당연해."

파쿠 씨는 또 자신의 머리를 문지르더니 손을 내렸다.

"오 년쯤 전이었나. 우리 선생님이 건강이 좀 나빠진 걸 계기로 반년간 일을 쉰 적이 있어. 연재중인 작품도 에피소드로 보자면 일단락 짓기 좋은 부분이었기 때문에 그때는 중단하고."

파쿠 씨를 포함해서 다섯 명인 어시스턴트도 그 반년 동안 휴직하게 되었다.

"각자 멋대로 해외여행을 가거나 수행이라는 명목으로 다른 작가의 일을 돕거나 자기 작품을 그리는 등 여러 일을 했지만 나는,"

아는 사람의 부탁을 받고 그림 교실 강사를 했다고 한다.

"아는 사람이 집에서 연 어린이용 그림 그리기 교실이었거든. 강사라고 해도 대단한 건 아니었어. 학생으로는 초등학생이 열 명 정도 있었나. 수험 준비를 위한 강의도 아니니까 느긋하고 좋은 교실이었어."

그 교실에서는 가끔―.

"아이뿐만 아니라 어머니도 함께 그림을 그리기로 해서."

어머니와 아이가 협력해서 하나의 작품을 그릴 때도 있고, 따로 따로 그려서 나중에 서로 보여 줄 때도 있었다.

"그거 재미있었어."

처음에는 학교를 나온 이후로 그림을 그린 적이 없다는 둥, 그림은 잘 못 그린다며 내키지 않아 하거나 부끄러워하던 어머니들도 강사에게 친절하게 지도를 받다 보면 점점 의욕이 생기게 된다.

"나는 어머니들한테 아이에게 선물할 그림을 그리자고 하기를 제일 좋아했어. 그러면, 나는 그림에 소질이 없어서 안 된다고 했던 어머니도 굉장히 좋은 그림을 그리거든."

떠올리는 것만으로도 즐거운지, 파쿠 씨는 녹아내릴 듯한 웃음을 띠었다.

"아이가 모르는, 어머니가 태어나고 자란 동네의 그림을 그리기도 하고, 애완동물 금지인 맨션에 살고 있다면서 아이가 키우고 싶어 하는 고양이 그림을 그리기도 하고. 그냥 딱 보기만 해도 감동이 느껴지는 작품. 잘 그리고 못 그리는 게 문제가 아니야. 알겠니?"

알아요, 하고 시로타가 대답했다. 목소리는 부드럽지만 매우 진지한 눈을 하고 있다.

"이 세계를 만들고 있는 성의 그림—그 그림에도 그런 느낌이 있었어. 마음을 담아서 그렸습니다, 라는 건 그런 뜻이야."

누군가에게 보여 주고, 기쁘게 해 주고 싶다는 마음이 담겨 있다.

"이곳에 들어와서 탐색을 시작하고 난 뒤에도 같은 느낌을 받을 때가 몇 번 있었어."

예쁘다는 것만이 아니라—.

"편안하구나, 평온해지네, 라는 느낌. 나는 줄곧 혼자였는데, 이곳은 이렇게 넓지만 쓸쓸하다고 생각한 적은 한 번도 없었고."

"하지만 손가락 피리를 불고 있었잖아요?"

"응. 만일 누군가 있다면 들어 주지 않을까 싶어서."

실제로 그렇게 되었다.

"우리는 아직 여기저기 돌아다녀 본 건 아니지만" 하고 시로타가 말을 꺼냈다.

"지금까지 알게 된 바로는, 이 숲에는 벌레가 없더라고요."

파쿠 씨는 눈을 크게 떴다. "맞아! 다마짱도 눈치챘어? 역시 그렇지. 내 착각이 아니지?"

"이 세계의 주인은 벌레를 싫어하나 하고 생각했지만, 어쩌면 파쿠 씨의 말대로 이 세계의 주인이 이곳을 보여 주고 싶어 한 상대가 벌레를 싫어하는지도 몰라요. 그래서 없앴는지도."

그런 의견을 들으면 신은 아무래도 이런 생각을 하게 된다.

"내가 목격한 어린 여자아이는 분명히 벌레나 거미나 도마뱀 같은 걸 싫어할 거야."

단순하다고 꾸중을 들을지도 모르겠다 싶었는데 시로타는 "응" 하고 고개를 끄덕였다.

"여기, 날씨도 안정적이야" 하고 파쿠 씨가 말했다. "덥지도 않고 춥지도 않아. 봄이라기보다는 가을 느낌이지만."

"비는 전혀 안 오나요?"

"내가 경험한 건 딱 한 번. 부드러운 비였어. 텐트를 두드리는 빗소리를 자장가 삼아 꾸벅꾸벅 졸 것 같은."

시로타는 자연산 눈썹을 찌푸리며 중얼거린다.

"오가키가 본 여자애는 탑 속에 갇혀 있는 게 아니라 그냥 이곳에 살고 있는 건지도 몰라. 성 안에."

청결하고 안전하고 쾌적한 거주 공간.

"하지만 외톨이지."

"어쩌면 이 세계의 주인은 그 여자애고, 누군가 놀러와 주세요, 하고 바깥 사람을 초대하고 있는지도."

"아니, 그건 아닐 거야."

지금까지 시로타의 말에는 감탄만 하던 파쿠 씨가 이의를 제기했다.

"오가타가 본 여자애는 초등학생 정도였지?"

또 신의 성을 잘못 부른다.

"—아마도요. 그것도 저학년일 거예요."

"그럼 그 그림을 그리는 건 무리야. 아무리 견본이 있다고 해도 허들이 너무 높아. 그 정도 나이면 자유롭게 그리는 것보다 정확하게 모사하는 것을 더 어려워하지."

신은 시로타와 얼굴을 마주 보았다. 파쿠 씨, 무슨 말을 하는 거야?

"그건, 그 그림에는 견본이 있다는 뜻인가요?"

"응. 어지간한 다마짱도 몰랐구나?"

실재하는 건물이라고 한다.

"정확하게는 성이 아니야. 수도원이지. 도나우 강 유역의 바하우 계곡 상류에 있는, 베네딕트회會 수도원. 18세기 바로크 양식 건물이지."

도나우 강 유역의 고성들은 세계 유산으로 지정되어 있다. 유명한 건축물이 그 성의 모델이었던 것이다.

"외벽은 흰색이랑 연한 노란색이고, 둥근 지붕과 첨탑은 녹청색을 적당하게 발산하고 있는 듯한 아름다운 건물이야."

형태는 이곳의 성과 똑같다고 한다.

"다만 특정 각도에서 촬영된 사진을 보았을 때 그렇다는 뜻이지만."

그것이 '견본'이 된 사진일 거라고, 파쿠 씨는 말한다.

"똑같으니까 말이야."

"세계 유산이라면 사진집 같은 게 많이 나왔겠네요."

"달력도 있어."

실은 신의 집에도 하나 있다는 것을 떠올렸다. 세면실에 걸려 있다.

"그래? 완전한 창작은 아니었구나……."

시로타는 또 생각에 잠겨 있다.

파쿠 씨는 힐끗 손목시계를 내려다보고는 시로타의 손에서 빈 커피컵을 받아 들었다.

"자. 너희, 기억력 좋지?"

"네?"

"내 전화번호를 가르쳐 줄 테니까 둘이서 외워. 여기서 물건을 가지고 돌아갈 수가 없으니까 메모해도 의미가 없거든. 휴대전화는 안 가져온 모양이고."

신과 시로타에게 휴대전화 번호를 외우게 한 뒤 파쿠 씨는 일어섰다.

"처음 온 거라면 슬슬 한계일 거야. 오늘은 그만 돌아가는 게 좋겠다. 너무 오래 붙들어 두었어."

텐트 출입구를 들어올린다.

"돌아가라고 해도 저희는 자력으로 돌아갈 수 없어요."

"문이 있으니까 괜찮아."

파쿠 씨는 얼른 밖으로 나가 버렸다.

"문?"

"자, 보렴. 이쪽으로 와."

배낭을 움켜쥐고 파쿠 씨의 뒤를 따라가자, 텐트 앞쪽의 약간 높다랗게 솟아 있는 지대 너머에 그곳만 숲이 끊기고 들판이 펼쳐져 있었다. 그 한가운데에—.

"정말 문이다."

시로타가 뒤집어진 목소리를 내는 것도 무리는 아니었다. 갑자기 장소에 어울리지 않게 풀밭 속에 나무로 된 문이 우뚝 서 있다. 상부가 원형으로 되어 있고 그 원형을 빙 두르며 조각을 해 놓았다. 가까이 다가가 보니 꽃과 덩굴과 작은 새를 조합한, 꽤 공들인 디자인이었다. 손잡이는 유리로 되어 있고, 손으로 쥐는 부분이 육각형으로 깎여 있다.

"파쿠 씨가 그린 거군요."

"응. 안 될 거라고 생각하면서 그려 넣어 봤는데, 제대로 기능했어."

파쿠 씨가, 자신이 가져온 변화를 그림이 받아들여 주었다고 한 말은 이 문을 두고 한 얘기일까.

"그래서 아까 타이머는 '안전장치로서'라고 했던 거군요."

시로타는 사소한 것을 잘 기억하고 있다.

"그런 거야. 현실 세계에서 이쪽으로 올 때도 문을 터치하면 이곳에 도착하게 되니까, 길을 잃지 않아도 돼."

파쿠 씨, 역시 프로 그림쟁이다.

"실은 내가 갖고 있는 그 그림은 이제 더는 이차원 그림이 아니라 입체화되어 있어. 3D 모델링 프로그램을 사용하니 그렇게 어려운 작업은 아니었거든."

텐트도 그 3D 모델 속에 배치했다. 하긴, 그렇지 않았다면 그려 넣는 장소에 따라서는 텐트가 허공에 떠서 뚝 떨어졌을 게 분명하다.

"그 김에 귀찮은 축척 계산을 하는 수고도 덜 수 있었으니까 일석이조였지."

현재 파쿠 씨가 그렇게 가져온 변화를 이 세계가 거절하는 기색은 없다고 한다.

"물론 신중하게 조금씩 작업하고 있긴 하지만. 저 텐트도 그래. 처음에는 작은 오두막을 지으려고 했지만 조심하느라 텐트에 그친 거야."

파쿠 씨는 이야기를 하면서 둘의 등을 밀어 문 앞에 세웠다.

"너희, 돌아가면 힘들 거야."

지금까지 보인 눈빛 중에서 가장 진지한 눈빛이다.

"나도 아직 그렇지만, 여기에서 현실 세계로 돌아가면 이곳이 이세계고, 본래는 우리가 오지 말아야 하는 장소라는 걸 깨닫게 돼. 그러니까 둘 다."

신과 시로타의 어깨에 손을 올려놓는다.

"이곳 세계의 주인—이 호칭 좋구나, 다마짱. 나도 써야겠어."

"아, 네에."

"이곳 세계의 주인에게 미안하니까 작은 목소리로 말하겠는데, 너희가 두 번 다시 이곳에 오고 싶지 않다, 오지 말자고 생각해도 전혀 이상하지 않아. 그러니까 내 쪽에서 연락하지는 않을게. 또 같이 가자고, 권하지 않겠어. 너희의 자유의사를 존중하지."

현실 세계로 돌아간 뒤, 그래도 이곳을 다시 찾아오자, 탐색을 해 보자, 라는 기분이 남아 있다면—.

"그때는 아까 가르쳐 준 번호로 전화해 줘. 그럼 조심해서 가렴."

파쿠 씨는 생각지도 못한 강한 힘으로 신과 시로타를 우향우시켰다.

"오가키, 이럴 때는 남자가 문을 열고 여자를 들여보내는 거야."

이제야 제대로 성을 불러준 것과, 반발할 수 없는 교육적 지도의 박력에, 신은 육각형 손잡이를 잡고 문을 열었다.

풀밭 속에 우뚝 서 있는 문 안쪽에, 그곳만 끈적끈적하게 칠한 것처럼 어둠이 떡하니 존재하고 있었다.

—이렇게 캄캄한 곳에?

발을 들여놓기 싫다고 항의할 새도 없이 등을 확 떠밀렸다.

"만나서 즐거웠어!"

파쿠 씨의 밝은 목소리가 여운을 남기지도 않고 뚝 끊기고, 아무것도 들리지 않게 되었다.

신은 굴러 나왔다.

'스케치 광장'의 구석, 시로타와 둘이서 확보한 장소. 옆에는 휴대용 접이식 의자가 있고, 시로타가 세운 이젤이 있다—고 생각했더니, 그 이젤과 함께 시로타가 덮치듯이 쓰러져 왔다.

둘 다 몸은 이곳에 남겨 두었다. 고성의 숲에 간 것은 내용물뿐, 정신이나 영혼뿐이었을 것이다. 그런데 돌아왔을 때는 왠지 몸이 통째로 내던져진 것 같았고 높은 곳에서 낙하한 것 같기도 했다.

—의자에서 굴러떨어졌구나.

시로타도 마찬가지이리라. 그러다가 이젤을 쓰러뜨리고 만 것이다.

신은 몸 오른쪽 부분을 바닥에 대고 약간 비틀린 느낌으로 엎드린 채 쓰러져 있다. 시로타는 상반신은 신의 등 쪽에, 하반신은 신의 가슴 쪽에 둔 채 신의 몸 위에 축 늘어져 뻗어 있다.

무겁다. 시로타는 체중이 꽤 나가는 걸까. 숨이 막힌다.

"시로타—."

부른 순간, 목소리와 함께 가슴 밑바닥에서 맹렬한 욕지기가 치밀어 올라 신은 우엑 하고 신음했다.

무거운 것은 시로타의 몸이 아니다. 그 이전에 신의 몸 자체가 무거운 것이었다. 힘이 빠졌다. 게다가 춥다. 젖은 담요에 싸인 것 같다. 팔다리가 잘 움직이지 않는데 한기로 덜덜 떨리고 있다.

오늘은 '스케치 광장'에 모인 사람들의 눈에 그대로 다 보여서는 곤란하다며, 나무들이 적당히 시선을 가려 주는 곳을 선택했다.

그것이 다행이었다. 신과 시로타의 이 모습, 이 상태, 이 자세. 양식 있는 어른의 눈에 띄면 큰 오해를 살 것 같다.

"시, 시로타, 정신 차려."

이대로는 얼굴이 보이지 않는다. 몸을 흔들어 축 늘어진 시로타를 땅바닥에 내려놓으려고 했지만 신도 힘이 빠져서 잘되지 않는다.

"시로타, 시로타, 괜찮아?"

약간 강하게 목소리를 쥐어짜내자 오한과 함께 토기의 큰 파도가 밀려와, 몸을 떨면서 신 위액을 토해 냈다.

우욱 소리가 났다. 이것은 신이 낸 소리가 아니다. 시로타다. 이어서 물에 빠졌다가 살아난 사람처럼 시로타가 공기를 찾아 기침을 하는 소리가 들려왔다.

다행이다, 살아 있다.

시로타가 괴로운 듯이 우욱우욱 소리를 내며 토하고 있다.

"아아, 싫어."

목소리도 탁하다.

"이런 거, 싫어."

신도 동감이다.

"시로타, 움직일 수 있어? 내 위에서 내려와 줬으면 좋겠는데."

제삼자에게는 함부로 들려줄 수 없는 대사다.

"징그러운 말 하지 마아."

"하지만 나도 힘들어서."

시로타는 몸을 비틀어 신 위에서 내려가더니 땅바닥에 길게 뻗었다. 잔디가 말라서 딱딱하게 굳어진 땅바닥에 둘이 함께 쓰러져 있다.

"이제, 싫어."

시로타는 고통을 호소하고 있는 것이 아니라 화내고 있다.

"이거 뭐야? 대체 뭐가 어떻게 된 거야?"

파쿠 씨의 경고가 옳았다는 뜻이다.

지난번에 산제비 아바타를 이용해 고성의 숲을 아주 짧은 시간 동안 날았을 뿐인데도 신은 녹초가 되었다. 하지만 그건 그나마 나았던 것이다. 겨우 그뿐이었으니까 녹초로 끝났다. 실물과 똑같은 아바타를 이용하면 이렇게까지 심해진다.

그냥 소모된 것만이 아니다. 신도 시로타도 컨디션이 완벽하게 나쁘다. 이 느낌, 멀미와 비슷하다.

"머리가 쿵쿵 울려."

시로타가 탁한 목소리로 말하며 일어나려고 버둥거렸다.

"가만히 있는 게 좋아. 어지러워서 또 쓰러지면 위험하니까."

누워 있으면 어떻게든 이야기는 할 수 있다. 호흡이 조금씩 편해지기 시작했다.

"오가키, 몇 시인지 알아?"

신은 팔을 끌어당겨 손목시계를 보았다. 그러고 나서 이런 상태가 아니라면 펄쩍 뛰어오르고 말았을 정도로 놀랐다.

"우리가 그림 속에 들어간 지 10분밖에 안 지났어."

이 또한 파쿠 씨가 말한 대로였다.

시로타는 신에게 등을 돌리고 뭔가 하고 있다. 뭔가 문지르는 듯한 소리가 들린다.

"시로타, 뭐해?"

금방은 대답이 없다가, 이윽고 시로타가 탁한 목소리로 숫자를 읽기 시작했다.

"틀림없어? 나 제대로 외웠나."

파쿠 씨의 전화번호다. 신은 간신히 몸을 뒤척여 시로타 쪽을 보았다. 팔을 짚고 몸을 일으켜 본다.

시로타는 이젤을 쓰러뜨렸을 때 함께 떨어진 필통에서 연필을 꺼내, 그 꽁지로 땅바닥에 파쿠 씨의 전화번호를 메모하고 있었다.

"있지, 이 번호 맞아?"

시로타 다마미, 포기할 생각은 털끝만큼도 없는 것이다.

신은 또 우엑 하고 신음하며, 눈을 감고 땅바닥에 엎드렸다. 부탁이니까 지금은 좀 더 쉬게 해 주세요.

2

파쿠 씨, 즉 사사노 이치로는 이렇게 말했다.

―너희가 두 번 다시 이곳에 오고 싶어 하지 않아도 이상하지 않아.

신은 그러고 싶었다.

파쿠 씨와 만난 뒤 귀환해서 집으로 돌아온 그날 밤 신은 화장실에서 깜짝 놀랐다. 조금이지만 혈뇨가 나왔기 때문이다. 이거, 내장도 손상을 입었다는 뜻 아닐까.

몸이 떨렸다. 이제 싫다.

하지만, 그러나.

"아, 그래?"

얼굴이 펀펀한 시로타는 그렇게 말하더니 신 앞에 손을 내밀었다.

"오가키, 넌 그만둔다는 거지? 그럼 그 스케치는 내가 가져갈게."

월요일, 급식이 끝난 점심시간이다. 가방을 들고 신의 교실 옆 복도를 매우 느릿느릿 지나가는 시로타를 발견하고 곧 뒤를 쫓아왔다. 그러자 시로타는 도서실로 들어갔다. 주위에는 1, 2학년생들이 몇 명 있지만 3학년생의 모습은 없었다.

둘이서 안쪽 서가 그늘에 숨어서 소곤소곤 이야기하는 중이다.

"아, 아직 그만두겠다고 결정한 건 아니지만."

"쫄았잖아."

"하지만 아직 하루밖에 안 지났다고!"

"그러니까 나는 더더욱 빨리 파쿠 씨를 만나러 가고 싶어. 탐색을 계속할 거니까."

"파쿠 씨의 사정도 물어봐야지."

"이미 물어봤어. 오늘 아침에 전화해 봤더니 언제든지 좋으니까 오라고 했어."

그런가. 시로타는 자유롭게 사용할 수 있는 휴대전화를 갖고 있다.

"파쿠 씨는 혼자 산대. 게다가 휴직중이니까 한가하지. 오늘도 탐색하러 갈 건데, 우리도 갈 거라면 기다려 주겠다고 했어."

시로타는 양손을 허리에 댄다. 신은 고개를 떨어뜨린다.

"―알았어. 나도 갈게."

"마지못해 오는 거면 안 와도 돼."

방해되니까, 라고 내뱉는다. 이 말에는 신도 발끈했다.

"뭐야, 그 말투. 애초에 이 일은 내가 먼저 시작한 거야. 시로타 너는,"

"맞아, 나는 오가키 너한테 휘말린 거야. 그게 뭐?"

왜 그렇게 성급한 거야.

"시로타, 괜찮아?"

가까이에서 보는 얼굴은 오늘도 무뚝뚝하고, 자연산 눈썹 밑의 눈가 역시 어둡다. 흰자위가 약간 충혈되었다.

"나, 어제 조금이지만 혈뇨가 나왔어."

시로타의 눈이 가늘어졌다.

"시로타 넌 어땠어? '스케치 광장'에 돌아왔을 때 나보다 더 힘들어 보였잖아."

"쓸데없는 참견이야."

시로타가 눈을 가늘게 뜬 까닭은 기분이 상했기 때문이라는 것이 판명되었다. 분명히 목소리가 날카로워졌기 때문이다.

"오가키, 같은 반 여자애들한테도 그런 거 물어볼 수 있어? 혈뇨가 나오지 않았냐고?"

신은 할 말을 잃었다. 아니, 이 상황에서 그런 방향으로 심술을 부리면 입장이 난처해진다.

"동료라고 생각하니까 걱정돼서 그러는 거야. 그러니까 사양 않고 분명하게 묻는 거지. 시로타를 여자 취급하지 않아서 그런 게 아니야."

그러자 시로타는 갑자기, 그리고 솔직하게 기가 죽었다. "나도 그런 뜻으로 말한 건 아니야."

도서실 구석에서 거북해졌다.

성터 공원에서 신이 시로타의 빨간 니트 모자를 움켜쥐고 집어 던졌을 때는 부끄러웠다. 하지만 그것은 불유쾌한 감정이 아니었다. 지금의 기분은 그것과 비슷하지만 다르다. '거북하다'와 '부끄럽다'의 차이를 20자 이내로 서술하시오.

이 문제는 풀 수 없다. 패스해 버리자. 신은 아래를 향한 채 낮은 목소리로 빠르게 말했다.

"나도 가방을 가져올게. 기다려."

시로타는 신을 추월하듯이 서가 그늘에서 나갔다. "그럼 현관문 앞에 있을게."

시로타가 먼저, 신이 그 뒤. 두 사람 사이는 1미터까지 떨어져 있지는 않았지만, 50센티 이내도 아니다. 70센티 이내도 아니었을 것이다. 하지만 도서실에서 복도로 발을 내딛은 순간 신은 최악의 광경을 보았다.

오사와 친구들이다. 남자애 대여섯 명이 난잡하게 모여 있는 한 가운데에 여왕님 에모토 간나가 있었다. 뭐가 재미있는지 바보처럼 큰 소리로 떠들고 소란을 피우고 있다. 이들이 시로타와 신을 본 순간 그 소동이 뚝 그쳤다.

오사가 마치 서커스장에라도 들어온 것처럼 미친 듯이 기뻐하는 소리를 질렀다.

"우헤에에에에에~!"

동료 남자아이들도 소란을 피우기 시작한다. 휘익휘익 휘파람을 부는 놈도 있다.

"너네, 그런 사이였냐."

"모아이랑 오카키의 데이트 현장, 발각!"

한 남자아이가 카메라를 들고 셔터를 누르는 흉내를 냈다. 시로타는 무표정해서 '모아이'라고 불리고 있는 걸까.

시로타는 모든 것을 완벽하게 무시했다. 오사 패거리가 모여 있는 곳은 계단 옆이다. 시로타는 확실한 발걸음으로 복도를 나아가, 소리가 날 것 같을 정도로 90도로 휙 꺾어 계단을 내려가기 시작했다. 그 등에 야비한 야유가 던져진다.

"모아이~, 너도 남자를 좋아하기도 하는구나아."

"일단 여자니까."

"남자 같은 여자라도 생리는 하냐, 생리? 생리 팬티라고 알아?"

신은 소름이 끼쳤다. 무서운 것이 아니다. 아니, 아니, 무섭기만 한 것이 아니다. 놀랐기 때문이다. 시로타는 반에서 늘 이런 야유를 받으면서 지내고 있는 걸까. 오사가 시로타를 넘어뜨리고 그 얼굴을 걷어찬 사건의 뿌리에는 녀석들의 이렇게까지 썩은 심성이 있었던 걸까.

시로타처럼 척척 걸어갈 수가 없다. 신은 떨리는 다리를 밀어냈다. 한 발짝, 또 한 발짝. 계단은 내려가지 않는다. 시치미를 뚝 떼고 이 녀석들 앞을 통과한다. 모아이와 오카키는 데이트를 하고 있었던 게 아니다. 전부 너희의 경솔한 착각이다. 뇌라곤 조금도 갖고 있지 않은 너희가 괜한 소란을 피우는 거다.

시선을 움직이지 않는다. 어깨를 떨어뜨리지 않는다. 반응해서는 안 된다. 녀석들이 원하는 게 그거다.

복도를 걸어가는 신의 옆얼굴로 오사 패거리의 시선이 덮쳐든다. 왠지 야유는 날아오지 않는다. 아무도 소란을 떨지 않는다. 마른침을 삼키고 있다. 서커스장에 공개된, 기이하게 생긴 가여운 인물이 뭔가 재주를 보여 주기를 기다리는 관객처럼.

그때 에모토 간나가 오사에게 얼굴을 가까이 하고 혀 짧은 소리로 달콤하게 속삭인 말이 귀에 들어왔다.

"저것 봐. 오가키, 오줌 지릴 것 같아."

신의 머리가 끓어올랐다. 수치와 분노로 몸이 폭발할 것 같다. 그런데도 다리는 규칙적으로 움직여 몸을 앞으로 옮겨 간다. 못 들은 척한다. 아무것도 눈치채지 못한 척한다.

복도를 끝까지 걸어가 그쪽에 있는 계단을 내려갔다. 도중부터 뛰는 듯한 걸음이 되었다. 교실로 돌아가 가방을 움켜쥔다. 큰 소리로 고함칠 뻔했다. 시로타는 모아이가 아니야! 조금도 안 닮았어! 너네는 눈알이 어디에 달렸냐!

교실을 나가는 신을, 반 아이들은 쳐다보지도 않았다.

"파쿠 씨는 원래 우리 동네 사람이래."

난보쿠라는 노선의 전철 안에서 손잡이를 잡고 흔들리면서, 시로타가 말했다.

"본가가 옆 동네에 있어서 작년 겨울까지는 어머니가 거기 사셨대. 그래서 파쿠 씨도 본가에서 별로 멀지 않은 곳, 성터 공원 옆의 아파트에서 살았던 적이 있어서 그 은행에 계좌를 갖고 있었던 거야."

그러나 그 아파트에서 선생님의 사무소 겸 작업실로 다니기가 불편해서 맨션을 빌려 이사했다. 벌써 십 년 전 일이라고 한다.

"기치조지라면 유명한 만화가가 많이 살고 있는 동네잖아."

'다이아하우스 기치조지' 305호실. 그곳이 파쿠 씨의 집이었다.

"그래? 나 만화와 관련된 건 잘 몰라."

신도 잡지를 흘끗 보고 얻은 정보다.

전철 안은 비어 있었다. 학생의 모습은 거의 없다. 그래도 오사패거리와 마주친 후유증 때문에 신은 시로타에게서 승객 2인분의 공간을 두고 서 있었다. 자리는 비어 있는데 앉을 기분이 들지 않는다. 둘이서 나란히 앉기도, 혼자서 냉큼 앉기도.

"한 번 갈아타야 되네."

시로타는 출입문 위의 노선도를 올려다보고 있다.

"파쿠 씨, 선생님의 작업실에 다니기는 편리하지만 본가로 돌아가기에는 불편한 곳에 사는구나."

"그렇게 불편하지도 않을걸? 어른이 되어서 독립하면 본가에는 정월 정도에나 돌아가잖아."

"헤에, 오가키는 그럴 생각이야?"

시로타가 갑자기 자신을 보았기 때문에 신은 허둥거렸다.

"보, 보통 그렇지 않아?"

"그런가?"

"시로타는 안 그럴 거야?"

"나한테는 본가가 없으니까."

아버지가 있을 뿐, 이라고 한다.

"어떤 곳에든 살 수 있게 되면, 어디에서 살까? 기치조지는 좋은 동네인가?"

아무렇지 않은 듯이 한 이 말은, 나는 아까 있었던 일은 신경 쓰지 않아, 지금의 환경에 지지 않아, 미래를 생각하고 있으니까 괜찮아, 라는 사인일까.

둘 다 기치조지에는 지금껏 가 본 적이 없었다. 상상 이상으로 북적거렸지만 시부야나 신주쿠와는 달리 역에서 조금 멀어지니 생활감이 물씬 풍겼다.

다이아하우스 기치조지는 역에서 걸어서 족히 30분 정도 걸리는 곳에 떨어져 있었다. 도중에 길을 잃어서 더욱 시간이 걸리긴 했어도, 멀다.

"파쿠 씨는 노선버스를 타라고 가르쳐 줬지만."

오 층짜리 아담한 맨션 앞에서 이제 와서 시로타가 목을 움츠렸다.

"집에 가는 전철비도 드니까 돈을 절약하는 게 좋을 것 같아서 말이야."

실은 신도 오늘 아침에 등교할 때는 이럴 생각이 아니어서 천 엔밖에 갖고 있지 않았다. 학교에는 지갑을 들고 가지 않기 때문에 어머니가 '뭔가 급하게 돈 쓸 일이 생겼을 때를 위해서'라며 교통안전 부적에 넣어서 들려 준 지폐 한 장이다. 그렇지만 정말로 '뭔가 급하게 필요해지면' 천 엔으로 충분할지 어떨지 알 수 없다.

엘리베이터를 이용하지 않고 바깥 계단을 올라갔다. 삼층의 공용 복도로 나가자 바로 앞의 문이 열리고 거기에서 파쿠 씨가 얼굴을 내밀었다.

"여어, 먼 길 오느라 수고했어."

오늘은 노란색 작업복 차림이 아니다. 노란색 터틀넥 스웨터를 입고 헐렁헐렁한 트레이닝복을 걸쳤다.

아담한 방 두 개짜리 맨션이다. 가구가 적고 서적은 많고, 전부 깔끔하게 정돈했고 구석구석까지 잘 청소해 놓았다. 손님이 올 거라 서둘러 청소했다는 수준이 아니다.

딱 하나, 방구석에 떨어져 있는 커다란 노란색 공이 묘하게 눈에 띄었다. 앉아 있는 것만으로도 운동이 된다는 밸런스 볼일 것이다. 그러나 사용되고 있는지 어떤지는 의심스러웠다. 꽤 공기가 빠져 있는 듯 보였고 표면에 뭔가 낙서되어 있다.

"깨끗한 걸 좋아하나 봐요" 하고 시로타가 말했다. 솔직한 감탄의 눈빛에, 파쿠 씨는 수줍어하는 표정을 띠었다.

"나는 집에서 일하는 습관이 없어서. 게다가 선생님이 깨끗한 걸 좋아해서 자연스럽게 보고 배우게 됐어."

"부엌도 깨끗하네요. 깨끗하다고 할까, 아무것도 없지만."

"요리는 잘 못해서. 근처에 맛있는 정식가게나 도시락가게가 많고."

시로타가 부엌을 점검하고 있는 사이에 신은 대량의 서적에 넋을 놓고 있었다. 물론 만화책이 많지만 소설이나 논픽션 책도 산더미처럼 있다. 슬라이드식 책장 다섯 개가 가득 차 있는 상태다. 딱 하나, 유리문이 달린 고급스러운 책장이 있는데 그 안에는 만화 단행본만이 정연하게 꽂혀 있었다.

"파쿠 씨의 작품인가요?"

파쿠 씨는 인스턴트 커피를 끓이면서 고개를 저었다.

"내가 도와 드린 선생님들의 작품."

"파쿠 씨, 독립할 생각을 한 적은 없어요?"

"어시스턴트가 독립하다니, 그 표현은 이상하지만……. 괜찮아, 괜찮아, 앉고 싶은 데 앉아."

파쿠 씨는 도우려고 하는 시로타를 거실 쪽으로 재촉해 보낸 뒤 김이 피어오르는 머그컵을 테이블로 가져왔다. 시로타는 거실 의자 중 하나에 앉더니 창가의 책상 위에 있는 컴퓨터를 뚫어져라 바라보았다.

"물론 나도 만화가가 되겠다는 꿈은 갖고 있었어. 이 업계에 들어와서─처음 이삼 년? 으~음, 사오 년 정도였나. 그 정도 동안은 말이야."

자신의 일인데 애매하게 말한다.

"하지만 안 되었어. 몇 번을 도전해도 콘티가 통과되지 않아서."

콘티란 대충 컷을 나누어 작품의 스토리를 그린 초고 같은 것이라고 한다.

"신인은 우선 담당 편집자한테 콘티를 보여 준 뒤 오케이를 받지 않으면 그다음으로 나아갈 수 없어. 나한테는 그 벽이 두꺼워서."

"그림을 그렇게 잘 그리는데."

시선은 컴퓨터를 향한 시로타의 그 내던지는 듯한 말투로는 칭찬으로 들리지 않는다.

"맞아. 나에겐 그림 실력이 있지만 스토리나 캐릭터를 만드는 발상의 힘이 없었어. 몇 번이나 탈락했고, 편집자한테서도 그런 말을 들었고, 스스로도 알았어."

그래서 깨끗이 포기했다.

"우수한 어시스턴트가 되어서 재능 있는 만화가를 보조하자고 생각했지. 원래 뒤에서 일하거나 남을 도와주는 걸 좋아해."

남이 알아주지 않아도 음지에서 노력한다는 건가?

"자기현시욕의 방향성이 일그러져 있다는 말을 들은 적도 있지만 뭐, 그런 건 아무래도 상관없어."

일은 즐거웠으니까—라고 한다.

"어시스턴트도 경험을 쌓고 실적을 남기면 돈을 많이 벌 수 있고."

그럴 것이다. 실내의 모습으로 보아 파쿠 씨가 돈이 없어서 곤란해하고 있는 것 같지는 않다.

"나는 젊었을 때부터 이런 풍채였거든. 뚱뚱하고 만화 마니아고. 운동 신경은 제로 이하고, 무엇 하나 신통한 구석이 없었어. 하지만 좋은 어시가 되니까 인생이 바뀌었다고 할까 인생이 트였어."

천직을 발견했다는 뜻일까.

"그렇게 좋은 일을 왜 쉬고 있어요?"

시로타의 질문에 파쿠 씨의 웃는 얼굴이 사라졌다.

"음…… 그건 좀, 말이지."

얼버무리듯이 머리를 긁적인다.

"내 얘기는 아무래도 상관없잖아. 쓸데없는 수다였어. 그보다 컴퓨터를 봐."

거치형이기는 하지만 딱 보기에도, 사양이 높은 기계입니다, 라는 물건은 아니다. 어느 가정에나 있을 듯한 평범한 컴퓨터 세트다. 프린터 이외의 주변 기기가 몇 개 연결되어 있는 점만이 조금 프로 같다.

파쿠 씨가 전원 버튼을 건드리자 모니터가 확 밝아졌다.

그 고성의 스케치다. 바탕화면으로 깔려 있다.

"이제는 여기를 통해 접속하지 않아. 이쪽."

마우스를 조작해 파일을 연다.

"3D 모델 쪽을 이용하고 있어."

저도 모르게 시로타와 신은 입을 모아 "와아……" 하고 말했다.

그 고성―정확하게 말하자면 베네딕트회 수도원의 위용이 거기에 있었다. 게다가 이쪽 그림에는 색이 있다.

"처음에는 사진을 참고해서 색을 입혔는데."

파쿠 씨의 말에 시로타가 책상 주위를 둘러보더니 발치의 수납기구에 든 대형 사진집을 집어 들었다. 『세계유산 사진집―유럽의 고성편』이다.

"그래, 그거야 그거."

파쿠 씨는 마우스를 조작해 3D 모델링된 베네딕트회 수도원을 여러 각도에서 보여 주면서 말을 잇는다.

"몇 번인가 갔다 오면서 실물하고는 미묘하게 색깔이 다르다는 걸 느껴서 조금씩 수정하고 있어. 내 3D 모델—이랄까, 그 세계 주인의 취향이 반영된 성 쪽이 실재하는 건물보다 노란빛이 더 강하고 전체적으로 밝은 느낌이 들어."

"그렇군요" 하며 시로타가 고개를 끄덕인다.

그러고는 무릎 위에 올려놓은 사진집을 펼치고 목적하는 페이지를 찾아내더니 "이거"라고 말하면서 신에게도 보여 주었다.

페이지 가득히 그 스케치와 똑같은 사진이 실려 있다. 비교해 보니 과연 컴퓨터 이미지의 건물이 해바라기 같은, 민들레 같은 노란 색조를 더 강하게 띠고 있는 것 같다.

"그 세계의 주인은 노란색을 좋아하는 걸까?"

"그렇다면 나랑 취향이 같네."

파쿠 씨는 노란색 터틀넥 스웨터의 목을 잡아당기면서 쿡쿡 웃었다.

"단순히 밝게 만들고 싶어 한 건지도 모르지만. 숲속에서도 햇살이 나뭇잎 사이로 가득 비쳐들었지."

모니터 속의 베네딕트회 수도원도 깊은 숲에 둘러싸여 있지만, 마주했을 때의 왼쪽 가장자리에 숲을 빠져나가는 길이 그려져 있다. 그 끝의 조금 트인 곳에 노란색 텐트가 있고 파쿠 씨의 문이 있었다. 바로 옆에는 어제와 같은 복장을 한 신과 시로타가 서 있다. 작지만 제대로 3D로 되어 있다.

"거기에서는 어떤 기록도 갖고 나오지 못하니까 기억에 의지할 수밖에 없었지만, 이 3D 모델이면 될까?"

"물론 오케이예요."

배낭까지 메고 있지는 않지만, 시로타가 원화 쪽에 그려 넣은 것들을 다시 그대로 쓸 수 있을 것이다.

"파쿠 씨는 어디에 있어요?"

"오늘의 내 아바타는 이제부터 넣을 참이야. 너희랑 상의하고 나서."

기대해—라며 소리 없이 웃는다.

파쿠 씨가 자리를 양보해 주어서 시로타가 마우스를 쓰기 시작했다. 파쿠 씨에게 조작하는 법을 배우면서 화면 구석구석까지 집어삼킬 것 같은 눈으로 관찰하고 있다.

"이 건물이 완전히 작가의 상상으로 그려진 거고 단서로는 스마트폰으로 찍은 사진밖에 없었다면, 내 컴퓨터 실력으로는 3D화할 수 없었을 거야."

"일을 할 때는 컴퓨터를 별로 안 쓰세요?"

"적당히만 써. 그래서 이 성을 위해서 꽤 공부했어."

시로타가 의자를 돌려 파쿠 씨를 보았다.

"원화, 보실래요?"

파쿠 씨는 고지식하게 "내가 봐도 돼?"라고 되물었다. 시로타는 웃었다.

"되고 말고 할 것도 없이, 우리 것도 아니고요. 그 세계의 주인이 지금까지 파쿠 씨를 싫어하지 않았다면 봐도 될 것 같아요."

시로타는 일어서서 거실 입구에 놓아 둔 가방이 있는 곳으로 돌아갔다. 거들먹거리는 기색도, 극적인 몸짓도 없이 "여기요" 하며 내민다.

그 스케치는 시로타가 새 클리어파일로 옮겨 놓았다. 파일에서 그림이 삐져나오지 않도록 조치해 둔 모양이다. 게다가 파일 입구까지 꼼꼼하게 매직테이프로 봉해 두었다.

파쿠 씨는 양손으로 파일을 받아들었다. 그림 부분을 만지지 않도록, 뜨거운 냄비를 드는 것처럼 양쪽 끄트머리를 잡고 있다.

"그럼 볼게."

몸을 굽혀 목례하고 매우 진지하게 정좌했다. 웃긴다. 하지만 신도 약간 긴장했다.

파쿠 씨는 말없이 스케치를 들여다보고 있다. 신과 시로타도 말없이 지켜보았다. 그러다가 컴퓨터 모니터가 꺼졌다. 절전 모드로 전환된 것이다.

"감격의 재회야."

파쿠 씨는 중얼거리고 길게 숨을 내쉬었다.

"본심을 말하자면 그때 이 그림을 가져와 버리고 싶었어. 그런 곳에 매달아 두기는 아깝다고 생각했거든. 하지만 그러지 않기를 잘했어."

"왜요?" 하고 시로타가 물었다.

"그림을 가져왔다면 너희를 만나지 못했을 거잖아."

동료와 만날 수 없었을 거다, 라고 한다. 47세의 남자치고 파쿠 씨는 가끔 소년같이 말한다. 아니, 소년 만화 같은 말투다.

"이 고성의 세계, 예쁘고 편안해서 나는 정말 좋아하지만, 혼자는 쓸쓸했어. 이 신기함을 누군가와 나누고 싶다고도 생각했고, 혼잣말을 하지 않는 한 육성이 전혀 들리지 않는 세계란 이렇게 쓸쓸한 거구나 싶어서."

그래서 손가락 피리를 불었던 걸까.

시로타가 물었다. "IC 레코더를 향해서 말하고 있었던 것도 그 때문인가요?"

파쿠 씨는 새삼스럽게 부끄러운 모양이다. "응. 다마짱도 한번 해 봐. 그렇게 하지 않으면 계속 혼잣말을 하기란 엄청 어려운 일이라니까."

"그 녹음, 이쪽에서 들을 수 있어요?"

"설마. 거기에서는 아무것도 가져올 수 없다니까."

시로타는 생각에 잠긴 듯한 얼굴로 고개를 끄덕이고 자연산 눈썹을 아주 조금 찌푸렸다.

"그 스케치, 더럽지 않지요? 구두 발자국, 깨끗이 지워졌어요."

그 사실은 신도 처음 듣는다. "정말?"

"응. 어제 집에서 확인해 보니까 지워지고 없었어."

신도 스케치를 소중히 받쳐 들고 있는 파쿠 씨에게 다가가 옆에서 들여다보았다. 시로타의 말대로 더러움은 사라지고 없었다. 깨끗한 상태로 돌아왔다.

파쿠 씨가 스케치를 응시한 채 말한다.

"그러네. 더러움도 상처도 눈에 띄지 않아. 어제 한 번에 세 명이나 방문하는 바람에 좋은 보급이 된 거겠지."

신은 놀라서 시로타를 보았다. 시로타는 신과 도서실에서 대화했을 때처럼 눈을 가늘게 뜨고 힐문조로 물었다.

"그건 무슨 뜻이에요?"

"여기에 갔다 돌아오면 아사 직전이라고 할 정도로 배가 고프지 않아?"

"네, 그건 그렇지만……."

"나, 처음에 갔다가 돌아왔을 때는 서 있을 수 없을 만큼 배가 고팠어. 우선 냉장고의 우유를 마시고, 초콜릿을 먹고, 배달 피자를 주문했지. 배달을 기다릴 수 없는 기분이었다니까."

라지 사이즈 피자와 감자튀김과 너겟과 시저 샐러드를 혼자서 먹어 치워 버렸다고 한다.

"그런가. 이 세계는 접속해 오는 살아 있는 인간의 몸에 데미지를 주어서 에너지를 빨아들이고—."

시로타가 중얼거린다. 마우스를 건드렸기 때문에 화면이 다시 켜졌다. 신은 한순간 이 3D 모델이 컴퓨터를 경유해 시로타의 손가락에서 에너지를 빨아들여서 화면이 밝아진 듯한 착각을 느꼈다.

"아무래도 그 에너지를 이용해서 자기 자신을 유지 · 보수하고 있는 것 같네요."

"그런 거야. 다만 유지·보수를 위해서만이 아니라, 이 세계를 존속시키는 일 자체를 위해서도 어느 정도는 외부의 에너지가 필요한 건지도 몰라."

파쿠 씨는 스케치를 든 채 일어서려다가 멋지게 고꾸라졌다.

"아아아아, 다리가 저려."

정좌하고 있었기 때문이다. 정말이지, 이 사람은 어른인지 아이인지 모르겠다.

"그림, 괜찮을까? 구부러지지 않았어? 접히지 않았어?"

신은 허둥거리는 파쿠 씨에게서 클리어파일을 구해 냈다.

"아무 이상 없어요."

"다행이다. 아야야야야."

다리를 안고 구르는 파쿠 씨를 내려다보며 시로타가 자연산 눈썹을 찌푸린다.

"그렇게 인식하고 있으면서도 파쿠 씨, 무섭다고 생각한 적 없어요?"

파쿠 씨는 공벌레처럼 웅크린 채 의미불명의 "으~음" 하는 목소리를 냈다. 긍정일까 부정일까.

"파쿠 씨는 우리보다 훨씬 자주 이 세계에 출입하고 있잖아요. 그때마다 데미지를 받고 에너지를 빼앗겨요. 목숨이 줄어들 거라는 생각 안 들어요?"

공벌레 파쿠 씨는 무릎을 껴안은 자세 그대로 옆으로 툭 쓰러졌다. 그냥 작기만 한 게 아니라 '조그마하다'라는 표현이 딱 어울리는 두 눈을 깜박깜박 깜박이며 그 자세 그대로 말하기 시작했다.

"난 말이지, 그쪽을 걱정하기보다는, 오히려 신기해 죽겠어."

이 고성 스케치의 세계를 찾아간 인간은

① 에너지를 빼앗겨 배가 고파진다.

② 육체적인 데미지를 입는다.

"①과 ② 사이에 직접적인 상관관계가 있는 것 같지는 않아. 누구든 배가 너무 고파서 어지럽거나, 위가 텅 비어서 속이 쓰리거나 아플 때가 있지. 하지만 그 세계에서 돌아왔을 때 우리가 받는 데미지는 그런 것과는 종류도 정도도 달라."

시로타가 컴퓨터 의자에서 가볍게 몸을 내밀고 바닥 위의 파쿠 씨에게 고개를 끄덕였다.

"저 오늘 아침에 일어났을 때 손가락이 전부 굳어서 구부러지지 않는 바람에 깜짝 놀랐어요. 무릎이랑 고관절도 아프고 삐걱거리는 것 같았고."

"아, 나도 그런 적이 있어. 다마짱의 말대로 나는 너희보다 접속 횟수가 훨씬 많으니까 다채로운 상황을 경험했지만. 어제는 이곳에 돌아와서 화장실에 갔더니 오줌이 빨갛더라."

신이 뭔가 말하기 전에 시로타가 대답했다. "오가키도 혈뇨가 나왔대요."

"흐으음. 실은 혈뇨는 두 번째야. 그래서 그렇게 놀라지 않았어. 위가 엄청나게 아파서 피를 토한 적도 있고. 하지만 제일 놀랐을 때는 성에서 돌아와 하룻밤 자고 일어났더니 흰자위가 노래졌을 때였나."

그거, 황달이다.

"단골 병원으로 달려가서 검사를 받고 진찰을 받았더니, 감염증은 아닌데 간 기능이 뚝 떨어졌다는 거야. 하지만 나는 술은 안 마시고 담배도 안 피워."

그때까지 그 병원에서 일 년에 한 번씩 받았던 건강검진의 간 기능 검사 결과는 항상 '이상 없음'이었다고 한다.

"의사 선생님도 그걸 아니까 고개를 갸웃거리더라고. 좀 더 자세히 조사하고 싶으니까 입원하라고. 하지만 수속을 하고 파자마를 가지러 집에 돌아와서 병실이 비기를 기다리는 동안에 흰자위의 노란색이 사라졌어."

그래도 하룻밤 입원했고 다음 날 다시 혈액 검사를 했더니 간 기능은 정상으로 돌아와 있었다.

"뭔지 모르겠지만 숨 쉬기가 힘들어 헉헉거리면서 헐떡인 적도 있어. 점점 시야가 좁아지고 정신이 아득해지고. 그때는 병원에 가지 않았지만, 폐가 쪼그라든 것 같은 느낌? 엑스레이를 찍어 보면 알 수 있었을지도 모르지."

그러면 또 입원 소동이 일어났을 것이다.

"그거, 폐 기능 저하가 원인인지는 모르겠지만 혈중 산소 농도가 내려가 있었던 거예요."

시로타가 어느 모로 보나 의사의 딸다운 발언을 했기 때문에 신은 서둘러 덧붙였다. "시로타네 집은 병원을 경영하고 있어요. 아버지는 외과 의사고, 그 병원의 의국장."

"그런 건 아무래도 상관없어."

시로타는 신에게 눈길도 주지 않고 내뱉었다.

"저도 파쿠 씨의 말이 맞을 거라고 생각해요. 우리 몸은 평범하게 건강하니까, 단시간에 갑자기 배가 고파진 정도로 그렇게 몸의 기능이 변화를 일으키는 건 이상해요."

파쿠 씨는 벌떡 몸을 일으켜 시로타에게 얼굴을 향했다. "다마짱네 아버지, 의사 선생님이셔?"

"네."

"지금 이야기한 증상들 중 여러 개가 한꺼번에 겹쳐서 나타나면 인간은 죽을까?"

시로타는 잠시 말문이 막혔다. "—꽤 위험할 것 같은데요."

다장기부전多臟器不全이라고 하니까, 라고 말한다.

"다장기부전이라. 그 말, 알고 있어. 어떤 유명인이 죽었다는 뉴스에서 그게 원인이라고."

파쿠 씨는 혼자서 납득한 듯이 고개를 끄덕이고 있다.

"이 세계가 존속하기 위해서 살아 있는 인간의 에너지를 필요로 한다면, 그냥 쑥 흡수하면 그걸로 충분하잖아? 그런데 어째서 데미지까지 주는 건지 알 수가 없어서 말이야. ①만으로 충분한데 왜 ②까지 일으키는 걸까. 모처럼의 에너지 공급원인 방문객이 그게 싫어서 도망칠지도 모르는데."

무섭지는 않다, 하지만 이해할 수 없다, 고 한다. 이런 풍채에 이런 말투로 말하는 사람이기는 하지만 파쿠 씨라는 인간의 심지는 의외로 단단하다.

파쿠 씨는 탄력을 이용해 폴짝 일어섰다. 심지는 단단해도, 튀어나온 배는 부드러워 보이고 출렁 파도친다.

"잠깐 교대 좀."

파쿠 씨가 컴퓨터 앞에 앉아 마우스를 움직인다. 그러자 화면이 바뀌고 다른 영상이 나타났다.

"이런 걸 그리면 어떻게 될까 싶어서 만들어 둔 3D 모델인데."

저도 모르게 신도 컴퓨터로 다가가고 말았다. 시로타는 의자 등받이를 붙잡고 크게 눈을 부릅뜨고 있다.

"페가수스다!"

날개가 있는, 하늘을 달리는 말. 신화나 판타지 속에 등장하는 가공의 생물 중에서는 가장 대중적이고 친근하다.

"그리폰으로 할까 생각도 했지만 몸을 덮고 있는 깃털의 모델링이 어려워서. 결국 이쪽으로 가닥을 잡았지."

"이걸로 하늘을 날자는 거군요."

"응. 오가타가 목격한 여자아이를 찾으러 성의 탑까지 날아가 보자."

"저는 오가타가 아니라 오가키예요."

시로타가 쿡쿡 웃기 시작했다. "명안인 것 같긴 한데, 하지만 파쿠 씨, 어째서 노란색 페가수스인가요?"

몸도 날개도, 푹신푹신한 꼬리 끝마저 민들레나 해바라기 같은 색을 띠었다.

　파쿠 씨는 싱글벙글 웃었다. "하얀 페가수스는 너무 예쁘고 검은색은 너무 멋있잖아. 그래서 멜빵바지 색깔이랑 맞춰 봤어. 내 아바타로 어울리지?"

　"그럼 파쿠 씨는 이 페가수스가 될 생각인 거로군요."

　그렇다면 페가수스의 등에 타서 하늘을 나는 쪽은—.

　"너희 둘이서 잘해 봐. 괜찮겠어?"

　괜찮고 자시고, 시험해 볼 수밖에 없지 않은가. 노란색 페가수스에는 고삐와 안장과 등자도 제대로 달려 있다.

　"오가키, 산제비가 되었을 때도 의식은 원래 그대로였다고 했지?"

　"네. 몸은 제비지만 의식은 저 본인의 의식 그대로였어요. 그리고 저는 오가키가 아니라 오가타예요."

　어라? 라고 생각하기 전에 시로타가 등을 찰싹 때렸다.

　"오가키, 정신 차려."

　파쿠 씨가 빵 터졌다. 웃으면서 트레이닝복 주머니를 뒤져 스마트폰을 꺼내더니 뭔가 조작하고는 책상 구석에 놓았다.

　"그럼 나도 페가수스가 되어도 나 그대로겠네. 너희와 제대로 소통하면서 이동할게."

　자, 준비는 됐니?

　"먹고 마시고 화장실도 다녀오고, 지금은 귀환했을 때 맛볼 고통에 대해서는 잊자."

신은 클리어파일에 들어 있는 고성의 스케치를 컴퓨터 모니터 옆에 세웠다.

시로타가 한번 숨을 쉬고 나서 모니터 구석에 표시된 시간을 소리 내어 읽는다.

"현재, 오후 4시 13분."

탑 속의 공주님을 찾으러, 출발이다.

푸르릉, 푸르릉.

시로타가 콧김이 거친 민들레색 페가수스의 고삐를 잡고 신중하게 한 발짝 한 발짝 나아간다. 문에서 밖으로 나가자 노란 텐트가 표식인 베이스캠프는 바로 엎어지면 코 닿을 거리에 있었다.

'파쿠 씨 페가수스'가—아마 기쁜 거겠지만—흥분해서 끊임없이 스텝을 밟고 있다. 앞으로 나아가는가 싶으면 뒤로 물러나고, 폴짝 뛰거나 옆으로 비틀거리거나. 천마뿐만이 아니라 말이라는 동물은 실물을 보면 커다란 생물로, 꽤 압도된다. 시로타는 파쿠 씨 페가수스가 뛰어오를 때마다 휘둘릴 것만 같아서 다루는 데 진땀을 빼고 있었다.

"워어워어, 워어워어."

파쿠 씨 페가수스의 목을 쓰다듬어 준다.

"파쿠 씨, 진정하세요. 하늘을 날기 전에 기분만 날아 올라가 버려도 소용없잖아요."

시로타의 설교하는 듯한 말투가 웃긴다.

고성의 세계는 오늘도 날씨가 좋았다. 어제보다 바람이 조금 더 부는지 숲이 술렁거리며 푸른 잎의 향기를 실어 온다. 이 향기가 기분 좋아서 신은 가슴 가득 심호흡을 했다.

"이 애, 정말로 파쿠 씨가 들어 있는 거 맞을까? 말이 통하지 않는 것 같아."

파쿠 씨 페가수스는 시로타를 무시하고 폴짝폴짝 스텝을 밟고 있다. 둘에게서 떨어지더니 날개를 활짝 펴서 크게 퍼덕여 보였다. 네 다리가 땅을 차며 뛰어오른다.

"빨리 날고 싶어서 견딜 수가 없는 거야."

이 세계의 존재에도, 이곳과 관련되어 일어나는 일들에도 전혀 공포를 느끼지 않는 파쿠 씨답다.

신이 가까이 가려고 하자 파쿠 씨 페가수스는 또 날갯짓을 했다. 균형이 무너져 넘어질 뻔했다. 날개가 일으키는 바람을 정면으로 받고 시로타의 니트 모자가 날아갔다. 이 한 쌍의 날개는 챙 달린 모자는 물론이고 니트 모자까지 날려 보낼 정도의 바람을 만들어 내는 것이다.

─그러지 않으면 하늘을 날 수가 없나.

"알았어, 알았어, 기쁜 건 알았어요, 파쿠 씨."

신은 양손을 몸 앞에 들고 천천히 파쿠 씨 페가수스 옆으로 돌아가 손바닥으로 매끄러운 몸통을 쓰다듬었다.

"먼저 충고해 둘 걸 그랬네요. 저기, 아무리 아바타 동물에게 비행 능력이 있어도 내용물은 우리 인간이니까 금방 잘 날 수는 없어요. 요령을 모르면요. 저는 처음에 산제비가 되었을 때 추락해서 심장이 뒤집히는 줄 알았다니까요. 그러니까 파쿠 씨도 우리를 태우기 전에 우선 연습을 해 주세요."

푸르릉, 푸르릉 하면서 파쿠 씨 페가수스가 고개를 틀어 신을 돌아보더니 머리를 위아래로 움직인다. "알겠어!"라고 하는 듯하다.

"우리는 숲을 빠져나가서 성으로 가 볼게요. 성문을 찾고, 안으로 들어갈 수 있을 것 같아도 멋대로 먼저 가지 않을 거예요. 이곳으로 돌아와서 파쿠 씨를 기다릴 테니까, 실컷 연습하고 오세요."

타게 되는 이쪽은 목숨을 맡기는 거니까 만전의 상태가 될 때까지 연습해 줬으면 좋겠다.

그렇게 생각하고 신은 문득 의문을 느꼈다.

—목숨을 맡긴다?

그럼 파쿠 씨가 실패하면, 맡긴 목숨은 돌아오지 않나? 신의 목숨도, 시로타의 목숨도? 이건 옳게 이해한 걸까.

—여기에서 죽으면 현실에서도 죽는 걸까.

아니면 그냥 현실로, 파쿠 씨 방의 컴퓨터 앞으로 귀환하는 걸로 끝날까? 다만 지금까지의 괴로움과는 비교가 되지 않을 정도로 심한 데미지에 몸부림치면서.

"어쨌든 너무 심하게는 안 했으면 좋겠다."

시로타가 옆에 와서 말했다.

"애초에 나는 높은 곳이 싫단 말이야. 말을 타고 하늘을 날고 싶지 않아."

"말이 아니야. 천마지."

"어느 쪽이든 마찬가지야. 여기서 죽으면 어떻게 되는지 모르겠지만, 할 수밖에 없겠지."

시로타도 신과 같은 생각을 하고 있었던 것이다.

"장비를 회수하고, 빨리 가자."

파쿠 씨 페가수스는 거대한 날개를 퍼덕거리고 발굽을 구르고, 또 춤추듯이 스텝을 밟고, 고개를 흔들고 목을 틀고, 가슴을 젖히며 열심히 날아오르려 하고 있다. 날개의 퍼덕임에 흐트러진 회오리바람이 일어난다. 흙먼지가 흩날린다. 말발굽이 춤을 추자 풀들이 걷어차인다.

"산제비가 나는 것보다 어려울 것 같아."

둘은 자세를 낮추고 숲의 나무들 속으로 달려 들어갔다. 등 뒤에서는 아직도 파쿠 씨 페가수스가 분투하고 있고, 나뭇잎이나 작은 꽃들이 그 몸짓에 떠올라 날아온다.

시로타의 방향 감각은 대단해서, 숲을 빠져나가 작은 시내를 건넌 뒤 곧장 배낭과 그 내용물이 있는 장소로 데려가 주었다.

"돌아가면 원화에 그려 넣은 걸 없애고 컴퓨터 그림의 우리한테 이걸 지워 주자. 수고를 덜 수 있을 테니까."

숲 맞은편에 솟아 있는 성의 지붕도, 한 쌍의 첨탑도 햇빛 아래에서 빛나고 있다. 오늘은 그 어느 때보다도 한층 더 아름답게 보인다.

　—어제 3인분의 에너지가 보급되었기 때문이다.

　불쾌한 생각이 떠올랐다.

　어쩌면 귀환 후에 그들이 맛볼 고통도 이 세계에게는 에너지가 아닐까?

　그들의 몸을 움직이게 하고, 음식을 먹어서 보충할 수 있는 에너지는 말하자면 플러스의 에너지다. 살아가는 힘이다. 하지만 사람이 고통 때문에 땀을 흘리고, 신음하고, 몸부림치기 위해서도 힘이 필요하다. 생사의 아슬아슬한 고비까지 쇠약해져 버리면 사람은 아픔도 고통도 느끼지 않는다고 들은 적이 있다. 이미 그럴 힘이 남아 있지 않기 때문이다.

　그렇다면 '몸을 괴롭게 하는 힘'은 마이너스의 에너지라고 생각할 수는 없을까. 이 고성의 세계는 플러스와 마이너스 양쪽, 양극의 에너지를 원하고 있고—.

　아, 하지만 그건 의미가 없나. 신 일행은 어디까지나 귀환한 후에 괴로워할 뿐이고 이 세계에 있을 때는 그러지 않는다. 귀환 후에 현실 세계에서 아무리 마이너스의 에너지를 '발전發電'해도 고성의 세계에는 도움이 되지 않는다.

　한층 강한 바람이 불어닥쳐서 오솔길을 더듬어 가는 시로타와 신을 날려 보낼 뻔했다.

　"쪼그려!"

　시로타가 무릎을 꿇고 몸을 굽히면서 큰 소리를 낸다. 순간 날

개를 편 노란 페가수스가 허둥지둥 날갯짓을 하면서 텐트가 있는 쪽의 푸른 하늘을 배경으로 뛰어 올랐다―,

라고 생각했더니, 순식간에 속도를 잃고 비명처럼 히힝 울며 숲 속으로 사라졌다. 그리 높이 날아오른 것은 아니니까 뭐, 목숨은 무사할 것이다.

"고생하고 있네."

페가수스를 날게 하려면 산제비 때와는 차원이 다른 숙련도가 필요할지도.

"오래 있을 수는 없으니까 말이지, 초조해져서 무리할 필요도 없으니 오늘은 날 수 있을 것 같지 않으면 적당한 시점에서 파쿠 씨를 끌고 돌아가자."

이륙과 비행에 연습이 필요하다 해도 페가수스 아이디어는 훌륭하다. 덕분에 신과 시로타의 발걸음도 가벼웠다. 오솔길을 계속 더듬어 가면 성의 정면 방향에서 벗어나 버릴 것 같았기 때문에 중간부터 일부러 숲속으로 돌아갔다.

"이쪽이 최단거리야."

흔들림 없는 발걸음으로, 배낭을 통통 튀어 오르게 하면서 시로 타는 빠르게 앞으로 나아간다. 신은 그 뒤를 따라간다.

이 근처는 풀이 적은 대신에 벨벳 같은 이끼가 빈틈없이 지면을 덮고 있어서 밟으면 탄력이 느껴지고 기분 좋다. 이끼인데 조금도 축축하지 않고 신선한 채소같이 좋은 냄새가 난다.

성의 탑과 커다란 돔이 가까워졌다. 신은 뒤돌아서 푸른 하늘을 올려다보았다.

"파쿠 씨, 날고 있지 않네."

"역시 오늘은 무리일지도 모르겠다."

"날개가 있는 생물은 어렵다면 헬리콥터를 그려 달라고 할까?"

시로타가 곧 말했다. "발전기와 달리 헬리콥터는 스위치를 누르는 것만으로는 움직이지 않아. 누군가가 조종해야 해."

그렇다. 또 겸연쩍다.

"이상해."

시로타가 걸음을 멈추더니 호흡을 가다듬으면서 주위를 둘러보고 말했다. 신은 입을 삐죽거렸다.

"깜박 잊었어. 이곳 룰을 까먹었을 뿐이라고. 일일이 지적하지 마."

"무슨 소리야?"

"그러니까 헬리콥터를 떠올린 거. 일일이 잘못을 지적하지 말아 줘."

시로타는 코웃음을 쳤다. "나는 그걸 지적한 게 아니야. 거리감이 이상하다는 말이었지."

마침 그때 숲 건너편, 두 사람의 등 뒤 꽤 먼 곳에서 파쿠 씨 페가수스가 또 날아올랐다. 이번에는 날갯짓으로 10초 정도는 체공했지만 그것이 한계였다. 또 낙하.

"파쿠 씨는 아직 텐트 근처에 있는 모양이네."

"저러는 걸 보니까 그런가 보다."

"그러니까 우리는 꽤 많이 걸어서, 성에 가까워져 있어야 해."

"실제로 가까워지고 있잖아."

신은 가까이 다가온 돔과 첨탑 한 쌍을 올려다보았다. 세 건물은 신의 시야에서 푸른 하늘을 잘라 내며 엄연히 거기에 솟아 있었다. 당장이라도 덮쳐 올 듯한 존재감이 있다.

"하지만 아까부터 계속 같은 거리야. 계속 이 앵글로, 이 크기의 성을 올려다보고 있다고. 오가키, 모르겠어?"

"가까워져서 오히려 거리 변화를 알기 힘들어졌을 뿐인 게 아닐까?"

시로타는 고개를 저었다. "아니야. 그런 착각 같은 게 아니야."

"그럼 그 오솔길에서 벗어난 게 잘못이었던 거 아닐까? 멀리 돌아가는 것처럼 보였어도 그쪽 길이 맞았을지도."

파쿠 씨는 성에 '몇 번이나 가까이 갔고', 성문이 닫혀 있어서 안에 들어가지 못했다고 말했다.

"오솔길로 돌아가서 가 보자. 분명히 성문으로 통하는 길일 거야."

정상적인 사고방식이라고 생각했는데 시로타는 왠지 내켜 하지 않았다.

"파쿠 씨랑 우리는 다른 건지도 몰라."

"뭐가 달라?"

"이 세계의 대응 방식이."

'대접' 말이야, 하고 바꿔 말한다. "파쿠 씨한테는 성에 접근하는 걸 허락하고 성문도 보여 주었어. 하지만 이 세계에게 우리는 그렇게 대접할 만큼 좋은 손님이 아닐지도 몰라."

뭘 그렇게 꾸물거리면서 걱정하는 거야, 시로타.

"가 보면 알겠지."

이번에는 신이 앞장서서 작은 꽃으로 장식된 오솔길을 걸어간다. 리드미컬한 발걸음. 콧노래가 나오는 가벼운 기분. 산책하기 좋은 상쾌한 날씨다. 정말이지, 귀환한 후의 일을 생각하지 않는다면 여기는 천국이야—.

뒤에서 배낭을 꽉 잡혔다.

"봐, 저거."

신은 제정신으로 돌아온 듯이 눈을 깜박거렸다. 시로타가 가리키는 것은 우아하고 아름다운 곡선으로 푸른 하늘을 잘라 내는 돔과, 그 양쪽 옆을 지키는 날카로운 직선의 두 첨탑이다.

멀리 떨어져 있다. 아까와 같은 존재감이 없다. 무대 배경과 다를 것이 없는 그냥 '풍경'으로 돌아가 버렸다.

"성실하게 길을 더듬어 왔더니 성에서 멀어지고 말았어."

불쾌한 듯이 말하는 시로타는 숨이 거칠다. 그렇게까지 화낼 것 없잖아, 라고 생각했는데 그러는 자신의 호흡도 빨라져 있다.

"왠지 힘들지 않아?"

시로타는 어깨로 숨을 쉬기 시작했다.

"으, 응."

"뭘까, 이거. 경고인가?"

더 이상 이곳에 있으면 위험해. 현실로 돌아갔을 때 큰일이 날 거야.

이 세계의 주인이 보내는 경고? 아니면 신과 시로타의 자기방어 반응이나 생존 본능이 발하는 경보? 어느 쪽이든 성의 세계에 있을 때부터 벌써 컨디션이 나빠지다니, 처음 있는 일이다. 이것은 좋은 사인일까, 나쁜 사인일까.

"문으로 돌아가자."

우향우하려고 하다가 시로타는 약간 비틀거렸다. 표정이 더욱 험악해진다.

"서둘러야 해."

괜찮아, 그렇게 무서워하지 마, 여차하면 내가 널 업고 뛰어 줄게—라고 생각한 신은 끈적끈적한 땀을 흘리기 시작했다. 속이 메슥거린다.

"오가키, 정신 차려."

시로타가 팔을 붙잡는다. 이래서는 반대다. 도움을 받고 있다.

"방향은 아니까 지름길로 가자."

시로타가 다시 길을 벗어나 숲으로 들어간다. 정말이야? 정말 길을 알아? 이 상태로 미아가 돼서 움직이지 못하면 우리는 여기에서 죽을지도 몰라—.

갑자기 시로타가 걸음을 멈추었다.

신은 욕지기를 견디기 위해 턱을 당기고 발밑만 보고 있었다. 그 아래를 향한 시야 속에서, 운동화를 신은 시로타의 두 발이 뒤로 물러났다.

신은 얼굴을 들었다. 순간 시큼한 트림이 나왔다. 하지만 그런 것을 신경 쓰고 있을 때가 아니었다.

시로타는 얼어붙은 듯이 몸을 굳히고 바로 옆에 있는 나무의 가지를 올려다보고 있다. 전나무같이 친근하게 생긴 나무로, 짙은 초록색 잎을 빼곡히 달고 있다. 땅바닥을 메운 초록색 이끼가 나무줄기의 절반 정도까지 덮고 있었다.

그 가지와 가지 사이에서 얼굴이 초록색 잎들을 헤치다시피 하며 불쑥 나와 있었다.

그렇다. '얼굴'이다. 그렇게밖에 말할 수가 없다. 달걀형 얼굴. 머리카락은 없고, 귀도 없고, 이마가 매끈하고 넓다. 단정한 얼굴 생김새의 견본이다.

신과 시로타도 싫을 정도로 잘 알고 있는 얼굴.

에모토 간나다.

하얀 뺨. 동그란 눈동자. 부드러운 복사빛 입술. 간나는 화장을 하고 학교에 온다고 말하는 여자애들이 있다. 똑똑히 알 수 있을 만큼 속눈썹을 붙이거나 아이라인을 그리고 아이섀도를 칠했을 때가 분명 있다. 하지만 아무것도 하지 않아도 에모토의 얼굴은 예쁘다. 피부는 투명하고 눈동자는 둥글고 귀엽다. 여름 체육 수업중에 수영장에서 막 올라왔을 때도 에모토는 이런 얼굴을 하고 있다.

그 사실의 부조리함과 불공평함이 남자인 신에게도 불쾌하게 여겨질 정도이니, 여자애들은 얼마나 힘들까. 에모토의 썩은 근성과, 전혀 노력하지 않고 아무것도 견뎌 내지 않아도 태어나면서부터 가진 미모의 조합.

"어째서, 에모토가, 여기에."

발성 연습이라도 하는 것처럼 시로타가 한 마디 한 마디 끊어 가며 큰 소리로 말했다.

"에모토는, 여기에는, 없어."

발성 연습이 아니다. 시로타는 이렇게 스스로에게 들려주고 있는 것이다. 에모토 간나가 여기에 있을 리 없다.

가지와 잎 사이에서 에모토의 입이 씩 웃었다. 가지를 떠나 앞으로 주르륵 미끄러져 나왔다.

그래서 겨우 알았다. 왜 '얼굴'만 에모토인지. 왜 머리카락도 귀도 없는지.

얼굴은 에모토 간나지만 머리는 다르다. 몸도 다르다.

뱀이다.

사람 머리만 한 크기의 머리를 가진 뱀. 밸런스로 보아 길이도 상당히 길 것이다. 커다란 구렁이다. 머리 아래의 목 부분이 약간 잘록하고, 그 뒤는 기다란 뱀의 몸. 하얀 몸에 백은의 비늘. 스륵 스륵 소리도 없이 거의 우아한 곡선을 그리며 가지와 잎 사이에서 나타나, 하강하면서 신과 시로타에게 다가온다.

삼각형 머리를 쳐들었고, 한 쌍의 눈은 둘을 바라보고 있다. 다가온다. 가늘고 뾰족한 동공이 보일 만한 거리까지. 물을 갈지 않고 내버려둔 수조에서 나는 듯한 이상한 냄새가 코끝을 확 스친다.

뱀 앞의 개구리. 신도 시로타도 꼼짝할 수가 없다.

에모토 뱀의 하얀 얼굴이 둘의 정면에서 50센티 정도 떨어진 곳까지 다가와 커다란 웃음을 띠었다. 입술이 말려 올라가고 치열이 보였다.

에모토는 치열도 고르고 이가 희다. 하지만 거기에 보인 치열은 그런 인간적인 표현을 할 만한 것이 아니었다.

포식자의 이빨이다. 사냥감을 물어뜯고 먹어 치우는 상어나 바라쿠다_{꼬치고깃과 물고기로, 커다란 입과 강한 이빨과 흉포한 습성을 지녔다}나 피라냐의 이빨.

신의 목구멍에서 뭉개진 개구리가 낸 듯한 목소리가 새어 나왔다. 그러자 에모토의 얼굴이 갑자기 옆으로 움직여 신의 정면으로 왔다. 검은자위가 빙글 회전한다.

그러고는 달콤한 목소리로 말했다.

"오가키, 오줌 지릴 것 같아."

오늘 점심시간, 도서실 앞에서 들은 에모토 간나의 목소리였다.

그때 짐승의 울부짖음 같은 것이 울렸고 신의 앞에 있던 에모토의 얼굴이 옆으로 날아갔다.

시로타다. 등의 배낭을 내려서 양손으로 무기처럼 잡고 버티고 있다. 곧 또 한 대, 두 대. 에모토 뱀의 얼굴을 배낭으로 후려친다. 에모토 뱀은 몸을 꿈틀거리며 도망치려고 한다. 그것을 쫓아가서 밟고 또 한 대. 격렬한 구타에 에모토 뱀이 땅을 아슬아슬하게 스칠 만큼 머리를 내렸다.

신도 제정신으로 돌아왔다. 큰 소리를 지르면서 돌진해 에모토 뱀의 머리를 걷어찼다. 머리를 뒤로 젖히고 몸을 꿈틀거리다가, 나무줄기에 감고 있던 꼬리가 떨어지고 만 모양이다. 에모토 뱀은 쿵 하고 땅바닥으로 떨어졌다.

신은 또 머리를 걷어찼다. 머리가 도망치는 바람에 발길질이 정확하게 명중하지 않았다. 신은 화가 났다. 에모토 뱀을 걷어찬다. 이번에는 명중이다. 에모토 뱀의 눈이 흰자위만 내보였다. 축 늘어진 머리를, 신은 몇 번이나 짓밟았다.

"누가 지릴 것 같다는 거야! 어? 누구야? 말해 봐! 말해 보라고, 이 나쁜 년!"

"오가키!"

시로타의 비명이 들렸다. 신은 멈추지 않는다. 시야가 붉게 물들었다. 역류한 피 색깔이다. "이거나 먹어라!"

혼신의 힘으로 짓밟았다. 그 발은 땅바닥을 밟았을 뿐이었다. 에모토 뱀은 사라졌다. 신은 무릎이 덜컥 꺾여 양손으로 땅바닥을 짚고 간신히 몸을 지탱했다.

또 팔꿈치를 잡힌다. 흔들흔들 흔들어 댄다. 시로타다. 시로타가 새파란 얼굴을 하고 있다.

"환각이야. 진짜가 아니야."

신의 머리는 흔들흔들 흔들릴 뿐이다.

"그런 괴물이 있을 리 없어. 환각이야. 이 세계의 주인이 우리한테 보여 준 거야."

왜인지는 알 수 없어. 하지만 그렇게 생각할 수밖에 없어. 신을 흔들면서 설명하는 시로타의 목소리는 뒤집어졌다.

"우리를 겁줘서 쫓아내고 싶은 건지도 몰라. 역시 오늘 우리, 너무 오래 있었나 봐."

시로타에게 매달려 일어서자 마찬가지로 떨고 있다는 사실을 알 수 있었다. 그 눈에 살짝 눈물이 고여 있다.

눈이 마주치자 시로타는 힘없이 두 팔을 내렸다. 배낭은 발밑에 떨어져 있다.

"미, 미안."

어쨌든 빨리 문이 있는 곳으로 돌아가자. 현실 세계로 돌아가자.

신은 시로타의 배낭을 주워 든 뒤 그 손을 잡고 걷기 시작했다. 그 불쾌한 괴물에 대한 혐오감도 더해져서 더욱 속이 메슥거린다.

"시로타, 기분 나쁘지 않아?"

"괘, 괜찮아. 어떻게든 버틸 수 있어."

갑자기 둘의 왼쪽 전방에서 숲의 나무들이 술렁거렸다. 이번에는 뭘까 하고 신이 긴장하는데 샛노란 페가수스가 하늘로 날아올랐다.

오오, 괜찮은 분위기로 날갯짓하고 있어! 고개를 똑바로 쳐들고, 헛되이 다리로 허공을 휘젓지 않고, 균형을 유지하고 바람에 날개를 실으며 매끄럽게 날아간다.

"파쿠 씨, 해냈어!"

노란 페가수스는 한 번, 두 번 날갯짓하더니 공중에서 선회하며 둘에게 꼬리를 보인 다음 한층 더 강하게 날개를 퍼덕여 첨탑을 향해 상승해 갔다.

"어떻게든 되는 거구나."

시로타는 손으로 차양을 만들어 이마에 갖다 대며 햇빛에 반짝이는 첨탑 꼭대기를 올려다보았다.

"오가키가 여자애를 발견한 건 어느 쪽 탑이었더라?"

"아마 정면에서 볼 때 왼쪽에 있는 탑이었을 거야."

파쿠 씨 페가수스는 한 쌍의 탑과 돔 주위를 반시계 방향으로 호를 그리며 날아갔다. 돔이 있는 건물의 창을 들여다보고 오른쪽 탑의 창을 들여다보고 돔 건물의 뒤쪽으로 돌아가 왼쪽 탑의 창을 들여다본다. 이런 순서대로 움직일 것 같다.

"어라, 잠깐, 잠깐, 위험해 보여."

오른쪽 탑 옆을 빠져나갔을 때 파쿠 씨 페가수스의 날개 움직임이 흐트러졌다.

"측면에서 부는 바람이 강해."

신은 산제비가 되었을 때의 일을 떠올렸다.

"상승 기류도 있어서 실수로 그 기류를 타 버리면 터무니없는 데로 가 버려."

파쿠 씨 페가수스는 가까스로 자세를 바로잡고 건물 뒤로 날아갔다. 고도가 약간 낮아졌고 신과 시로타의 시야에서 사라졌다.

"아까 우리가 이곳에 있는 게 보였겠지? 한 바퀴 돌고 나면 이곳으로 내려오지 않을까?"

그 편이 함께 빨리 돌아갈 수 있다.

"파쿠 씨, 파쿠 씨, 빨리 빨리."

맑게 갠 푸른 하늘에 둥근 구름이 떠오르고 천천히 오른쪽에서 왼쪽으로 흘러간다. 방금까지는 구름 한 조각 없었는데. 알아차리지 못했을 뿐일까.

파쿠 씨 페가수스는 보이지 않는다.

"저쪽에서 착륙한 건가?"

아니면 추락해 버린 건지도 모른다. 아바타를 조종해서 나는 것은 조종 방법을 모르는 기계를 감으로 움직이는 것과 마찬가지다. 멋있게 날고 있어도 언제 무슨 일이 일어날지 알 수 없다. 신은 경험했다.

"저쪽으로 가 보자."

신은 흙빛 얼굴을 한 채 앞으로 고꾸라질 듯이 하며 걸음을 내딛는 시로타를 도로 잡아당겼다.

"항상 냉정한 시로타답지 않네."

파쿠 씨가 어디에 있는지 알 수 없다. 여기에서 찾으러 가는 것보다, 둘이 먼저 현실로 귀환한 뒤 파쿠 씨의 접속을 끊어서 데려오는 쪽이 확실하고, 빠르다.

"그, 그렇구나." 시로타는 손으로 이마를 누르며 비틀거렸다. "나, 어떻게 됐나 봐."

"약해진 거야. 무리도 아니지."

시로타를 격려한 신은 도중에 부축하면서 앞으로 나아갔다. 나무 사이로 노란색 텐트가 보이기 시작했을 때는 피로 때문이 아니라 안도로 무릎이 후들거렸다.

"조금만 더 가면 돼."

운동회의 2인3각 경기에 참가한 것처럼 서로가 서로를 부축하고 호흡을 맞추며 걷고 있었다. 텐트 옆을 통과해 지면을 조금 올라갔다가 내려가면 문에 도달한다.

'파쿠 씨 색깔'을 띤 텐트가 크게 흔들렸다. 이 또한 바람 때문일까—.

신이 힐끗 쳐다보니 텐트 입구가 열리고 안에서 새까만 그림자가 나왔다.

순간 신은 시로타를 등 뒤로 돌렸다. 100분의 1초 정도의 찰나의 판단으로, 이런 것을 시로타에게 보여 주고 싶지 않다고 생각한 것이다. 본능의 경고를 들었다.

그 새까만 그림자는 등을 웅크리고 머리를 숙이고 무릎을 구부리고 양팔 팔꿈치를 바깥쪽으로 내밀고 있었다. 한 손으로는 무언가를 들고, 다른 손의 손등은 땅바닥에 대고 있다.

—커다란 원숭이다.

신 뒤에서 시로타가 숨을 삼켰다. 그 희미한 호흡의 흐트러짐을 알아챈 듯이 새까맣고 커다란 원숭이는 머리를 들고 얼굴을 보였다.

이 또한 100분의 1초 정도 사이에 신은 예상하고 각오를 하고 있었다. 그래도 그 얼굴은 충분히 역겨웠다.

이번에는 오사다. 3학년 중에서도 베스트 3에 드는 인기인, 에모토의 공인 남자친구인 오사의 얼굴이 커다란 유인원의 몸에 붙어 있다.

눈이 침착하지 못하게 데굴데굴 움직인다. 흰자위가 노랗다. 드러난 이도 샛노란 색이다. 그런데 이목구비는 오사의 이목구비였다.

칠칠치 못하게 실실 웃고 있다. 그 표정도 오사의 것이다.

"구엣헷헤."

오사다. 진짜 유인원이 아니다.

"모아이이~. 남자 같은 여자라도 생리는 하냐아?"

징그럽고 탁한 목소리로 묻고, 자신의 목소리가 끝나기도 전에 배를 안고 웃기 시작했다.

"너 같은 건 존재하지 않아."

떨림을 억누른 곧은 목소리로 시로타가 말했다.

"너 같은 건 가짜야. 사라져!"

새까맣고 커다란 원숭이는 일어서더니 둘을 위협하듯이 울부짖으며 양손으로 가슴을 쳤다. 그러고는 몸을 돌려 노란 텐트로 뛰어들더니 그 안에서 마구 날뛰기 시작했다.

물건이 부서지고, 내던져진다. 텐트가 흔들린다. 안쪽에서 찢으려는 건지, 천을 스치는 소리가 난다. 그리고 가위 끝이 튀어나왔다. 파쿠 씨의 공구 중 하나일 것이다.

"무시해도 돼. 가자."

파쿠 씨의 텐트는 무사하다. 환각은 아무것도 할 수 없다.

—하지만 이 세계의 주인이 진심으로 우리를 공격하려고 한다면?

무엇이든지 할 수 있을 것이다. 하지만 왜 갑자기 공격해 오는 걸까? 지금까지는 무사태평했는데. 신 일행은 이 세계에 에너지를 주고, 이 세계는 신 일행의 호기심을 채워 주고, 서로 만족하고 있지 않았는가.

"오가키, 가자."

시로타가 문을 열고 있었다. 그 안쪽의 새까만 어둠. 어제는 기분 나빴는데 오늘은 그리운 안전지대로 생각된다.

신은 재빨리 시로타와 손을 잡고 그 어둠 속으로 뛰어들어—.

튀어나왔다. 파쿠 씨의 컴퓨터 책상 앞. 파쿠 씨의 몸을 사이에 두고 신은 왼쪽, 시로타는 오른쪽. 한가운데의 파쿠 씨는 두 눈을 감고 몸을 앞으로 숙인 채 오른손 검지를 모니터 한 모퉁이에 대고 있다. 노란색 페가수스에.

신과 시로타는 좌우에서 거의 동시에 덤벼들다시피 해서 파쿠 씨의 몸을 일으켰다. 접속을 끊기 위해서는 손가락만 떼면 충분한데, 몸까지 컴퓨터에서 떼어 놓았다. 기세가 지나친 나머지 파쿠 씨의 커다란 몸은 원래 조금 기울어서 불안정했던 회전의자와 함께 뒤로 넘어갔다.

"와, 미안해요!"

시로타가 의자에서 내려가 파쿠 씨에게 다가가려다가 그대로 털썩 앞으로 쓰러졌다. 파쿠 씨의 배 위로 엎어진다. 한 박자 늦게 일어서려고 한 신도 다리가 두부처럼 흐물흐물해졌고, 그 두부를 젓가락으로 뭉갠 것처럼 힘없이 쓰러지고 말았다.

파쿠 씨는 천장을 향해 쓰러진 채 두 눈을 부릅뜨고 허억허억 헐떡이고 있었다. 둥글게 부푼 배가 그 위에 엎드린 시로타를 실은 채 오르락내리락한다.

신도 정신을 잃을 것 같았다. 우주 전체가 휘저어진 게 아닐까 싶을 정도로 눈이 빙글빙글 돈다. 한기 때문에 이가 딱딱 부딪힌다.

쿨럭! 파쿠 씨가 드러누운 채 천장을 향해 위액을 토했다. 동시에 말도 토해 냈다.

"그, 그, 그런."

목소리가 갈라지고 쉬었다. 천식에 걸린 것처럼 목에서 새액새액 소리가 난다.

아아, 안 된다. 신도 몸을 지탱할 수가 없다. 앉아 있을 수도 없다. 눈앞이 어두워진다.

기절하기 직전에 파쿠 씨의 탁한 목소리, 말의 단편이 들렸다.

"그런, 일이."

*

어디에선가 벨이 울린다.

—전철의 발차 벨.

신은 눈을 떴다. 겨우 그 움직임만으로도 관자놀이가 지끈 아팠
다.

왠지 눈앞이 샛노란색이다. 나도 황달에 걸린 걸까.

아니, 아니다. 이거, 파쿠 씨가 오늘 입은 터틀넥 스웨터의 색깔
이다.

그 인식과 동시에 단숨에 현실감이 돌아왔다. 신은 천천히, 더
없이 신중하게 자신의 몸을 조종하는 기분으로 일어났다. 머리가
아프다. 관자놀이에서 혈관이 뛰고 있다. 하지만 토기는 그쳤다.
조금 춥다. 그리고 엄청나게 배가 고프다.

그 자리에 앉아 주위의 '참상'을 관찰했다. 파쿠 씨는 천장을 향
해 쓰러져 있다. 의자는 저쪽에 쓰러져 있다. 나는 파쿠 씨 옆, 이
쪽에 쓰러져 있었다. 파쿠 씨의 배 위에는 기절한 시로타가 엎어
져 있다.

이 시끄러운 발차 벨 소리는 어디에서 들려오는 걸까? 여기는
역이 아닌데.

책상 구석이다. 파쿠 씨의 스마트폰에서 울리는 것이었다.

"파쿠 씨, 일어나요."

신은 파쿠 씨를 흔들어 깨우려고 했지만 손에도 팔에도 힘이 들

어가지 않아 파쿠 씨의 어깨를 찰싹찰싹 때리는 것이 고작이었다.

"전화 왔어요."

힘이 빠진 신의 손이 파쿠 씨의 어깨를 비껴가 턱을 쳤다. 파쿠 씨는 눈을 부릅떴다.

"우오오!"

울부짖으면서 벌떡 일어난다. 커다란 배 위에서 시로타의 상반신이 미끄러져 떨어졌다. 시로타는 메카를 향해 기도하는 경건한 이슬람교도 같은 자세를 취하게 되었다.

"—시, 신짱."

오가타도 오가키도 아니고, 갑자기 그렇게 부르면서 파쿠 씨는 신의 두 어깨를 꽉 움켜잡았다.

"무, 무사해?"

파쿠 씨의 흰자위는 충혈되었고 입술 끝에는 피가 섞인 거품이 고여 있다.

"저, 저는 괜찮아요."

"다마짱은?"

"지금 파쿠 씨가 배 위에서 떨어뜨렸어요."

"다마짱, 정신 차려!"

파쿠 씨가 소리 지르면서 시로타를 안아 일으켰다.

시로타는 깜짝 놀란 듯이 눈을 뜨더니 비명을 지르면서 양손으로 파쿠 씨를 밀쳐냈다. 파쿠 씨의 거구가 신 쪽으로 쓰러졌고, 시로타는 시로타대로 뒤쪽 벽에 머리를 부딪쳤다.

"미, 미안해요."

부딪친 머리를 문지르면서 시로타는 반쯤 웃고, 반쯤 화내고 있다.

"가, 갑자기 너무 가까이에 있어서."

의식을 되찾고 보니 눈앞에 파쿠 씨의 커다란 얼굴이 있었다. 신이라도 떠밀었을 것이다. 가능하다면 지금도 밀쳐내고 싶다. 신은 파쿠 씨 밑에 깔려 있다.

"─파쿠 씨, 무거워요."

"오아? 아아, 미안, 미안."

발차 벨 소리는 멈춰 있었다.

"착신이 아니야. 5시가 되면 울리도록 스마트폰을 설정해 뒀어."

"어째서 발차 벨 소리로 설정한 거예요? 엄청 시끄러워."

"그 소리를 좋아해서."

평범하게 이야기할 수 있다. 팔다리도 움직이고, 오감은 정상이다. 사고도 할 수 있다.

시로타는 주저앉은 채 벽에 기대어 파쿠 씨가 준 미네랄워터를, 몸이 그걸 받아들여 주는지 주의 깊게 확인하면서 홀짝홀짝 마시고 있다. 안색은 핏기가 사라져 창백했지만 페트병 뚜껑을 혼자 딸 수 있었고, 호흡도 정상적으로 하고 있는 것 같았다.

출발했을 때 4시 13분이었고 귀환해서 의식을 되찾았더니 5시로 설정된 알람이 울렸다. 고성의 세계에 있었던 시간은, 어제보다는 확실히 길었을 거라고 생각하지만 그래도 15분가량일 것이다. 30분 정도는 셋 다 기절해 있었던 셈이 된다.

그리고 굶주려 있다. 죽을 듯이 배가 고픈 점은 어제와 마찬가지다.

파쿠 씨는 신음 소리를 내며 몸을 일으켜 부엌까지 비틀비틀 걸어갔다.

"너네, 통금이 있니?"

오가키 가에는 특별히 정해진 통금 시간이 없다. 저녁때부터 폐점 시간까지 부모님은 가게 일로 바쁘고, 저녁을 먹는 시간도 들쑥날쑥하다.

"어디어디에 있고 몇 시쯤 돌아갈 거라고 연락해 두면 우리 집은 괜찮아요."

"다마짱은?"

"우리 집도 마찬가지예요."

시로타는 대답하고 힐끗 신을 보았다.

"곤 씨한테 연락하면 가정부한테 전해 줄 테니까."

그렇게 되어 있구나.

"하지만 너무 늦으면 비상식적이지. 그럼 둘 다 9시에 귀가하는 걸로 하자. 신짱은 시로타네 집에서, 다마짱은 오가키네 집에서 공부하는 걸로 하고."

파쿠 씨는 척척 사태를 정리한다.

"집에 갈 때는 내가 차로 데려다 줄게. 나, 선생님의 기사 역할도 쭉 해 왔으니까 안심하고 타도 돼."

파쿠 씨는 냉장고까지 가더니 하얀 종이 상자를 꺼내 왔다.

"우선 단 걸로 긴급 에너지 보급. 먹어, 먹어."

케이크다. 쇼트케이크에 몽블랑에 롤케이크에 에클레어. 열 개 정도 된다.

"배달 피자랑 배달 초밥 중에서 어느 쪽이 좋아?"

결국 피자와 초밥을 둘 다 시켰다. 배달을 기다리는 동안 셋이서 케이크를 와구와구 먹었다. 파쿠 씨와 신은 맨손으로 케이크를 움켜쥐고.

"이 케이크, 요즘 스타일이 아니네요."

레트로한 느낌. 에클레어를 입 안 가득 넣으면서 시로타가 말한다.

"내가 좋아하는 제과점이야. 옛날에 본가 근처에 있었던 가게의 케이크랑 비슷해서."

몽블랑은 이래야지. 컵케이크 위에 밤맛 크림이 면처럼 둘둘 말려 산더미처럼 쌓여 있어야 한다. 쇼트케이크에 복숭아나 멜론을 넣으면 사도邪道다. 오직 딸기여야 한다. 롤케이크는 롤이니까 스펀지로 크림을 돌돌 말지 않으면 실격. 한가운데가 몽땅 크림인 롤케이크라니, 말도 안 된다. 파쿠 씨는 먹으면서 열심히 말했다. 신과 시로타가 끼어들 틈을 주지 않는다. 에너지 보급 우선을 구실로 일부러 상관없는 이야기를 하며 시간을 벌고 있다. 신은 알았다.

―그런, 일이.

귀환 직후 파쿠 씨는 헛소리를 하듯이 그렇게 소리를 질렀다.

파쿠 씨, 하늘에서 뭘 본 걸까?

그거, 우리한테 이야기하고 싶지 않은 걸까.

피자와 초밥이 연달아 도착하고 페트병에 든 차가운 차도 추가되었다. 셋은 먹고 먹고 또 먹었다.

이윽고 시로타가 배를 누르며 신음했다.

"더 먹고 싶지만 위장은 이제 꽉 찼다고 말하고 있어."

파쿠 씨는 웃는다. "다마짱의 위장은 말도 하나 보지?"

"이심전심이에요."

"신짱은 더 들어가지? 여기 디럭스 미트 피자, 한 조각씩 먹고 치우자."

파쿠 씨는 평소에도 잘 먹는 사람인가 보다. '대식가'라고 하지, 아마.

보급이 끝나고 뒷정리를 마친 뒤 세 사람은 거실 바닥에 둥글게 둘러앉았다.

"자, 너희의 탐색은 어땠어?"

신은 시로타의 얼굴을 보며 재촉했다. 시로타가 이야기해 주는 게 낫다. 오사와 에모토 커플을 어떻게 설명할지, 시로타에게 맡기고 싶다.

―나를 괴롭히는 애들.

시로타는 그렇게 말하고 싶지 않을지도 모른다.

신의 시선을 무시하고 시로타는 거리낌 없이 보고를 시작했고, 이야기가 에모토 간나의 얼굴을 한 구렁이를 만난 대목에 접어들자 '우리 학년의 문제아 그룹 중 한 명'이라는 표현을 썼다.

"소행도 좋지 않고, 약한 사람을 괴롭히고, 저도 몇 번 시비 걸려서 다친 적이 있어요."

신도 마음이 편해져서 시로타와 교대하여 오사의 얼굴을 한 유인원과 마주쳤을 때의 일을 설명했다.

부처님 같은 모습으로 조용히 듣고 있던 파쿠 씨는,

"내 텐트를 어지럽히다니, 터무니없는 놈이구나."

하고 중얼거리며 얼굴을 찌푸렸다.

"기분은 나쁘겠지만 좀 더 자세히 가르쳐 주면 안 될까? 그 에모토와 오사라는 커플에 대해서."

신은 시로타의 얼굴을 보았다. 이번에는 시로타도 신의 눈을 마주 보았다.

"불량 그룹의 멤버지?"

"뭐, 맞아요."

"에모토가 여왕님이고, 오사는 그 부하 중 하나라는 느낌."

"여자애인데 불량 그룹의 리더야?"

파쿠 씨는 더욱더 떫은 얼굴을 한다. "내가 중학생이었을 때도 불량아들은 있었지. 하지만 진짜 불량아는 성실한 학생한테는 손을 대지 않는 법이야. 얌전한 반 친구를 괴롭히거나 구박하는 애는 덜 떨어진 불량아라고."

내뱉는 듯한 말투였다.

"파쿠 씨, 그 둘의 어떤 점이 마음에 걸려요?"

시로타의 혈색은 아직 완전히 돌아오지 않았다. 색깔이 없는 입술을 가볍게 깨물고 있다.

"나도 그 구렁이와 유인원은 환각일 거라고 생각해." 파쿠 씨는 머리를 긁적이면서 말한다. "그 세계의 주인이 너희에게 보여 준 환각이야. 왜 그런 짓을 했는지, 이유는 모르겠지만."

지금까지는 평화로운 숲이었는데.

"그 환각을 만들기 위한 정보는 너희의 마음속에 있었어. 너희의 체험, 기억, 감정이야. 그렇지? 탐색을 하면서, 둘이서 에모토와 오사 이야기를 했던 건 아니지?"

"물론이에요."

그 녀석들 따위는 잊고 있었다.

"너네가 알고 있는 인물의 환각을 만들기 위해서는 그 세계의 주인이 너희의 마음을 뒤져야 했을 거야."

그러고는 체험을, 기억을, 감정을 꺼낸다.

"에모토라는 여자애가 커다란 뱀이었고 오사라는 남자애가 짐승 같은 유인원이었다는 점도, 너희가 생각하는 그 애들의 이미지가 그대로 사용된 게 아닐까 하는데, 어떨까?"

에모토 간나. 간나는 주위 사람들의 신경을 깎아 낸다. 차갑고 심술궂고 집념이 깊다.

"에모토는 분명히 뱀 같아요. 사람을 잘 이용하고, 속이고, 삼켜 버리죠."

시로타의 말투에는 신조차 깜짝 놀랄 정도로 독기가 있었다.

"오사가 상스러운 유인원이었다는 점도 제가 생각하는 이미지에 딱 맞아요."

"다마짱은 솔직하구나."

정직한 거야, 하고 파쿠 씨는 말했다.

"그럼 우선은 이 가설이 맞을 것 같아. 세계의 주인 쪽에서도 방문자한테 접속할 수 있다, 는 것."

앗 하면서 뭔가를 떠올린 신은 말했다. "그래서 이번에는 그 세계에 있는 동안에도 저와 시로타의 컨디션이 나빠진 건지도 몰라요."

그 세계의 주인이 접속해 와서 마음을 탐색한다. 그것은 일종의 '침입'이다. 신과 시로타의 몸은 거기에 저항하며 아바타에게 이상을 일으킴으로써 이 사태를 알렸던 것이 아닐까. 침입자 있음, 침입자 있음.

"그렇구나. 그럴지도 몰라."

시로타가 몸을 부르르 떤다. 겨우 되찾기 시작했던 안색이 다시 하얘졌다.

"기분이 나빠져서 돌아가려던 차에 그 괴물들이 나타났어요."

접속. 정보 검색, 추출. 환각의 합성과 출현. 이런 순서다.

"그랬구나……."

파쿠 씨는 팔짱을 끼고 낮게 중얼거렸다.

"하지만 나는 그곳에서 컨디션이 나빠지거나 하지 않았어."

"환각을 보지 않았기 때문이에요."

"아니면 혹시 뭔가 봤나요?"

"그게 환각이었다면, 봤지."

으응? 이상하게 말한다.

—그런, 일이.

귀환 직후의 그 헛소리.

"파쿠 씨, 귀환했을 때 무언가에 충격을 받은 것 같았는데요."

파쿠 씨는 팔짱을 풀고 커다란 손바닥으로 얼굴을 쓱 닦았다.

"너희가 접속을 끊어 주었을 때 나는 그 돔이 달린 건물 뒤쪽에 있었어. 테라스가 있었거든. 거기에 착륙했지."

상공의 바람 때문에 균형을 잃고 허둥지둥 불시착했다고 한다.

"하지만 결과적으로 좋은 곳이었어. 첨탑을 올려다보니 창이 잘 보이더라고."

다시 신을 돌아보며 파쿠 씨는 말했다.

"분명히 있었어. 여자애."

신은 입을 딱 벌렸다.

"그 탑 속에 있었어."

열 살 정도. 어깨에 닿는 찰랑찰랑한 머리카락. 그 머리카락이 바람에 흩날려 하얀 뺨에 달라붙는다.

"하얀 민소매 옷을 입고 있었어. 신짱이 봤을 때도 그랬니?"

어땠을까. 기억이 확실하지 않다.

"한 바퀴 선회해서 날아오는 나를 알아채고 줄곧 보고 있었을지도 몰라."

창의 격자에 양손을 대고, 격자 틈으로 테라스에 불시착한 노란색 페가수스를 내다보았다.

"내가 무사하다는 걸 알고 생긋 웃은 것 같았어. 내가 날개를 퍼덕퍼덕 했더니."

여자아이는 작은 손을 흔들었다—.

신과 시로타는 서로의 눈을 마주 보았다.

"미안해" 하고 시로타가 말했다. "오가키가 잘못 본 게 아니었구나."

"그런 건 아무래도 좋아요."

신은 파쿠 씨에게 바짝 다가갔다. "그거, 환각이 아니에요. 저는 그 애를 모르거든요. 어디 사는 누군지 몰라요. 얼굴도 기억에 없어요. 그 애는 제 기억을 바탕으로 만들어진 게 아니에요."

응, 응. 파쿠 씨는 등을 웅크리고 고개를 끄덕인다.

"제가 파쿠 씨보다 먼저 봤으니까, 파쿠 씨의 기억을 바탕으로 만들어진 것도 아니에요. 그러니까 환각이 아니죠."

때문에 그곳에서 파쿠 씨는 컨디션이 나빠지지 않았다. 앞뒤가 딱 맞는다.

"그 애는 그 세계에 틀림없이 '존재'하고 있어요."

"하지만 나—."

파쿠 씨의 목소리에 힘이 들어갔고 관자놀이에서 뺨에 걸쳐 한

줄기 땀이 흘렀다.

"나는 그 여자애를 알아. 어디 사는 누군지 알아."

마음 깊은 곳에서, 똑똑히 기억하고 있어. 파쿠 씨는 자신의 가슴을 두드렸다. 그러니까 잊지 않아.

"그 여자애는 십 년 전 8월에, 이 현실 세계에서 행방불명되었어."

**4
장**

성주 ———

過 ぎ 去 り し 王 国 の 城

1

이튿날 아침, 화요일 오전 7시.

"오늘은 오전 수업밖에 없고 계속 자습이야. 등교해도 의미가 없으니까 쉴까 하는데 그래도 돼?"

신의 어머니 오가키 마사코는 맥 빠질 정도로 선선히 "그래" 하고 말했다.

"학교에는 네가 직접 전화해. 아픈 것도 아니니까."

"알았어."

"방 치우고."

"알았어, 알았어."

신은 살짝 기분 나쁘다는 듯이 말했지만 얼굴은 웃고 있었다.

어젯밤, 오후 9시 15분이 지나서 귀가했을 때도 어머니는 신을 야단치지 않았다. "친구 시로타네 집에서 같이 공부했어"라는 변명에, 의심을 하려고도 하지 않았다. 친구네 가족한테 폐를 끼치지 않았니? 저녁을 얻어먹었어? 고맙다는 인사는 제대로 하고 왔니? 가까운 시일 내에 이번에는 '시로타 군'을 우리 집에 부르렴. 그뿐이다. 아버지 도미오는 감기 기운이 있다며, 신이 귀가하기 전에 이미 자고 있었다.

신은 부모님에게 신용받고 있다. 그러니까 정말로 필요해질 때까지 너무 복잡한 거짓말은 하지 말자. 그렇게 마음먹은 다음 스스로의 생각에 움찔했다. 앞으로 부모님에게 '복잡한 거짓말'을 늘어놓아야 할 만한 사태가 발생할 거라고, 너는 생각하는 거냐?

가능성이 없지는 않다. 왜냐하면 어제 파쿠 씨에게 들은 이야기는 어엿한 범죄 사건이었으니까.

—나는 그 여자애를 알아.

고성의 탑 속에 있던 작은 공주님.

아이의 이름은 '아키요시 이온'이라고 한다. 십 년 전 8월 20일 오후 2시 전후에 부모님과 살던 방 두 개짜리 아파트에서 홀연히 모습을 감추었고 그 후 내내 행방불명 상태다. 당시 아홉 살, 초등학교 3학년이었다.

이 초등학교—시립 미도리 초등학교는 이웃 동네에 있고, 파쿠 씨의 모교이기도 하다. 파쿠 씨가 이온의 사건을 자세히 알게 된 것도 모교라는 인연이 있었기 때문이다.

어제 신과 시로타에게 사정을 설명하는 김에 파쿠 씨는 가지고 있던 자료를 인쇄하거나 복사해서 둘에게 건네주었다. 꽤 양이 많았다.

—자세한 건 이걸 읽으면 다 알 수 있어. 이 이야기는 결코 내

망상이 아닌 사실이라는 걸 너희의 눈으로 확인해 줘.

그래서 신은 학교를 땡땡이치고 파쿠 씨의 자료와 마주하고 있다. 아직 졸리다. 어제는 정말 힘들었다. 오늘은 시로타도 학교를 쉬었을지 모른다. 나중에 휴대전화로 전화를 걸어 볼까. 그 녀석이 아버지와 연락을 하기 위해 갖고 있는 휴대전화.

—뭔가 이상한 일이 있으면 서로 알릴 수 있도록 번호를 가르쳐 줄게.

새삼 시로타는 고성의 스케치에 얽힌 일들은 그저 이상하고 환상적이기만 한 건 아니라는 생각에 긴장하고 있는 것이다.

이온이 행방불명된 당시, 지역 경찰은 일주일에 걸쳐 대수색을 벌였다. 파쿠 씨의 자료 속에는 그 무렵 제작된 이온의 인상착의 안내서와, 그녀가 입고 있던 옷과 같은 옷을 마네킹에 입혀 찍은 재현 사진이 들어 있다. 이것들은 인근 주민에게 배포되었을 뿐만 아니라 전국망의 뉴스에서도 다루어졌고 신문에도 보도되었다.

그러나 이온은 발견되지 않았다.

발견될 리가 없지. 그녀를 둘러싼 세상 사람들 가운데서도, 더욱 큰 '사회'에서도 그런 관측이 높았다.

왜냐하면 부모가 한 짓이 틀림없으니까.

이 '한 짓'에서는 여러 가지 의미를 읽어낼 수 있지만 그것이 진정으로 의미하는 바는 하나다. 이온은 이미 이 세상에 없다. 처치되어 버렸다—고.

실제로 경찰은 수사원을 이백 명 이상 동원해 수색을 펼치는 한

편 매일같이 이온의 부모님을 신문했다. 이 조사는 수색 범위가 축소되고 인원이 삭감되고 나서도 이어졌다. 경찰도 세상 사람들의 예상과 똑같은 쪽으로 강하게 기울어 있었던 것이다. 그러한 분위기를 파쿠 씨가 모은 당시의 주간지 기사를 통해 상세하게 알 수 있었다.

이온의 어머니 아키요시 나오미는 당시 26세. 내연의 남편인 구보타 슌은 당시 23세로, 공장 직원이었다. 나오미가 열일곱 살 때 낳은 이온의 아버지는 구보타 슌이 아니다. 이온은 나오미가 데려온 아이고, 그녀가 사건의 무대가 된 아파트에서 구보타 슌과 동거를 시작한 것은 사건이 일어나기 반년쯤 전의 일이었다.

오늘날 슬프게도 이런 종류의 이야기는 드물지 않기 때문에 신도 쉽게 짐작이 간다. 이온이 처한 환경은 이상적인 것과는 동떨어져 있었을 것이다.

그 지역의 여고에 재학하던 중에 임신한 아키요시 나오미는 학교를 중퇴했다. 이온의 생물학적 아버지가 자신이라고 분명하게 말하는 남자는 없었고 당사자인 나오미조차 누구인지 알 수 없었던 모양이다. 다시 말해서 그런 생활을 하고 있었던 것이다. 여고생으로서는 물론이고 한 명의 여성으로서도, 그리 행복하지도 건강하지도 못한 생활이다.

나오미는 모자 가정의 장녀였다. 아버지는 병으로 일찍 돌아가셨고 나오미의 어머니는 여자 혼자 힘으로 나오미를 비롯한 세 아이를 키우고 있었다. 이온에게는 할머니에 해당하는 이 사람은,

처음부터 의혹의 시선을 보내고 있는 게 빤히 보이는 기사나 리포트 속에서조차 고생한 어머니로 그려졌다.

당시 어느 기자와의 인터뷰 속에서 어머니는 나오미에 대해,

"고등학교를 그만두긴 했지만 나오미는 불량 학생이 아니었어요. 나쁜 짓을 할 수 있는 애가 아니에요."

라고 감싸듯이 말했다.

"반에서 괴롭힘을 당하고, 선생님한테도 미움을 받아서 학교생활이 힘들었어요. 생각이 조금 모자라고 차분하지 못한 데도 있고, 남자가 상냥하게 대해 주면 금방 믿어 버려요. 그래서 그렇게 되어 버렸지요."

그렇게, 라는 것은 임신인데, 어머니나 본인이나 배가 나오기 시작할 때까지 알아채지 못했던 모양이다. 결과적으로 달이 차서 이온이 태어났고, 안 그래도 힘든 아키요시 가의 생활은 더욱 빈궁해졌다.

이온이 태어난 뒤 반년이 지나자 나오미는 당시 중학교 2학년과 초등학교 6학년이었던 여동생과 남동생에게 애보기를 맡기고 일을 하러 나가게 되었다. 처음에는 낮에 하는 아르바이트였지만 열여덟 살이 되자 밤 장사로 바꾸었다. 스낵바나 캬바레 등, 몇 개의 가게를 전전하면서 여러 '연인'과 만났다 헤어지기를 되풀이하다가 구보타 슌을 만난 뒤 곧 프로포즈를 받았다. 그리고 나오미는 이온을 데리고 그의 집에 들어가, 동거가 시작되었던 것이다.

이온이 아홉 살이 된 이때까지 아이의 생활을 지탱한 사람은 할

머니였고, 키워 온 사람은 나오미의 여동생과 남동생이었다. 나오미와 구보타 슌의 '사랑의 둥지'는 아키요시 가에서 자전거로 오갈 수 있는 곳에 있었기 때문에 동생들은 자주 이온을 보러 갔다고 한다. 이온을 조카가 아니라 동생처럼 귀여워하며 친밀하게 보살펴 온 남매는 나오미가 제대로 잘 지내고 있는지 불안했을 것이다. 여동생은 당시 어느 취재에도 응하지 않았지만 남동생이 지방 신문의 기자에게 한 말이 남아 있다.

"나오미 누나는 이온을 귀여워했어요. 누나가 이온에게 무슨 짓을 할 거라고는 생각할 수 없어요. 다만 이온에 대해서 잘 이해하지 못할까 봐 걱정이 되었지요. 그 남자는 본인도 아이 같은 놈이라 전혀 의지가 안 되었고."

이는 날카로운 관찰이라고 해야 할 것이다. '보도된 바로는'이라는 단서가 붙어 있음에도, 이온이 행방불명되었을 무렵의 구보타 슌은 언동이 어린애 수준이었고 사태의 중대함이나 자신에게 쏟아지고 있는 의혹의 시선이 무엇을 의미하는지 모르는 듯 보였다. 오히려 전국 신문의 기자들이나 TV 프로그램의 리포터들에게 둘러싸여 주목을 받고 들떠 있는 기색이 엿보였다.

아파트의 이름은 '하이츠 미나미'다. 싸구려 널벽을 두른 임대 전용 이 층 건물로, 바깥 계단이 달려 있다. 위아래에 각각 두 세대씩 입주할 수 있는 구조이며 구보타 슌은 일층 2호실을 빌려 살고 있었다. 부엌과 화장실과 조립식 욕실이 딸린 방 두 개짜리 집이기는 하지만 공간이 좁아서 나머지 세 집의 입주자들은 모두 독신이다. 계약 조건에도 '독신자에 한함'이라고 명기해 놓았다고 하니, 나오미와 이온이 함께 살게 되자 구보타 슌은 집주인에게 불평을 듣고 쫓겨날 입장에 몰리고 말았다.

이온의 존재를 귀찮게 생각할 이유라면 부부 어느 쪽에나 있었다. 구체적인 목격 증언이나 상황 증거도, 인근을 탐문하러 다닌 수사관의 수첩이 새까매질 만큼 존재했다. 아홉 살 나름의 자아가 굳어질 정도로 자랐기에 그때까지 익숙했던 생활 습관과 환경에서 느닷없이 떨어져 나오자 혼란스러워하는 이온을 나오미는 (동생이 걱정한 대로) 제대로 다루지 못했다. 자주 쇳소리를 지르거나 이온의 어깨를 붙잡고 흔들며 꾸짖곤 했다. 이온이 집에서 쫓겨나 아파트 앞뜰에서 울고 있는 모습을 본 사람도 있다. 그것도 한두 번이 아니다. 그때 이온의 발이 맨발이었던 적도 있다고 한다.

한편 구보타 슌은 이온이 자신을 전혀 따르지 않는 것에 화를 냈다고 한다. 그는 지역의 자동차 수리공장에서 일했는데, 직장에서도 자주 불평을 하곤 했다. 애새끼가 시끄러워. 하나도 귀엽지 않아. 신혼 기분이 안 나. 성가셔 죽겠어.

시립 미도리 초등학교의 학생주임과 이온의 담임교사는, 그때까지 (급식비 지불이 늦는 일은 있었지만) 대체로 건강하고 깔끔하게 하고 다니고 교실에서도 친구와 즐겁게 지내던 이온이 어머니와 같이 살기 시작하자 서서히 야위고, 입은 옷이 때에 찌들어 있거나 머리카락과 몸도 더러워지고, 그것 때문에 반 친구들한테

놀림을 받는 일을 심각하게 받아들이고 있었다. 사실 담임은 약 육 개월간 네 번이나 가정방문을 했다. 두 번은 모녀 모두 집에 없었고, 두 번은 나오미만 만날 수 있었다. 이때 나오미는 두 번 다 어린 딸이 집에 없는 사실에 대해 '이온은 할머니 집에 있다'고 설명했다고 한다. 그리고 딱 보기에도 본인은 자다 일어나서 기분이 나쁜 것 같았다.

그것도 무리는 아닌 것이, 나오미는 밤일을 계속하고 있었다. 구보타 슌의 벌이만으로는 생활할 수 없었고, 그가 파친코를 좋아해서 그 적은 벌이마저 그쪽에 써 버릴 때가 많았기 때문이다. 그 탓인지 둘은 같이 살기 시작하고 얼마 지나지 않아서부터 심하게 싸웠고, 구보타 슌은 나오미에게 폭력을 휘두를 때도 있었던 모양이다

정말 싫어질 만큼 판에 박은, 작금에 흔히 있는 패턴이다. 십 년 전의 이야기라고는 생각할 수 없다. 아니, 오히려 이런 케이스는 훨씬 더 옛날부터 존재했고, 지난 십 년에서 십오 년 정도 사이에 사회의 표층에 '사건'으로 부상하게 되었을 뿐인지도 모른다.

어머니에게도 그 남자에게도, 자기가 있는 곳에서 이온을 없애 버리고 싶어 할 동기라면 썩어날 만큼 있었다. 그럼 '기회'는 어떨까.

구보타 슌은 8월 20일 당일에 직장을 무단결근했다. 드문 일이 아니었고, 공장 사장은 언짢을 대로 언짢아져서 이번에야말로 해고하겠다고 생각했다.

일을 농땡이 치고 무엇을 했는가 하면, 이케부쿠로까지 나가 역 앞 번화가를 어슬렁거리다가 다시 시부야까지 이동해 파친코를 한 모양이다. 경찰은 그의 증언을 확인하기 위해 수사했고, 몇몇 방범 카메라에 그의 영상이 남아 있는 것을 발견했다. 오전 11시 전후에 이케부쿠로에서 찍힌 영상, 오후 3시 전후에 시부야에서 찍힌 영상, 오후 8시가 넘어서 그가 아파트로 돌아가기 위해 가장 가까운 역의 개찰구를 나왔을 때의 영상이다.

  이로써 알리바이가 성립됐다며 순조롭게 끝나지는 않는다. 왜냐하면 이온이 '오후 2시 전후'에 모습을 감추었다는 것은 어디까지나 아키요시 나오미의 증언이고, 그 말을 뒷받침하는 사실은 발견되지 않았기 때문이다. 애초에 이 내연의 부부가 '아이가 없어졌다'고 근처 파출소에 상담하러 간 것은 날짜가 21일로 바뀐 다음, 즉 오전 0시가 지나서의 일이다.

  이 경위에 대한 나오미의 설명은 이런 식이었다.

  "이온은 오전에 학교 수영 교실에 갔고, 돌아와서 점심을 같이 먹었어요. 그러고 나서 저는 빨래를 하고 있었는데 2시쯤에 보니까 부엌 테이블 쪽에 있던 이온이 없었어요. 친구네 집이나 할머니 집에 놀러 갔을 거라고 생각했죠. 저는 5시에 가게에 나가기 때문에 4시 반쯤 아파트를 나갈 때 어머니한테 전화를 했더니 남동생이 받더군요. 이온은 오지 않았다고 하기에, 그럼 친구네 집에 갔을 거라고 생각하고 이온이 가면 저녁 좀 먹이라고 말한 후에 일을 하러 나갔어요. 11시가 좀 넘어서 돌아왔고, 슌이 드러누워

자고 있어서 깨웠더니 싸움이 났어요. 제가 가게에서 일하는 동안에 공장 선배가 저한테 전화를 해서, 슌이 또 일을 농땡이 쳐서 사장님이 엄청 화났다, 이번에는 분명히 잘릴 거라고 했거든요. 슌이 이리저리 뭐라 변명하는 바람에 크게 싸워서, 이제 이런 사람이랑은 같이 살 수 없으니까 어머니 집으로 가자 싶어서 짐을 꾸린 뒤 전화했더니, 어머니가 엄청 화를 내면서 이온이 안 왔다, 이온은 어디에 있느냐, 경찰에도 알려서 찾아 달라고 하라고 꾸중했어요. 그래서 그렇게 한 거예요."

'하이츠 미나미'에는 세탁기가 바깥 복도에 놓여 있다. 따라서 '빨래를 하다가 집으로 돌아가 보니 이온이 없었다'는 말은 이상하지 않다. 하지만 경찰이 조사해 보니 구보타 슌이 나오미와 '살림을 꾸리기' 위해서 산, 아직 새것 같은 세탁기 안에는 더러워진 옷이 가득 들었고, 세면실의 탈의 바구니 안에도 수건이며 작업복이 산더미처럼 쌓여 있었다.

이 점을 캐묻자 나오미는 마지못해 실은 그 시간에 낮잠을 자고 있었다고 인정했다.

"이온이랑 점심을 먹고 곧 누웠다가 2시 지나서 깼어요. 그러고 나서 또 좀 더 잤고요. 1시간은 안 잤고요. 30분 정도."

여름방학이라 이온은 등교일 이외에는 집에 있다. 그 사실이 나오미와 구보타 슌을 한층 더 짜증나게 만들고 있었다는 것은 이웃 주민들이나 집주인의 증언으로 잘 알 수 있었다. 나오미의 히스테릭한 질책이나 이온의 울음소리, 구보타 슌의 고함 소리를, 그들은 자주 듣곤 했다. 그런 주제에 '가족' 셋이서 사이좋은 듯 어디론 가 외출할 때도 있었는데, 그럴 때 나오미는 한껏 예쁘게 꾸미고 이온에게도 '별로 아이답지 않은' 옷을 입히곤 했다.

내연의 부부 어느 쪽에도 확실한 알리바이가 없다. 그들이 진실을 이야기하고 있는지 거짓을 말하고 있는지, 혹시 거짓말이라면 그 비율은 사실에 비해서 어느 정도인지를 추측하는 것밖에는 별다른 도리가 없었다.

오전 수영 교실에서 이온을 만난 친구들은 이온에게 평소와 다른 기색은 없었다고 한다. 함께 비트판을 이용해 발차기를 배웠다. 하지만 수영복을 입은 이온은 분명히 작년 여름 때보다도 야위었다. 어깨까지 오는 머리카락이 더러워지고 헝클어져 있었고, 냄새가 났다고 한다.

십 년 전의 일이다. 이미 과거가 된 사실이다. 그래도 신은 가슴이 아팠다. 파쿠 씨가 이 자료를 줄 때 사과하는 듯한 얼굴을 하면서, 읽어서 기분 좋은 건 아니야, 하고 말한 것도 당연하다.

뭔가 상큼한 것을 마시고 싶어져서 계단을 내려가 '파인애플'에 얼굴을 내밀고 냉장고에서 병에 든 진저에일을 하나 꺼냈다. 부모님은 점심 준비로 바쁘다.

"도서관에 좀 다녀올게."

현립 도서관 쪽, 하고 신은 말했다. 시립 도서관이라면 버스나 자전거로 갈 수 있지만 현립 도서관은 국철을 타고 세 역을 가야 한다.

"점심은?"

"맥도널드에서 먹을게."

라고 말하며 한 손을 내밀자 어머니 마사코는 금전 출납기를 열어 천 엔짜리 지폐를 한 장 꺼내고는, 신이 내민 손바닥을 찰싹 때리고 나서 주었다.

아버지 도미오는 진지한 옆얼굴을 보이면서 카레 루가 든 원통형 냄비를 휘젓고 있다.

"십 년 전 여름에" 하고 신은 말을 꺼냈다. "옆 동네 미도리 초등학교에서 3학년 여자애가 행방불명된 사건이 있었대. 기억나?"

도미오는 카레 루에 집중하고 있다. 마사코는 눈을 깜박거렸다.

"글쎄다."

"매스컴이 꽤 시끄러웠어. TV도 취재하러 왔던 모양이고. 기억 안 나?"

"너는?"

"난 다섯 살이었는걸."

"그렇지? 엄마도 다섯 살짜리 애를 키우면서 가계를 꾸려나가느라 바빠서 TV는 보지도 못했어."

남의 불행에 신경 쓸 여유가 없었다는 걸까.

"아, 그래?"

신은 그 자리에서 진저에일을 비우고 일단 자신의 방으로 올라갔다.

—만일 내가 다섯 살 남자아이가 아니라 여자아이였다면 어머

니의 기억도 좀 더 확실했을까.

그렇게 생각하는 까닭은 파쿠 씨에게서 이온의 이야기를 들었을 때 시로타의 표정이, 신과는 비교가 되지 않을 정도로 심각했기 때문이다. 신도 충격이었고, 이는 소위 '마음 아픔'이라는 말로 표현하는 게 딱 들어맞을 거라고 생각한다. 하지만 시로타는 그 이상으로 강하게 반응했다. 역시 여자는 여자끼리 이해하는구나, 라고 생각했다. 절실하다고 바꾸어 말할 수도 있을지 모른다.

그 시로타는 지금쯤 어쩌면 자택 컴퓨터 앞에 앉아 있을 수도 있다.

파쿠 씨가 준 자료는 딱 작년 이맘때쯤 미도리 초등학교의 현재 교장에게 부탁을 받고 이온의 초상화를 그리게 되었을 때 받은 것과, 자신이 검색해 본 것이라고 한다. 사건 당시에 파쿠 씨는 도쿄에서 혼자 살고 있었고 어시스턴트로서의 일이 바빠서, 다섯 살짜리 아이를 돌보면서 가사 일에 쫓기는 주부와 마찬가지로 남의 불행에 시선을 향할 여유가 없었기 때문에 아무것도 몰랐다.

인터넷을 좀 더 뒤지면 파쿠 씨가 건져 올리지 못한 정보가 더 발견될지도 모른다. 그쪽은 내가 찾아보겠다고, 시로타는 말했다.

사건으로부터 십 년이, 작년 이맘때의 단계에서는 구 년이 경과했는데 어째서 파쿠 씨가 이온의 초상화를 그리게 되었을까.

"이온은 건강하게 자랐다면 열여덟 살이 되었을 테니까. 그 얼굴을 상상해서 그린 후 새 전단지를 만들자는 계획이었어."

미도리 초등학교의 현재 교장은 이온이 재학하던 당시로부터

꼽자면 세 번째 교장이다. 실시간으로 사건을 경험하지는 않았다. 그렇기 때문인지 지역의 일로서도 학교의 역사로서도 불행한 행방불명 사건으로 동결되어 있는 이온에게 새로운 빛을 비추자는 생각을 떠올린 것이다.

현재의 미도리 초등학교에 이온을 아는 교사는 남아 있지 않다. 하지만 동급생들은 있다. 교장은 그들에게 '열여덟 살이 된 이온 씨'를 찾자고 호소했다. 순식간에 동급생이 열 명 이상 모였다.

물론 이 활동에 싸늘한 시선을 보내는 사람들도 있었다. 분명히 입 밖에 내지는 않아도 '이제 와서 잠든 아이를 깨우는 짓은 하지 마'—좀 더 노골적으로 말하자면 '죽은 아이의 나이를 세는 듯한 짓은 하지 마'라는 공기가 미도리 초등학교 주위를 무겁게 둘러쌌다.

교장과 동급생들이 가장 곤란해했던 점은, 가장 중요한 초상화를 그릴 사람을 찾을 수가 없다는 점이었다. 지역 교육위원회가 이 활동을 내켜 하지 않았기 때문에 지역 공립학교의 미술 선생님들 모두에게 거절당하고 말았다. 취지에 찬동하지 않는 건 아니지만 자신은 휘말리고 싶지 않다는 어른의 사정이다. 현 내에는 저명한 화가나 일러스트레이터도 몇 명 살고 있었지만 면식도 없는 사람이 갑자기 찾아가서 부탁할 수 있을 만한 일이 아니고, 보수도 지불할 수 없다.

그러던 때에 활동 멤버 중 한 명이 파쿠 씨를 떠올렸다. 그는 파쿠 씨의 '선생님'의 엄청난 팬으로, 모교의 대선배가 인기작가의 어시스턴트를 하고 있다는 점을 항상 자랑스럽게 생각하고 있었다.

멤버는 동창회 명부에 의지해 파쿠 씨의 연락처를 찾았다. 파쿠 씨의 옛 동급생들도 몇 명 지역에 남아 있다. 바쁜 파쿠 씨도 그들과 연하장 정도는 주고받았다. 이렇게 해서 길이 이어졌고, 작년 정월 초 파쿠 씨에게 미도리 초등학교 교장이 쓴 정중한 한 통의 편지가 도착했다—는 것이다.

파쿠 씨도 '좋았어, 맡겨 둬' 하고 떠맡은 것은 아니었다. 아홉 살짜리 여자애의 당시의 사진만을 단서로, 현재 열여덟 살인 젊은 여성의 얼굴을 그려야 하는 일이다. 애초에 초상화 전문가도 아니다.

솔직히 말해 힘에 부친다. 그렇게 생각했다. 차라리 경찰에게 부탁해 보면 어떨까, 그쪽에는 그 분야의 달인이 있지 않을까? 이렇게 꾸물꾸물 생각하며 거절하려던 파쿠 씨를 설득한 사람이, 파쿠 씨가 존경하는 선생님이었다.

—파쿠 씨라면 할 수 있어. 지금까지도 비슷한 일을 해 왔으니까.

만화가는 스토리 전개상의 필요 때문에 캐릭터를 늙게 만들 때도 있고, 캐릭터의 어린 시절을 그릴 때도 있다. 과연, 그런 일이라면 파쿠 씨는 지금까지 몇 번이나 도왔다.

파쿠 씨는 교장에게 승낙의 답장을 쓴 뒤 곧 멤버들을 만나고 필요한 자료를 모았다. 당시의 모습에 대해서 알 수 있는 모든 사실을 머리에 넣고 나서 작업에 들어갔다. 바쁜 본업을 하면서 틈틈이 시간을 쪼개어 일했기 때문에 한 달 가까이 걸리고 말았지만 스스로도 만족했고 이온을 아는 동급생들도 납득할 수 있는 초상화가 완성되었다.

한 가지 유감스러웠던 점은 이온의 부모와 할머니와 이모와 외삼촌에게 이 초상화를 보여 주지 못한 것이다. 그들이 현재 어디에 있는지 알 수 없고, 연락도 되지 않는다.

아키요시 나오미와 구보타 슌은 이온이 행방불명되고 나서 반년쯤 지났을 때 야반도주하듯이 '하이츠 미나미'를 떠나 버렸다. 지불하지 않은 집세가 삼 개월분 밀려 있었다고 한다. 그 시점에서는 아직 내연 관계가 지속되었던 모양이지만 그 후에 어떻게 되었는지는 알 수 없다. 한없이 검정에 가까운 회색 상태인 두 사람을, 뻔히 알면서도 수사권 밖으로 도망치게 하고 만 것을 관할 경찰에서는 분하게 여겼을지도 모르지만, 결정적인 단서가 전혀 발견되지 않는 이상 어쩔 도리가 없었을 것이다.

이온의 할머니와 나오미의 동생들은 이온이 무사히 돌아오기를 기다리며 옆 동네에서 살았다. 하지만 행방불명 사건으로부터 육년 후, 어머니가 병으로 돌아가시자 나오미의 동생들도 앞서거니 뒤서거니 도쿄로 떠났다. 둘 다 이미 사회인이다. 어디에선가 떨쳐 버릴 타이밍이 왔다고 해도—또는 단순히 기다릴 힘이 다했다고 해도 탓할 수 없을 것이다.

이 일에 대해 파쿠 씨가 남긴 자필 메모가 있었다. 이온과 사이가 좋았던 동급생 여자애에게서 들은 이야기라고 한다.

"이온네 할머니는 나오미 씨가 야반도주했을 때 낙담한 모양이에요. 이웃 사람한테 그러더래요."

─나오미가 정말로 이온에게 아무 짓도 하지 않았다면 동네를 떠났을 리가 없어. 이온이 돌아올지도 모르는데 이사해 버리다니, 그럴 수 있을 리가 없어. 엄마니까.

그 후로 할머니는 유령처럼 생기를 잃어버렸다고 한다. 육 년 후의 병사는, 병명은 어디에도 기록되어 있지 않지만 비탄사悲嘆死였을지도 모른다.

멤버들은 파쿠 씨의 협력을 얻어 완성한 '열여덟 살이 된 이온 씨'의 정보 제공을 바라는 전단지를 여기저기에 뿌렸다. 이 지역뿐만 아니라 시부야나 신주쿠 역 앞에도 나갔다. 인터넷상에는 홈페이지를 개설해 파쿠 씨가 그린 초상화를 올렸다. 그 그림은 지금도 거기에 있다.

이렇다 할 성과는 없었다. 약간 기대하고 있었던 아키요시 나오미 본인은 물론이고 그녀의 동생들로부터도 아무 연락이 없었다.

하지만 교장도 동급생들도 파쿠 씨도 포기하지 않았다. 다음에는 이온이 서른 살이 될 때 또 새로운 초상화를 그려서 전단지를 만들자고 약속했다고 한다.

─그때까지 이온의 소식을 알 수 없는 경우의 이야기지만.

바로 그 이온의 소식을 알게 된 것이다.

그럴지도 모른다. 신은 생각에 잠겼다.

왜, 어떤 구조로 이렇게 됐는지는 모르겠지만 자료를 보자면 그 아이는 이온이다. 십 년 전에 행방불명된 아홉 살짜리 여자아이가 당시의 모습 그대로 고성 안에 있다—.

어제는 신도 그렇게 생각했다. 고성의 세계가 현실과 연결되어 있었던 것에 흥분했다.

하룻밤이 지나니 냉정함이 돌아왔다.

—그건 역시 환각이 아닐까.

어제 파쿠 씨 앞에서 신 스스로가 기세 좋게 부정한 설이다. 파쿠 씨를 만나기 전에, 파쿠 씨에 대해서 아무것도 모를 때 나는 그 여자애를 목격했다. 그러니까 그 애는 환각이 아니라고.

하지만 그건 경솔한 단정에 지나지 않았던 게 아닐까.

신이 산제비가 되어 하늘을 날다가 탑 속의 여자아이를 목격했을 때 아래쪽 숲속에서 노란 멜빵바지를 입은 파쿠 씨가 산책하고 있었을지도 모른다. 그때 그 자리에 없었다 해도 파쿠 씨는 이미 몇 번이나 그 세계를 방문했다. 고성의 세계는 파쿠 씨의 에너지를 빨아들이고 있었다. 파쿠 씨의 마음에 남아 있던 기억, 슬픔과 다정함과 바람과 기도가 담긴 이온의 모습도 거기에서 읽어 내지 않았을까.

그러고는 재구성한 뒤 환각으로서 탑 속에 출현시켰다. 신은 그 모습을 보았다. 이런 가설도 충분히 있을 수 있지 않을까.

고성이 방문자에게 환각을 보여 주는 의도를 알 수가 없다. 하지만 신과 시로타에게는 에모토와 오사의 괴물을 보여 주었다. 그들이 무서워하는 것, 싫어하는 것을 보여 주었다. 즉 약점을 들이 댄 것이다.

이와 똑같은 일을 파쿠 씨한테도 한 것은 아닐까. 다 함께 열심히 전단지를 만들었지만 여전히 이온의 소식을 알 수 없다. 파쿠 씨는 낙담했다. 이온은 파쿠 씨의 충실하고 즐거운 인생 속에서 단 하나의 (작지만 지우기 힘든) 흑점이 되었다. 고성은 그 흑점을 탑 속에 두었다.

그게 누구든, 고성의 주인은 찾아오는 사람에게 호의적이지 않다. 몸에서 에너지를 빨아들이고, 데미지를 주면서 기억을 뒤지고, 그것을 재현해서 들이댄다.

이 가설을 시로타와 파쿠 씨로 하여금 받아들이게 하려면 뒷받침이 필요하다. 미리 손을 써서 신만의 기억, 즉 둘이 모르는 누군가나 무언가를 환각으로 출현하게 하고, 목격하게 한다. 그러면 단번에 입증할 수 있다. 그렇죠? 제가 탑 속의 여자아이를 목격했을 때랑 똑같아요!

하지만 구체적으로 어떻게 하면 될지 알 수가 없다. 학교에서 누군가에게 싸움을 걸어서 마구 얻어맞을까. 그래도 그 상태로 고성의 세계에 들어간다 해도 반드시 추하고 흉포한 짐승의 환각이 나타날 거라는 보장은 없다.

책상 위에 난잡하게 펼쳐 둔 자료 가운데에 사진 한 장을 확대 복사해 놓은 종이와, 초상화 한 장이 있다. 아홉 살의 이온과, 파쿠 씨가 그린 열여덟 살의 이온 씨다.

아홉 살의 이온은 귀여운 여자아이다. 그해 4월 소풍 때 찍은 스냅사진이라는데, 반바지와 티셔츠 차림이고 끈이 화려한 운동화를 신고 있다. 머리카락은 동그랗게 말아서 머리 꼭대기에 오도카니 얹어 두었다. 초등학교 3학년치고는 조숙한 머리 모양일지도 모른다. 하지만 그 머리 모양 덕분에 귀의 생김새까지 확실하게 보인다.

얼굴이 작고 피부가 희고, 외까풀이었다지만 눈동자는 또렷하고 동그랗다. 몸은 가냘프다. 나란히 찍힌 친구와 비교하면, 말라깽이거나 몸집이 작아 보인다기보다는 발육 불량 같은 느낌이 떠돈다. 하지만 웃고 있다. 사이좋은 친구와 함께 있으면 즐거웠던 것이다.

열여덟 살인 이온 씨는 귀엽다기보다는 아름다운 여성으로 성장했다. 콧날이 호리호리하고 갸름한 눈꼬리가 동그란 눈동자보다 더 특징 있게 드러나 있다. 귀의 모양을 보여 주기 위해 아홉 살 때와 똑같은 머리 모양으로 그렸지만 파쿠 씨는 두 종류 더, 긴 머리카락을 어깨에 늘어뜨린 그림과 숏커트 상태인 그림도 그렸다고 했다.

아이의 얼굴은 어른보다 둥글다. 턱이나 광대뼈가 도드라져 있지 않기 때문이라고 한다. 얼굴의 각 요소의 균형도 어른과는 다르다. 이목구비가 작기 때문에 이마나 뺨의 면적이 넓어진다. 얼굴 요소들끼리의 간격도 좁아서 서로 가깝게 붙어 있다. 파쿠 씨는 그런 점을 생각하면서 '이온 씨'를 그렸다. 이런 가공에 사용할 수 있는 컴퓨터 프로그램도 있다고 하지만 파쿠 씨는 선생님의 격려를 가슴에 품고 자기 손으로 그리는 쪽을 선택했다. 바람을 담아, 기도하면서 그렸다. 이런 이온 씨가 어디에선가 건강하게 지내고 있기를.

—시간이 멈춘 세계에 아홉 살 그대로 있는 게 아니라.

신은 자료를 정리해 배낭에 넣고 외출하기로 했다.

2

의외로 '하이츠 미나미'는 그대로 남아 있었다. 네 집 다 입주자가 있다. 이온이 부모님과 살았던 일층 2호실 앞에는 값비싸 보이는 스포츠 자전거가 있고, 요란스러운 키 체인으로 현관 옆 작은 창의 격자에 묶여 있었다.

하지만 이 의외라는 느낌은 신의 과잉된 반응일 것이다. 십 년 전에 이곳에서 일어난 것은 아이 행방불명 사건이지, 아이가 피해자가 된 살인사건이 아니다. 적어도 공적으로는 그렇다. 게다가 '이곳에서 아이가 행방불명되었다'에서 '이곳에 살았던 젊은 부부의 아이가 행방불명되었다'까지, 얼마간 폭넓은 해석이 가능한 사건이었다. '하이츠 미나미'는 소위 말하는 사고 물건이 아니다.

건물은 인간과 달리 성실하게 시간의 경과를 반영한다. 이층 외벽에 페인트로 쓰인 '하이츠 미나미'라는 글씨는 옅어졌고 바깥 계단은 여기저기 녹슬었고, 지붕의 패널도 상하고 색이 바랬다. 그만큼 집세는 싼 것 같다. 가까운 장래에 신이 혼자 살게 되는 시기가 온다면 제일 처음 선택하는 집은 이런 물건일 것이다. 그리고 아르바이트를 해서 돈을 모으거나 처음으로 만든 신용카드의 리볼빙 지불을 이용해서, 신도 역시 스포츠 자전거를 살지 모른다.

건물 남쪽에는 화분이 세 개 놓여 있는데 안에는 거무스름한 흙이 들었을 뿐 아무것도 심어 놓지 않았다. 아파트 주위는 회색 콘크리트로 덮여 있다. 십 년 전의 사진에서 본 모습과 똑같았다. 당시나 지금이나 한여름에는 반사되는 햇빛 때문에 더워서 견딜 수가 없을 것이다.

오늘은 흐린 날씨. 발밑에 드리워진 신의 그림자도 엷다. 그것을 밟으면서 자료의 한 구절을 떠올렸다.

'아파트 현관에는 이온이 그해 여름, 어디를 가든 신고 다녔던 좋아하는 샌들이 남아 있었다.'

한적한 시골길이 아니다. 인가가 모여 있는 살풍경한 콘크리트 길이다. 아홉 살짜리 여자애가 맨발로 나가서 걸을 수 있을 리가 없다. 게다가 콘크리트는 8월 20일의 햇살에 뜨겁게 데워져 이글이글 타고 있었을 것이다.

아키요시 나오미는 그저 단순히, 현관에 샌들이 남아 있는 점을 수상하게 생각하지 않을 만큼 형편없는 어머니였던 걸까. 혹시 이온을 '처치해 버렸을' 경우, 샌들도 처리하지 않으면 주위에서 수상하게 여길 거라는 생각을 하지 못할 정도로 멍청한 인간이었을 뿐일까.

"어~이."

등 뒤에서 길게 늘인 목소리가 불렀다. 돌아보니 청바지와 겨자색 다운재킷을 입은 파쿠 씨가 싱긋 웃으며 서 있었다. 이마를 가리듯이 깊이 눌러쓴 니트 모자는 해바라기색이다. 이야말로 파쿠 씨의 코디네이션이다.

"역시 왔구나."

"파쿠 씨도요."

거짓말이 아니다. 입 밖에 낸 순간 자신은 이곳에서 파쿠 씨와 마주치리라 짐작하고 있었다는 사실을 알았다.

"신짱은 여기가 시작?"

"네. 파쿠 씨는요?"

둘은 나란히 서서 '하이츠 미나미'를 바라보았다. 하늘은 흐리지만 이제 내쉬는 숨이 하얗게 얼어붙는 계절은 지났다. 추운 것이 아니라 썰렁하다.

"역에서 가까우니까 구보타 슌이 일했던 자동차 수리공장에 들렀다 왔어. 인사하려고 했는데—."

깜짝 놀랐어, 라고 말하며 눈을 동그랗게 뜬다.

"작년에 전단지를 뿌렸을 무렵에는 멀쩡하게 영업하고 있었는데. 공장은 닫혀 있고 셔터에 '건축 계획 안내'가 붙어 있더라고."

그 자리에 맨션을 짓나 봐, 라고 한다.

"사장님, 건강이라도 안 좋아진 걸까. 연세가 있으니까."

"아는 사이군요."

"'이온 씨'의 전단지를 만드는 활동에 기부금을 내줬어. 그 사장님은 이온을 줄곧 걱정해 온, 몇 안 되는 생판 남 중 한 명이야."

파쿠 씨는 양손을 다운재킷의 주머니에 찔러 넣었다.

"아무것도 없네. 아파트가 있을 뿐이야."

"─그러게요."

신은 조금 망설이고 나서 파쿠 씨의 얼굴을 보았다. "일층 2호실의 마루 밑을 파 볼 생각은 아무도 안 했을까요?"

파쿠 씨는 희미하게 웃었다. "생각했어, 집주인이."

아키요시 나오미와 구보타 슌이 야반도주한 직후였다고 한다.

"경찰이 부탁해서가 아니야. 집주인 스스로가 이대로는 속이 후련하지 않다며 제대로 업자를 부르고 기중기까지 동원하고, 비용을 전부 부담해서 말이야."

마루 밑에서는 아무것도 나오지 않았다. 그야 당연하다. 나왔다면 사건은 이미 해결되었을 것이다.

"그 일, 자료에는 실려 있지 않았어요."

"아, 그럴지도. 미안해. 초상화가 완성되고 나서 들은 이야기였으니까."

갈까─하고 파쿠 씨는 신을 재촉했다.

"여기 있어도 소용없어. 어디서 따뜻한 거라도 마시자. 신짱 혼자 왔어? 다마짱은?"

"그게 파쿠 씨, 저는 학교를 빼먹은 건데요."

"아, 그래? 하지만 문제없잖아? 이미 지망 학교에 붙었으니까."

"뭐, 그렇긴 하지만요."

"굉장하네. 신짱도, 다마짱도 우수해. 추천으로 단번에 붙다니."

"시로타는 그렇지만 저는 목표를 낮췄을 뿐이에요."

"신짱은 겸허한 사람이구나."

주택지라서 적당한 찻집이 없었다. 두 블록 정도 앞에 작은 어린이 공원이 있고, 길 반대쪽에 자판기가 두 대 늘어서 있다. 파쿠 씨는 잔돈을 꺼내더니,

"이런 날씨일 때는 이거야, 이거."

하고 말하며 신의 의견은 전혀 묻지 않은 채 감주甘酒일본의 전통적인 감미음료 중 하나. 혼탁한 흰색을 띠고 있다. 술이라는 이름이 붙지만 알코올은 거의 함유되어 있지 않아 시판되는 상품은 소프트드링크로 분류될 때가 많다 두 캔을 샀다. 파쿠 씨는 그것을 손에 들고 어슬렁어슬렁 어린이 공원으로 들어갔다.

한가운데에 밥그릇을 엎어 놓은 것 같은 모양의 미끄럼틀이 있다. 밥그릇의 한쪽은 매끈매끈하고, 한쪽은 아이들이 올라갈 수 있도록 울퉁불퉁하게 만들어 놓았다. 옆구리에는 이글루처럼 구멍을 뚫어서 안으로 들어갈 수 있도록 해 두었다.

그 외에는 그네가 두 개, 한 평 반 정도 되는 모래밭과 낮은 아치형 사다리가 하나. 공원의 네 변에 하나씩 있는 벤치. 모래밭에서 젊은 어머니 두 명이 각각 두 살 정도 되는 아이들을 놀게 하면서 수다를 떨고 있다. 아이들끼리는 친구고, 어머니끼리는 엄마

동지일 것이다.

　그렇게 생각하는데 두 어머니가 마치 짠 것처럼 신 일행에게 날카로운 시선을 보내 왔다. 미확인 비행물체를 발견한 레이더 감시원 같은 반응이었다.

　누구냐고 묻는 듯한 시선의 날카로움에 신은 주눅이 들어서 경직했다. 파쿠 씨는 붙임성 있게 목례를 했다. 한 어머니는 거기에 답하고 또 한 명은 물끄러미 바라보았을 뿐이었다. 이윽고 둘 다 아이 쪽으로 다시 주의를 돌렸다.

　"다 저런 법이야."

　파쿠 씨는 웃는 얼굴을 한 채 중얼거렸다.

　"어머니란 대단하지. 응, 대단해."

　혼자서 납득하고 있다.

　둘은 한가운데에 자리한 밥그릇을 넘어서, 모래밭의 반대쪽인 곳으로 이동하기로 했다. 두 쌍의 모자의 모습은 보이지 않게 되었고 아이들이 떠드는 목소리만이 들린다. 신과 파쿠 씨는 벤치에 엉덩이를 내려놓았다.

　파쿠 씨가 캔을 따자 좋은 소리가 났다.

　"신짱은 이제부터 어떻게 할 거야?"

　"―글쎄요."

　실은 별로 깊이 생각하지 않았다. 어쨌든 '하이츠 미나미'를, 또는 '하이츠 미나미'가 있었던 장소를 이 눈으로 보고 싶었을 뿐이다.

"미도리 초등학교에 가서 교장 선생님이랑 얘기해 볼래?"

"하지만 뭘 어떻게 얘기하면 될지."

"그렇구나. 나도 모르겠다."

교장 선생님만이 아니다. 관계자 중 누구를 만난다 해도 사정은 마찬가지다. 이온은 아홉 살 그대로, 현실과는 다른 그림의 세계 속에서 살고 있어요—라니, 섣불리 말할 수 있는 얘기가 아니다.

"집을 나올 때는 뭐라고 말하고 왔어?"

"현립 도서관에 간다고요."

그러자 파쿠 씨는 마시려던 감주 캔을 내려놓고 "오오" 하고 말했다.

"도서관! 좋은 말을 했다. 그래, 그래, 도서관."

하지만 현립 도서관이 아니라 시립 미도리 도서관 쪽, 이라고 한다.

"미도리 초등학교 옆에 있어. 신짱이 이온에 대해서 더 잘 알고 싶다면 가 봐."

문집이 있으니까.

"작년에 함께 전단지를 만드는 활동을 했던 멤버가 『이온에게 보내는 편지』라는 문집을 만들었어. 그게 한 권 있거든. 미도리 도서관 자유 열람실의 '우리 동네 역사'라는 코너에."

교장과 친한 관장의 호의로, 특별히 놓아 주었다고 한다.

"로비 게시판에 전단지도 붙여 주었어. 십 년 전에 경찰이 만든 전단지와 나란히 지금도 붙어 있지 않을까."

이온의 사건은 형식상 여전히 수사중으로 되어 있다.

"그 문집, 자료 속에는—."

"없어, 없어, 안 들어 있어. 미안, 나도 잊고 있었어."

파쿠 씨에게 그 문집이 도착한 것은 전단지 제작과 배포가 끝나고 두 달 이상 지난 후의 일이었다. 문집에 기고한 사람 중에는 '열여덟 살의 이온 씨'를 찾는 전단지 활동에는 참가하지 않은 동급생도 있다고 한다.

"받은 건 좋은데 왠지 읽기가 괴로워서. 그대로 넣어 버리고 다시는 안 펼쳐 봤어. 어제 자료를 정리하다가 생각난 거야."

나도 지금부터 읽어 볼게, 라고 한다.

"왠지 어슬렁어슬렁 나와 버렸는데 신짱을 만나서 속이 후련해졌으니까 집에 갈래."

"그럼 저는 미도리 도서관으로 갈게요."

아까 그 두 어머니가 각각 유모차에 아이를 태우고 밥그릇 모양의 미끄럼틀 맞은편에 모습을 나타냈다. 수다를 떨면서 공원을 나간다. 둘 다 곁눈질로 이쪽을 힐끗 본 것 같았다.

싸늘한 어린이 공원은 신과 파쿠 씨가 전세 낸 상태가 되었다. 그러자 신도 말을 꺼낼 결심이 섰다.

"파쿠 씨, 나, 가 아니라 저."

"어느 쪽이든 괜찮아."

"하룻밤에 안 지났지만 의견이 바뀌었어요."

신은 집에서 생각한 것을 설명했다. 고성의 세계는 방문자의 약

점을 찌른다. 기억을 뒤지고, 그것을 바탕으로 한 환각을 보여 준다. 그러니까 그 이온도 파쿠 씨의 환각일 가능성이 높다―.

파쿠 씨는 잠자코 듣고 있었다. 감주 캔은 비었다. 신의 몫은 입을 대지 않은 채 식어 버렸다.

"신짱, 그 가설은 틀렸어."

이윽고 입을 연 파쿠 씨의 말투는 무겁고 단정적이었다.

"고성의 세계를 만든 주인에게는 방문자의 싫은 기억이나 괴로운 마음을 추출해서 폭로하는 심술궂은 버릇이 있을지도 몰라. 아니면 방문자의 신체적 에너지를 빨아들이는 김에 가장 가까운 생생한 기억까지 빨아들이기 때문에 이것을 환각이라는 형태로 토해 내고 있을 뿐인지도 모르지. 양쪽 다 있을 수 있는 일이야. 하지만 나와 이온의 경우는 달라. 어느 쪽에도 해당되지 않거든."

"어, 어째서요?"

파쿠 씨와는 아직 알고 지낸 지 얼마 안 되었지만 이렇게 단정적인 말투로 말하는 사람은 아니었던 것 같다.

"나도 이온의 사건을 잊은 건 아니야. 하지만 일상 속에서는, 그 아이에 대한 기억은 계절에 맞지 않는 옷처럼 마음의 서랍 아래쪽에 들어 있었어."

따라서 가장 가까운 기억도 아니다.

"무엇보다도 나한테는 이온의 일보다도 생생하고 괴롭고 슬프고 싫은 기억이 있으니까. 실제로 매일 그 일을 생각하면서 살고 있으니까. 신짱이 말했듯이 고성의 세계가 나쁜 짓을 하고 있다면 그 기억이야말로 환각으로 나타났어야 해."

그러니까 그 이온은 환각이 아니야. 그 애는 정말로 그 탑 속에 있어.

"파쿠 씨."

이런 흐름에서는 물어봐야 하지만 신은 물어도 될지 어떨지 알 수 없어서 손바닥에 식은땀이 흘렀다.

"그 기억이란 어떤 기억이에요?"

파쿠 씨는 밥그릇 모양의 미끄럼틀 쪽으로 얼굴을 향한 채 짧게 대답했다.

"어머니."

돌아가셨어—하고 말을 이었다.

"정확하게 말하면, 돌아가신 걸 이웃 사람이 발견해 주었어. 작년 12월 3일. 본가 부엌에 쓰러져 있었어. 그 시점에서 돌아가신 지 일주일 정도 지나 있었고."

아침 8시가 지나서였다고 한다.

"앞집 아주머니가 연말 이웃돕기 운동의 기부금 모집 회람판을 가져왔다가 신문이 쌓여 있는 걸 알아차렸어. 하지만 불러도 대답이 없었지. 게다가 그 계절에도 벌써, 조금 냄새가 나더래."

파쿠 씨의 옆얼굴은 표정 근육이 전부 파업을 일으킨 것처럼 편편하다.

"변사로 취급되어서 해부되었어. 심장 동맥이 막혔더래. 본인은 거의 고통스러워하지 않았을 거라고."

누군가가 우물우물 뭔가 말하고 있다고 생각했더니 신 자신의 목소리였다. 신은 아래를 향해 우물우물 말했다. "—그런 일도 있죠."

"응, 최근에는 드물지 않은 일이지. 고독사라며, 꽤 동정을 받고."

파쿠 씨는, 이 또한 신이 처음으로 보는 일을 했다. 얼굴을 일그러뜨리고 침을 뱉듯이 말을 내뱉은 것이다. "실례되는 말이야. 그렇게 생각하지 않니?"

"네? 어."

"확실히 어머니는 혼자 살았지만, 고독했는지 아닌지는 본인에게 물어보지 않으면 알 수 없어. 급사이기는 하지만 본인이 그걸 유감스러워하는지 아닌지도 알 수가 없지. 아주 길게 입원하거나 큰 수술을 하는 경우보다는 낫다고 여길지도 몰라."

"파, 파쿠 씨—."

"어머니의 마음은 아무도 몰라. 나도 몰라. 그러니까 멋대로 동정하거나 하물며 슬퍼하지 말았으면 좋겠어."

파쿠 씨가 쓴 말투 중 가장 빠른 말투였다.

"그, 그렇다면 뭐가 그렇게 괴로운 거예요?"

파쿠 씨는 입을 꾹 다물고는 다시 밥그릇 모양의 미끄럼틀로 얼굴을 향했다.

"어머니는 훌륭한 어머니였어. 하지만 나는 훌륭한 아들이 아니었어."

약속을 지키지 않았으니까.

"내가 만화가가 되겠다고 말했을 때 어머니는 말리지 않았어. 꿈같은 소리 하지 말고 제대로 취직하라는 말은 하지 않았어. 네 인생이니까 너 좋을 대로 하라고 말해 줬지. 그래서 나는 약속했어. 반드시 꿈을 이뤄서, 표지에 내 필명이 들어간 만화책을 어머니 손에 들려 드리겠다고."

파쿠 씨는 천천히 고개를 저었다.

"하지만 그런 책은 한 권도 없어. 나는 만화가가 되지 않고 어시스턴트 일만 하면서 살아 왔으니까."

"그쪽에서는 유명한 어시잖아요."

헤헷 하고 파쿠 씨는 코웃음을 쳤다. "업계 사람이랑 팬밖에 몰라. 어머니 같은 평범한 사람은, 나 같은 건 모르지."

그래서 파쿠 씨 어머니의 작은 책장에는 오래된 만화책밖에 놓여 있지 않았다. 파쿠 씨가 일을 막 시작했을 때, 한 가지 일을 하면 그 잡지나 만화책을 어머니에게 보내서, 또는 가져다주면서,

—이것 봐. 여기랑, 이 컷은 내가 한 거야. 그리고 이 배경도.

그렇게 설명할 수 있었던 시절의 책밖에 놓여 있지 않았다.

"어머니는 선생님 작품의 어디를 내가 돕고 있는지 몰랐어."

파쿠 씨도 매일 바쁘게 살다 보니, 또는 이를 핑계로 삼아 선생님의 신작을 어머니에게 보내지 않았다. 가져다주지 않았다. 어머니에게 전화하는 일조차 드물었다.

"나는 멋대로 좋아하는 일만 하면서 살아왔고, 어머니와 했던

단 하나의 약속조차 지키지 않았어."

그것보다 더 잘못인 것은, 왜 약속을 지킬 수 없었는지 이유를 설명하지 않은 것이다.

무엇보다 파쿠 씨는 약속 자체를 잊고 있었다. 어머니의 작은 책장이 거의 텅 비어 있는 모습을 목격할 때까지는.

"내가 이기적이었기 때문에 어머니는 한번도 누구에게도 자랑할 수 없었어. 이거 우리 아들 책이에요, 하고 이웃이나 아는 사람에게 보여 주고, 의기양양해할 수도 없었어."

자랑한 상대가 어떻게 생각하든 알 바 아니다. "이거, 아들 책이에요." 거기에 의미가 있었다.

"어머니는 나한테 한번도 불평을 한 적이 없어. 불만을 말한 적도 없어. 슬슬 결혼하라든가, 나도 손자 얼굴을 보고 싶다든가, 같이 살고 싶다든가, 한번도 말한 적이 없어."

그런데 나는 제멋대로였어.

"나는 잘못 살았어."

파쿠 씨는 이제까지 쓴 말투 중 사상 최고로 빠른 말투로 단언하고, 그 말투 그대로의 기세로 벤치에서 벌떡 일어섰다.

"신짱, 나 잠깐 저기 들어갔다 올게."

성큼성큼 걸어가서 밥그릇 모양의 미끄럼틀로 다가가더니 몸을 굽혀 옆구리에 뚫린 구멍으로 기어 들어간다.

신은 어안이 벙벙해서 움직일 수가 없었다. 감주 캔을 든 채 한동안 벤치에 주저앉아 있었다.

공원 밖의 인도를, 노인이 개를 데리고 산책하고 있다. 현재 공원은 아직 대절 상태다.

머리 어디에선가 탁 하는 소리가 나고 불이 켜진 것처럼, 신은 깨달았다.

—파쿠 씨는 일을 쉬고 있는 것이 아니다. 일을 할 수 없는 것이다.

신은 벤치에서 일어서서 자신이 앉아 있던 곳에 감주 캔을 놓고 미끄럼틀로 다가갔다. 아이들이 엉덩이를 다치지 않도록 미끄럼틀 주위를 모래로 빙 둘러 놓았다. 들여다보지 않아도 아이들 사이즈에 맞춘 구멍에서 삐져나와 있는, 겨자색 다운재킷의 옷자락이 보인다.

파쿠 씨는 구멍 안에서 꼼짝도 않고 있다. 신은 밥그릇 모양의 미끄럼틀에 손바닥을 댔다. 싸늘하고, 감촉은 의외로 거칠었다.

파쿠 씨는 지금까지의 삶이 잘못되었다고 생각하고 일을 할 수 없게 되고 만 것이다. 파쿠 씨의 선생님도 그것을 알기 때문에 가만히 내버려두고 있는 것이다. 파쿠 씨가 돌아오기를 기다려 주고 있다.

신은 사람이 일생 가장 유치한 논리를 갖다 붙이는 청춘 시대를 보내고 있기 때문에, 얼핏 생각해 보기도 한다. 사실 문제는 어머니와의 약속이 아니라 파쿠 씨 자신 안에 있는 것이 아닐까 하고.

어머니의 마음은 아무도 모른다. 파쿠 씨는 스스로 분명히 그렇게 말했다. 어머니는 파쿠 씨를 자랑하고 있었을지도 모르고, 남에게는 말하지 않아도 자랑스럽게 생각했을지 모른다. 그러니까 문제는 거기에 있는 것이 아니다, 아마도.

거의 텅 비어 있는 어머니의 책장을 보았을 때 파쿠 씨는 분명히 그 순간 이렇게 생각해 버린 것이다.

—나한테도 이곳에 저작을 늘어놓는 만화가가 되는 길이 있었을 텐데.

그 생각어 '잘못 살았다'라는 결론을 끌어냈고 파쿠 씨는 기능 정지 상태가 되고 말았다.

사람이 스스로 어떤 삶을 살아 왔는지, 뒤돌아서 그 길을 목격하는 순간은 부모를 여의었을 때일 것이다, 아마.

오오, 건방져! 스스로 웃어 버렸다. 하지만 딱 들어맞지는 않아도 영 틀리지는 않았으리라고 여긴 까닭은, 신이 유치한 청춘 시대를 살고 있기 때문이다.

"파쿠 씨, 저는 미도리 도서관에 갈 거예요."

겨자색 다운재킷 끝자락은 움직이지 않는다.

"지금 나오는 게 좋을 거예요. 파쿠 씨 혼자 거기에 들어가 있으면 거의 확실하게 변태로 여겨질걸요."

잠시 후 파쿠 씨는 좁다는 듯이 뒷걸음질 쳐서 나왔다. 니트 모자가 비뚤어져 있다. 둥근 이마와 뺨이 빨갛다. 얼굴은 매우 진지했다. 하지만 울고 있지는 않았다.

파쿠 씨는 양손을 비벼 모래알을 털어낸 뒤 해바라기색 니트 모자를 벗으며 신에게 머리를 꾸벅 숙였다.

"미안해."

"네?"

"만난 지 얼마 되지도 않은 신짱한테 그런 얘기를 들려줘서, 부끄러워."

상관없다든가 괜찮다든가, 이런 경우에 적당한 말이 떠올랐지만 그것은 그냥 적당할 뿐이지 옳지는 않다. 그래서 신은 잠자코 있었다.

마음속으로는 이것저것 생각했다. 만난 지 얼마 안 됐지만 우리는 별난 체험을 함께 한 사이니까 괜찮아요.

파쿠 씨는 니트 모자를 고쳐 썼고, 그렇게 하자 상태도 원래대로 돌아왔다.

"그럼 난 집으로 돌아갈게."

"네."

"연락할게. 다마짱한테도."

"우리 집으로 전화할 때는 잊지 말고 연식 테니스부 졸업 선배라고 말해 주세요."

"알았어, 알았어."

공원 출구에서 동서로 헤어졌다. 자전거로 올 걸 그랬다고 후회하면서 걷고 있는 사이에, 파쿠 씨의 말이 아주 멀리까지 던졌다가 천천히 호를 그리며 돌아오는 부메랑처럼 마음의 눈에 보이기 시작했다.

—어머니란 대단하지.

파쿠 씨는 아키요시 나오미를 잊고 있다. 아니면 그녀는 '어머니'에 들어가지 않는 것일까.

미도리 도서관의 '우리 동네 역사' 코너도, 거기에 딱 한 권 보관되어 있는 『이온에게 보내는 편지』도 금방 찾을 수 있었다.

평일 오후의 공공도서관에서는 나이 많은 이용자들이 눈에 띈다. 신은 열람실 구석에 조용히 앉았다.

『이온에게 보내는 편지』의 분량은 신네 학교에서 작년에 만들어 놓은 졸업 문집의 절반 정도였고, 문장은 컴퓨터의 문서 프로그램을 이용해 입력했으며 전부 가로쓰기였다. 이 편이 더 편지답게 느껴지는 이유는 여기에 기고한 사람들 대부분이 아직 십대이기 때문일 것이다.

표지에는 단순한 꽃 그림을 장식해 놓았다. 표지를 넘기자 목차 앞 페이지에 파쿠 씨가 그린 '이온 씨'의 그림이 있었다.

기고자는 열일곱 명. 미도리 초등학교의 현재 교장과 당시 이온의 담임교사, 역시 당시의 옆 동네 어린이 모임의 회장을 제외하면 나머지는 모두 이온의 동급생들이었다.

하나하나의 편지를, 신은 꼼꼼하게 읽어 나갔다. 손 글씨가 아니라서 다행이다. 글만으로도 충분히 감정적이고 감상적이었기 때문이다.

돌아오라고 부르는 사람이 있다. 어디에 있느냐고 부르는 사람이 있다. 너는 이미 이 세상에 없다고 생각한다고, 분명하게 쓰지는 않았어도 행간에서 애도하는 사람도 있다.

어째서 너한테 이런 일이 일어났느냐고 화내는 사람이 있다. 자신의 무력함을 한탄하는 사람도 있다. 그저 이온과 함께 있었던 시절을 그리워하는 사람이 있다. 어느 글이나 솔직하고, 꾸밈이 없고, 약간 과장되어 있고, 충분히 슬펐다.

딱 한 통, '새로운 정보'라는 의미에서 신의 주의를 끈 편지가 있었다.

이온은 그림을 잘 그렸다—고 적혀 있다. 미무라 스즈코라는 여성으로, 여름방학 전의 1학기 때 이온 옆자리에 앉았다고 한다.

종종 방과 후에 오카노랑 셋이서 교실에 남아 만화를 돌려봤지요. 우리 셋 다 『왕녀님은 전학생』이라는 러브코미디 만화의 팬이었어요. 생각해 보면 조숙한 3학년이었지만, 여주인공의 교복이 예쁘고, 무도회나 파티에 입고 가는 호화로운 드레스가 멋있어서 자주 따라 그렸어요.

당신은 제일 잘 그렸지요. 정말 깜짝 놀랄 정도로 진짜랑 똑같이 잘 그려서, 나는 곧 그리는 걸 그만두고 당신한테 졸라서 여러 가지를 그려 달라고 했어요. 내가 어른이 됐을 때 이온은 만화가가 될 수 있을 거라고 말했던 거 기억나나요? 그러면 당신은 웃으며 수줍어하곤 했지요.

한번, 여주인공의 교복과 똑같은 교복을 입은 나와 오카노를 그려 준 적도 있지요. 우리가 하라주쿠의 다케시타도리 길을 걷고 있는 그림. 배경도 제대로 그려져 있었어요. 잡지에 실려 있던 다케시타도리 길의 사진을 보고 그대로 그렸다고 했잖아요. 그 그림은 어디로 갔을까요. 나랑 오카노가 굉장히 좋아하니까 당신이 그림 색연필로 칠해 오겠다고 집으로 가져갔는데 그게 마지막이 되어 버린 기억이 있네요. 혹시 집에서 어머니한테 혼나고, 그림은 버려진 걸까요. 당신 어머니는 별로 다정한 사람은 아니었지요.

꽤 오랫동안 신은 이 편지의 페이지를 펼친 채 열람실 의자 위에서 굳어 있었다.

이온은 그림을 잘 그렸다. 만화 캐릭터를 진짜와 똑같이 그릴 수 있었다.

이 문집을 보지 않았다면 분명히 몰랐을 것이다.

행방불명된 아홉 살짜리 여자아이를 수색할 때 '참고로 이 애는 그림을 잘 그려서 만화 캐릭터를 똑같이 그릴 수 있습니다'라는 정보는 필요 없다. 아무런 단서도 되지 않는다. 그래서 당시의 보도 내용 속에는 없었고 누군가의 증언으로 남지도 않았다. 이 문집에서 파내어질 때까지.

하지만 지금의 신에게는 매우 중요하다.

이미 아홉 살 때 좋아하는 만화 캐릭터를 진짜와 똑같이 그리고, 여주인공의 교복을 친구에게 입혀 캐릭터로 그릴 만한 실력이 있었던 여자애.

그 애가 그대로, 그 재능이 손상되는 일 없이 열아홉 살까지 성장했다면?

달력에도 사용되는 유명한 세계유산의 사진을 보고 그 건물을 모사하는 정도는 큰일도 아니지 않을까.

그 고성의 스케치를 그린 사람은 이온—이온 씨 본인이었나?

일어서려고 하자 갑자기 무릎이 흐늘흐늘해진 듯한 느낌이 들어 신은 책상 끝을 붙잡았다. 문집에는 종이가 상하는 것을 막기 위해 투명한 비닐 커버를 씌워 놓았고, 그 커버 위에 '대출 금지'라는 스티커가 붙어 있었다. 하지만 복사라면 괜찮을 것이다.

어머니 마사코가 준 천 엔을 사용해 신은 문집 속의 미무라 스즈코의 편지를 복사했다. 작업이 끝나자 갑자기 배가 고파져서 도서관에서 나와 근처 맥도널드에서 햄버거와 감자튀김을 먹어 치웠다.

그 사이에도 머릿속에는 미무라 스즈코의 편지 내용이 젊은 여성의 목소리가 되어 내내 울려 퍼지고 있었다. 당신은 그림을 잘 그렸어요. 당신은 수줍어하며 웃곤 했어요. 당신 어머니는 별로 다정한 사람은 아니었지요—.

아키요시 이온은 살아 있을지도 모른다.

저녁때 자택으로 돌아가서 건 전화로 겨우 시로타와 연락이 되었다. '파인애플'이 바쁜 시간대여서 부모님은 옆에 없었다. 목소리를 죽이지 않고 이야기할 수 있다.

"몇 번이나 전화했는데 왜 안 받아."

"학교에 갈 때 휴대전화는 집에 놔두니까."

"역시 학교에 갔어? 성실함도 그 정도면 바보 같다, 이 비상시에."

시로타는 화난 듯이 코웃음을 쳤다.

"이것 봐, 어제 그런 일이 있었는데 오늘 우리 둘이 나란히 학교를 쉬면 수상하게 여겨질 거라고 생각 안 해? 무슨 소문이 날지 모른다고."

아, 그런가.

"오가키 네가 학교를 쉬는 바람에 어쩔 수 없이 나는 오늘 조퇴도 안 하고 알리바이를 만들고 왔단 말이야."

이 경우 알리바이라는 표현이 적절한지 어떤지는 제쳐 두고, 그건 현명한 조치다.

"그래서 지금 엄청 바빠. 여러 가지 조사하고 싶은 게 있어서."

"지금 어디에 있는데?"

"당연히 집이지. 컴퓨터를 쓰고 있으니까."

파쿠 씨가 미처 건져 올리지 못한 정보를 찾아서.

"생각난 게 좀 있어서, 나 바빠."

"그건 알았으니까 들어 봐. 엄청난 발견이 있어."

신이 미무라 스즈코의 편지에 대해서 이야기하는 동안 시로타는 완벽하게 침묵하고 있었다.

"여보세요?"

"—알고 있어. 파쿠 씨한테서도 방금 전화로 들었으니까."

그렇구나. 파쿠 씨도 읽고 발견한 것이다.

"우선 오가키 너는 더 이상 생각하지 마."

"하지만,"

"맞다, 파쿠 씨가 그 글, 복사해서 나한테 우편으로 보내 줬대. 하지만 기다리고 있을 수 없으니까 마침 잘됐다. 지금 팩스로 보내 주지 않을래?"

"우리 팩스는 가게에 있는데."

"그럼 편의점에 가."

알겠습니다, 사령관님.

"아, 잠깐만. 편지에 나오는 '오카노'라는 사람도 문집에 글을 썼어?"

신도 신경 쓰여서 확인했지만 오카노라는 성의 기고자는 없었다.

"그래. 그럼 미무라 씨 편지만 보내 주면 돼. 부탁해."

시로타는 전화를 끊으려고 했다. 신은 매달렸다. "이온 씨가 살아 있을지도 모른다고 생각하지 않아? 그녀가 고성의 스케치를,"

시로타는 그림을 그리니까 자기보다 더욱 이 가설을 신빙성이 높다고 느끼지 않을까?

그러나 시로타는 무뚝뚝하고 엄격했다.

"그러니까 지금은 아직 생각하면 안 된다니까."

나 내일은 학교 쉴 거야, 라고 한다.

"네가 알리바이를 만들어. 조퇴도 안 돼. 동아리에 가서 저녁때까지 학교에 있어. 어쨌든 오가키 너는 이제 할 일이 없으니까."

꽤 심한 말이다.

"문집에 기고한 사람들을 만나서 이야기를 들어 보고 올게."

"그건 파쿠 씨가 해 줄 거야. 파쿠 씨가 하는 편이 당연히 더 순조롭게 진행되겠지."

옳으신 말씀입니다.

"모레, 목요일 2시에 파쿠 씨 집에서 만나자. 그때까지 나도 조사를 해 둘 테니까."

좀 더 붙들고 늘어질까 생각하는 사이에 끊겨 버렸다.

신은 문집의 복사본을 손에 들고 근처 편의점으로 갔다.

—시로타도 열을 올리고 있다.

지금은 아직 생각하지 말라고 말리는 까닭 또한 '아키요시 이온 생존설', '아키요시 이온 = 고성의 스케치 작가설'에 신과 비슷한 수준으로 흥분하고 있기 때문이리라. 그렇기 때문에 더더욱 신중하게 굴자고 하는 것이다.

밖으로 나가자 밤바람이 몸을 에어 내는 것 같았다. 이래서 달력상의 봄은 믿을 수가 없다.

추위와 밤의 어둠이 문득 지금 상황과 전혀 상관없는 일을 떠올리게 했다.

—시로타의 그 스케치.

성터 공원에서 처음으로 말을 걸었을 때 시로타가 그리고 있던,

황량한 풍경을 옮겨 낸 스케치.

완성되었을까. 여전히 그리다 만 상태로 멈춰 있다면 미완성으로 끝나 버리는 것은 아닐까. 왜냐하면 이제 그 겨울 풍경은 사라졌으니까. 아침저녁에는 쌀쌀해도, 변덕스럽게 북풍이 불어도, 겨울은 퇴장했다. 봄이 천천히 무대 옆에서 나오고 있다. 나뭇가지에는 새싹이 깃들고, 풀은 자라기 시작하고, 꽃봉오리는 부풀고 있다.

그런 살벌한 풍경의 스케치는 이제 그리지 않아도 된다. 시로타가 그렇게 생각하고 있다면 그걸로 충분한데.

왜냐하면 말이지. 시로타 다마미에게는 이제 친구가 있으니까. 나라든가 파쿠 씨라든가.

혹시 거기에 아키요시 이온이라는 열아홉 살의 언니가 더해진다면 더 좋겠다—고 생각하는 오가키 신은, 자신의 가설이나 몽상이 얼마나 엉뚱하고 중대한 사태에 뿌리를 둔 것인지 전혀 모르고 있었다.

3

"만나고 왔다니…… 시로타도 같이?"

파쿠 씨의 집이다. 평소와 똑같은 자리로, 신과 시로타와 파쿠 씨는 컴퓨터 책상 옆에 앉아 있다.

하지만 목요일 오후는 아니다. 오늘은 벌써 주말, 토요일 오전 11시가 조금 지난 참이다.

그 후로 몇 번 시로타한테서도 파쿠 씨한테서도 연락이 왔다. 둘 다 그때마다 바쁜 듯이 말했다.

—아직 조사가 좀 부족해.

—준비가 필요해서 목요일은 무리야.

그래서 이 날짜에 만나게 된 것이다. 신은 뭐가 뭔지 모른 채 혼자만 '모기장 밖'으로 쫓겨난 것처럼 느끼면서 별수 없이 둘의 제안에 따랐다.

그리고 겨우 셋이 모여 보니, 갑자기 이런다. 미무라 스즈코 씨를 만나고 왔어.

"지금은 대학생이 되었어."

예쁜 사람이었다고, 시로타는 말했다.

"어떻게 연락을 한 거야?"

"『이온에게 보내는 편지』의 판권 페이지에 편집·발행인의 메일 주소가 실려 있어서, 그 사람한테 부탁해서 소개받았지."

"파쿠 씨는 전단지 제작 관계자니까 연락하기 쉬웠고."

"하지만 사정을 설명할 수 있었어? 대뜸 그 고성 얘기를 한 거야?"

둘은 얼굴을 마주 본다.

"그건 뭐, 어른의 판단으로. 얼버무릴 부분은 얼버무리고."

"그렇죠?"

신도 사실은 그런 과정은 아무래도 상관없었다. 요는 어째서 자신을 따돌린 건지, 그것을 캐묻고 싶다. 탐문은 파쿠 씨에게 맡기겠다고, 시로타는 자기 입으로 말했던 주제에.

시로타도 이를 눈치채고 있다. "하지만 오가키가 알리바이를 만들어 주지 않으면 곤란했으니까."

또 그거냐.

"시시해, 알리바이라니."

"신짱, 그런 얼굴 하지 마."

오늘도 해바라기색으로 코디네이트를 한 파쿠 씨가 달랜다.

"삐지지 말고 케이크라도 먹어."

테이블 위에는 커다란 케이크 상자. 그것을 둘러싸고 녹차나 보리차의 페트병이 즐비하다.

"상식적으로는 내가 혼자 가야 했다고 생각해. 하지만―."

시로타가 파쿠 씨를 가로막으며 말을 이었다. "내가 새로운 정보를 발견했어."

시로타는 입을 시옷자로 삐죽이고 있는 신의 코앞에 프린트 한 장을 내밀었다.

"인터넷에서 찾은 거야. 이온이 행방불명되고 나서 삼 개월 후의 기사. 신문이 아니라 지역 커뮤니티지에 실려 있었어."

《먼슬리 미도리》라는 월간 커뮤니티지다. 시 상공회가 발행하고, 쇼핑이나 맛집 정보나 향토 역사에 관한 내용들이 실려 있다. 멤버가 경영하는 가게를 소개하는 코너도 있다. 팸플릿보다 조금 나은 정도의 얇은 책자이다.

"당시에는 종이로 발행했지만 삼 년 전에 메일 매거진으로 바뀌었어. 그때 지난 호를 인터넷상에서 검색하고 열람할 수 있게 했대."

시로타는 그것을 발견한 것이다.

"'이달의 에세이'라는 걸 한 번 봐."

파쿠 씨의 동그란 손끝이 가리킨다. 거기에는 이런 제목과 쓴 사람의 이름이 실려 있었다.

"「사라진 여자아이에 대해」, 하야시다 노리오(서적문구 · 구리마도)."

긴 글은 아니다. 원고지로 세 장 정도 되겠다. 신은 재빨리 훑어보고 얼굴을 들었다.

"이거 사실이야?"

파쿠 씨가 싱긋 웃는다. "그렇지? 신경 쓰이지."

이 '구리마도'라는 가게는 이온이 다니던 학교 근처에 있는 모양이다. 쓴 사람은 '우리 가게에는 미도리 초등학교의 아이들이 자주 와 준다', '가게를 보면서 등하교하는 아이들의 기운찬 모습을 지켜보는 게 늙은이의 즐거움'이라고 적었다.

그리고 에세이는 이온의 실종 사건을 언급한다. 일의 진상이 어떠하든 이온이 무사히 발견되기를 바란다, 우리 지역 주민들이 억측만을 근거로 범인을 찾거나 이온의 보호자를 규탄한다면 아이들에게 나쁜 영향을 줄 뿐이다─.

여기까지 읽으면 하야시다 노인은 꽤 냉정한 사람이다. 하지만 에세이는 그 후에 의외의 방향으로 키를 튼다.

이번 사건은 옛날식으로 말하자면 '가미카쿠시神隱し 예로부터 사람의 행방이 갑자기 묘연해지면 덴구(天狗)나 산신(山神)이 한 일이라고 여겨 이렇게 불렀다'다. 마치 신이 소매로 숨겨 버린 것처럼 어린아이나 젊은 여성이 홀연히 모습을 감추는 현상은 옛날부터 존재했다. 또한 그렇게 모습을 감춘 사람이 몇 년 후에 돌아오는 일도 있고, 그런 경우에 그 사람은 나이를 먹지 않고 사라진 당시의 모습 그대로라고 한다.

그런데 이 이온이라는 아홉 살짜리 여자아이는, 이전에도 몇 번 이렇게 이해할 수 없는 상황에서 없어졌다가 얼마 후 아무 일도 없었던 것처럼 발견된 적이 있다고 한다. 이온과 친한 동급생들 사이에는 이 일이 잘 알려져 있다.

억측에 휘둘려서는 안 된다고 했으면서 이런 이야기를 진지하게 받아들이는 듯한 나의 태도는 모순되어 있다. 하지만 보기 드물게 아름다운 울림의 이름을 가진 이온은 특별히 신의 사랑을 받고 있어서 이번에도 그 신의 그늘로 은밀히 초대받아 간 것은 아닐까.

신은 여전히 입을 시옷자로 삐죽이고 있었다. 이제는 토라졌기 때문이 아니다.

확실히 이 얘기는 신경 쓰인다. 이온은 십 년 전 여름방학의 사건 이전에도 몇 번인가 사라진 적이 있다—.

"그래서 어땠어요? 미무라 씨도 이 일을 기억하고 있던가요?"

파쿠 씨는 또 의미심장하게 시로타와 눈을 마주 보고 나서 천천히 고개를 끄덕였다.

"친했으니까."

시로타가 말한다. "미무라 씨의 글에 나온 오카노 씨, 오카노 유미 씨라는 사람도 기억하고 있었어."

"그 사람도 만났어?"

"대학이 규슈에 있어서 못 만났어."

하지만 미무라 씨와는 지금도 친구로 지낸다고 하고, 그녀가 연락해 주어서 이야기를 들을 수 있었다고 한다.

"이온은 뭐 그, 옷차림이 칠칠치 못하다거나 물건을 잘 잃어버린다거나, 여러 가지 마이너스 요소가 있어서 반에서 괴롭힘을 당할 때가 많았대. 미무라 씨랑 오카노 씨는 그게 싫어서 견딜 수 없었다고 했어."

단단히 이어져서 이온을 역풍에서 지키고 있던 소중한 친구들.

"셋 다 1학년 때부터 같은 반이었대. 그리고 미무라 씨의 기억으로는 이온은 입학하고 나서 얼마 안 지난 4월인가 5월 초에 처음으로 사라졌다고 해."

수업중에 화장실에 가고 싶다고 손을 든 뒤 교실을 나간 것을 마지막으로 돌아오지 않았다.

"그녀가 교실을 나가고 나서 수업이 끝날 때까지 고작해야 10분 정도밖에 안 걸렸대. 그래서 담임선생님도 쉬는 시간이 되고 나서 화장실로 살펴보러 갔어."

하지만 이온은 화장실에 없었다.

"교내를 찾아다녀도 발견되지 않았어. 아직 학교생활의 규칙에 익숙하지 않은 1학년 중에는 선생님한테 아무 말도 하지 않고 집에 가 버리는 애도 있는 법이니까 어쩌면 이온도 집에 간 게 아닐까 싶어서 집으로 전화를 해 봤는데 아무도 받지 않더래."

담임교사는 다음 수업을 시작하지 못한 채 다른 선생님들께도 도와 달라고 부탁하며 찾아다녔다. 미무라 씨를 비롯한 학생들은 교실에서 대기했다. 그러자 이온이 불쑥 돌아왔다.

―어디에 있었어?

―화장실.

"아직 병아리 같은 1학년이니까. 심하게 혼나지는 않았다고 하지만, 굉장히 인상적인 사건이었대."

그 후에도 비슷한 일이 있었다. 체육 수업이 끝나고 반 아이들이 모두 체육관에서 교실로 돌아오는 사이에 이온만 없어졌다가 이윽고 교정에 우두커니 서 있는 모습이 발견되었다. 쉬는 시간에 교실에서 나가더니 그 후로 없어졌다가, 수업이 시작되고 나서 잠시 후에 뒷문으로 몰래 들어오기도 한다.

"입학하고 나서 그 사건으로 완전히 행방불명되기 전까지의 약 이 년 반 동안 미무라 씨와 오카노 씨가 기억하는 한―학교 내 그들이 알아차리기 쉬운 곳에서 일어난 케이스만 해도 대여섯 번."

다만 매번 이온은 잠깐 동안만 모습을 감추어서, 고작해야 십 분 정도였다고 한다.

불편한 교실에서 아이가 잠깐 도망쳐 버린다. 몸이 작으니까 시점도 낮아서 어른은 생각할 수 없는 틈새나 그늘을 찾아내어 들어가 버린다. 본인도 이건 좋은 일이 아니라는 점을 알고 있고, 선생님한테 혼나는 것은 무서우니까 조금 지나면 스스로 나와서 교실로 돌아온다.

"하지만 파쿠 씨, '학교 내'라고 구분해서 설명하는 걸 보니 다른 곳에서도 일어났던 거군요."

"신짱은 이해가 빠르구나. 맞아. 이온은 집 안에서도 가끔 사라지곤 했던 모양이야."

미무라는 한 번, 아마 2학년 2학기였던 것 같다고 하는데, 이온과 놀려고 아파트까지 데리러 갔을 때 때마침 집에 있던 어머니 아키요시 나오미에게서 이런 말을 들었다고 한다.

—이온이 가끔 어디론가 가 버리잖아. 학교에서도 그러니? 아줌마, 선생님한테 불려가서 혼났어.

—너, 이온 좀 잘 감시해.

신은 미무라 스즈코가 쓴 글을 떠올렸다. 당신 어머니는 별로 다정한 사람은 아니었지요.

"어디론가 가 버린다니……."

매우 두루뭉술한 말이고, 걱정하는 것처럼 들리지 않는다. 어린

딸의 친구에게 '감시해'라고 요구한 일도 부모로서 꽤 뻔뻔한 행동이다.

"미무라 씨와 오카노 씨도 어린 마음에 불안해서 이온의 모습이 보이지 않으면 곧장 찾곤 했고 본인에게 물어본 적도 있대."

—이온, 가끔 혼자서 어디 가지? 어디에 갔던 거야?

사이좋은 친구가 물어도 이온은 분명하게 대답하지 않았다.

—몰라.

—모르겠어.

—난 아무 데도 안 갔어.

"얼버무렸던 건 아닐 거야" 하고 시로타가 말했다. "아직 어렸으니까 본인도 자신이 어디에 가 있었는지 몰랐던 게 아닐까."

신은 얼굴을 찌푸렸다. "그거 무슨 뜻이야?"

"자자, 다마짱, 그렇게 앞질러 가지 마."

어쨌든 이온이 가끔 '홀연히 사라졌다가 돌아오는' 현상이 발생했고, 그 사실을 학교 선생님도 반 아이들도 인식하고 있었던 것은 틀림없다. 그렇기 때문에 그 얘기가 학교 근처의 구리마도 아저씨의 귀에도 들어갔다. 아마 행방불명 사건이 발생했을 당시,

—없어진 애, 전부터 가끔 이런 적이 있었던 애예요.

하고 소곤소곤 수군댄 소문으로서.

하지만 지금까지 그들이 복습해 온 사건의 보도 기사 속에는 이 사실이 전혀 언급되어 있지 않았다. 아키요시 나오미가 얼마나 어머니로서 실격이었는지에 대해서는 그야말로 소문 수준의 이야기

까지 모두 열거되었는데, 이온 본인에 얽힌 이 이야기는 조금도 나오지 않았다.

다시 말해서 공적인 정보로는 공유·검토되지 않았다. 경찰도 매스컴도 제대로 다루지 않았을 것이다.

"그 이전에, 관계자가 모두 입을 다물었어" 하고 파쿠 씨가 말했다.

—일단 무엇보다도, 말하기가 어려웠어요.

라고 미무라 스즈코는 이야기했다고 한다.

—당시 학교에서 우리 엄마한테 상황을 설명하는 전화를 하기도 하고, 이온이 사라진 다음 날부터 경찰 안내차가 동네를 돌기 시작했어요. 그 시점에서 이미 하룻밤이 지났던 거죠.

지금까지의 경우와는 매우 다르다. 이번 '실종'은 지금까지의 잠깐 '어디 갔다 오는 것'과는 차원이 다르다.

—이번에는 이온의 몸에 정말로 무서운 일이 일어났을지도 모른다고 생각하니까 저도 무서워서, 쓸데없는 말은 전혀 할 수 없었어요.

그 기분은 신도 안다. 경찰관들이 우르르 수색에 나선 것이다. 그때까지의 사건과는 차원이 다르다.

학교 선생님들에게는 더욱 힘든 상황이었을 것이다. 실수로 "이온은 가끔 사라지는 버릇이 있지만 늘 곧 돌아왔어요"라고 말했다가는 큰일이다. 웃기지 마, 학교는 학생의 안전을 뭐라고 생각하는 거냐, 지금까지도 비슷한 일이 있었는데 방치하고 있었던 거냐! 라고 공격을 당해 자칫 잘못하면 담임교사와 교장의 책임 문제로까지 발전할 수 있는 데다, 이온의 수색에는 아무런 보탬도 되지 않는다.

"하지만 어머니는? 아키요시 나오미는 뭔가 말해도 될 것 같은데."

신의 의문에 시로타는 씁쓸한 얼굴을 했다. "말했을지도 몰라. 우리 애는 가끔 사라진다고. 하지만 그게 무슨 소용이 있겠어. 변명처럼 들릴 뿐이지."

진지하게 들어 주기는커녕 자신에게 불리한 사태를 "그 애는 가끔 사라져요"라는 바보 같은 거짓 얘기로 얼버무리려는 짓으로 본다. 아니, 실제로 그렇게 보였을 것이다. 이 비상사태에 아직도 그런 헛소리를 늘어놓는, 참으로 경박한 어머니구나, 라고.

아키요시 나오미와 그녀의 남자, 구보타 슌을 감싸고 있는 지나치게 무겁고, 지나치게 어둡고, 지나치게 검은 의혹.

"오카노 씨는" 하고 시로타가 말한다. "당시에 아버지와 어머니한테 부탁했대."

─어딘가에 이온이 좋아하는 비밀 장소가 있고, 지금도 거기에 있을지 몰라.

"거기에서 무슨 일이 일어나서 나올 수 없게 되었을지도 몰라. 다쳤을지도 몰라. 분명히 배가 고플 거야. 그러니까 경찰 아저씨한테 이 얘기를 하고 싶어, 라고."

신은 소박하게 놀랐다. "오카노 씨도 그 무렵에는 아홉 살짜리 여자아이였잖아? 굉장하네."

"응, 우등생이었대. 어제 우리는 스카이프로 얘기했는데, 딱 봐도 이지적인 느낌이 드는 사람이었어."

"아홉 살 때는 칭찬을 받기보다 어린애 주제에 건방지다고 눈총을 받는 타입이었을 거라고, 나는 생각했지만" 하고 말하며 파쿠 씨는 쓴웃음을 짓는다. "내 동급생 중에도 있었어, 그런 여자애. 학급위원이었지."

파쿠 씨의 회상에는 관심 없다. "그래서 경찰 아저씨랑 얘기는 했대?"

시로타는 고개를 저었다. "하지 말라고 말리시더래."

—어딘가에 숨어 있을 뿐이라면 벌써 발견되었을 거야.

—쓸데없는 짓을 하면 경찰 아저씨한테 방해돼. 이온의 엄마를 감싸는 듯한 말을 하면 안 돼.

—어린애는 모르는 일이야.

묵직하게 다가오는 대화다. 아키요시 나오미를 감싸는 말을 하면 안 돼. 이건 오카노 씨의 부모님뿐만 아니라 당시의 지역 사회의 의견을 집약한 말일 것이다.

"오카노 씨는 지금도 그때 부모님의 태도가 납득이 가지 않는대. 어린 시절의 이야기를 하면 거북하다고 했어."

"아아, 그래서 문집에도 기고하지 않았나 보구나."

"맞아. 이제 와서 부모님과 대화를 하기도 싫으니까 안 하겠다고."

사건으로부터 십 년. 벌써 십 년이기도 하고, 아직 십 년이기도 하다. 그림자는 엷어졌지만 완전히 사라지지는 않았다.

"게다가 어른이 된 지금은 역시 아키요시 나오미가 수상하다고 생각한대."

─분하지만 우리 부모님은 상식적인 판단을 했던 거라고 생각해. 아홉 살이었던 내가 주제넘게 나서도 수색에는 보탬이 되지 않았을 거고 우리 가족이 이웃 사람들한테 눈총을 받았을 뿐이지 않을까.

신은 어디선가 읽은 기억이 있지만 일상적으로는 사용하지 않는 말을 떠올렸다. 동조압력. 이질적인 의견을 배제하려는 강한 힘이다.

하지만 그 압력은 아홉 살짜리 똑똑한 여자아이보다도, 이온을 찾아내는 데 도움이 되지 않았다.

"이, 구리마도의 하야시다 씨라는 사람은?"

이 사람이 에세이로 써 두지 않았다면 그들이 이온의 '가끔 사라지는' 버릇을 알 기회는 없었을 것이다.

"삼 년 전에 돌아가셨어. 가게도 이제 없어졌고 편의점으로 바뀌었어."

"그래……?"

이온은 신의 소매 그늘로 초대받아 간 것이 아닐까. 생판 남의 감상적인 표현이라고 한다면 그뿐이겠지만, 하야시다 노인의 다정한 바람이 전해져 온다. 사건의 진상이 항간을 떠들썩하게 하고 있는 종류의 것이 아니기를. 어머니도 아이도, 모두 구원받기를.

"—하지만 말이지, 결국."

지나치게 노골적인 말일지도 모른다는 자각이 있기 때문에 신은 목소리가 작아졌다.

"이 일, 우리가 직면한 문제랑 어떻게 상관이 있는 걸까."

아홉 살의 이온은 그 고성이 있는 세계에 있다. 탑 속에 혼자서.

신의 물음을 얼버무리듯이 시로타는 가까이 있던 우롱차 페트병을 따서 입을 댔다. 파쿠 씨는 커다란 케이크 상자를 보고 있다. 상자를 열려는 건가 싶었는데, 손을 대지 않은 채 그대로 말한다.

"신짱은 이온 씨가 살아 있을 거라고 생각하지? 이온 씨가 그 스케치를 그렸다고."

"굉장한 실력이니까요."

"하지만 역시 아홉 살의 이온한테는 무리야. 그러니까 열아홉 살로 성장한 이온 씨가 그렸다고 생각하는 거겠지."

신은 머리카락을 쥐어뜯었다. "알고 있어요. 제대로 된 근거라곤 없이 그냥 생각한 거예요. 하지만 완전히 어림짐작으로 어디 사는 누군지도 알 수 없는, 그림 잘 그리는 사람이 그 스케치를 그렸다는 얘기보다는 그나마 앞뒤가 맞는 것 같아서요."

"응, 나도 그렇게 생각해."

선뜻 동의하며 파쿠 씨는 천천히 몸을 내밀더니 커다란 케이크 상자를 열고 내용물을 꺼냈다. 쇼트케이크, 몽블랑, 에클레어. 테이블의 빈 공간에 늘어놓는다.

"먹자" 하고 말하더니 자신은 슈크림을 덥석 문다.

"파쿠 씨……?"

"나도 그렇게 생각한다고 했어. 그러니까 신짱, 케이크를 먹어."

시로타가 깊이 한숨을 쉬며 페트병을 발치에 놓고 신의 얼굴을 보았다.

"며칠 동안 이 조사를 하면서 파쿠 씨랑 여러 이야기를 했어."

"둘이서 말이지" 하고 신은 약간 비꼬듯이 말했다. "나는 빼고."

"응. 그건 사과할게. 하지만 갑자기 오가키한테 얘기해도…… 이해하지 못할 것 같아서."

"어째서?"

파쿠 씨가 말했다. "이건 그림쟁이의 감각이니까."

입 끝에 커스터드 크림을 묻히고 있는 주제에 몹시 과단성 있는 말투였다.

"나는 진짜 그림쟁이는 아니지만."

허둥지둥 자기를 낮추는 시로타에게도 단호하게 말한다. "확실히 다마짱은 아직 프로가 아니. 하지만 그건 단순히 시간과 입장의 문제일 뿐이고, 마음은 훌륭한 그림쟁이의 것이야."

신은 시로타 다마미가 수줍어하는 모습을 보았다. 기뻐하고 있다. 훌륭한 그림쟁이. 그 말은 시로타 다마미에게 최고의 칭찬인 것이다.

"그러니까 다마짱, 설명해 줘. 너라면 할 수 있을 거야."

아니, 미루고 있는 건가?

시로타는 눈가에 수줍음이 남은 채로 말을 찾듯이 잠시 생각했다.

"—오가키랑 처음에 성터 공원에서 만났을 때 나 스케치를 하고 있었잖아."

"응."

'황량한 벤치'라고 표현하고 싶은 풍경이었다.

"그때 있지, 네가 재채기를 할 때까지 나는 전혀 알아차리지 못했어."

나는 거기에 없었으니까—라고 말한다.

"있었어. 벤치에 앉아 있었어."

"그렇지만 내 내용물은, 내가 그리고 있는 그림 속에 들어가 있었어. 그래서 네가 재채기를 했을 때는 거기에서 현실로 돌아왔다는 느낌이었지."

정신없이 그림을 그리다 보면 자주 그렇게 된다.

"현실을 떠나 버리는 거야. 내가 만든 그림의 세계로 가 버리는 거지."

그림쟁이한테는 그럴 때가 있어.

"파쿠 씨는 프로니까. 일에 힘이 들어갔을 때일수록 그렇게 되겠지만."

"나는 선생님이 열중해 있는 작품을 돕고 있을 때 그렇게 돼."

쇼트케이크의 필름을 벗기면서 파쿠 씨는 한 마디 한 마디 힘을 주어 말한다.

"선생님이 그리는 세계, 선생님이 나타내고 싶어 하는 세계에 힘이 있으면, 그쪽으로 빨려 들어가. 일을 하면서도 꼭 거기에 '있는' 것 같은 느낌이 드는 거지."

그 세계를 체감할 수가 있어. 딱 잘라 말하고 케이크 위의 딸기를 먹는다.

"그 작품이 SF든 호러든 스포츠물이든 러브코미디든 마찬가지야. 선생님 작품의 힘에 빨려 들어가는 거야."

파쿠 씨는 파쿠 씨대로 이 이야기에 수줍어하고 있음을, 뒤늦게나마 신은 눈치챘다. 그래서 케이크를 먹으며 얼버무리는 것이다.

"나는 아직 한참 미숙하니까."

시로타가 말하며 웃었다. 부끄러운 듯이, 귀엽게 웃었다.

"현실에서 도망치고 싶은 마음이 강한 때일수록 그림 속으로 깊이 들어가게 돼. 기량이 부족한 부분을 마음으로 메우는 거라고 할까."

"겸손하게 굴지 마. 다마짱은 좋은 실력을 갖고 있어. 니어near 천재야."

"니어요" 하며 시로타는 또 웃는다.

"올모스트almost 천재야."

"고맙습니다."

신은 소외감을 느꼈다. 젠장.

"그래서? 그런 그림쟁이의 감각이 뭐 어쨌다는 건데."

"—이온도 그렇지 않았을까 하는 생각이 들어."

갑자기 사라진다. 그럴 때 이온은 자신이 그리는 세계에 들어가 있었던 것이 아닐까.

"하지만 아직 어리니까. 지금의 나보다도 기량이나 집중력이 부족하니까 그쪽에 오래 있을 수는 없었을 거야."

그래서 길어도 15분 정도면 나온다. 아무 일도 없었던 것처럼 현실로 돌아온다.

신은 눈을 크게 뜨고 부자연스럽게 뚫어져라 시로타 다마미의 얼굴을 보았다.

"그럼 이온이 '사라졌을' 때는, 일일이 그림을 그리고 그 안에 들어가 있었다는 거야?"

"학교에 있으면서 '사라진' 경우에는 일일이 연필로 그림을 그렸을 것 같지는 않아. 머릿속으로 그렸을 거야. 그런 적, 나도 있으니까."

이제부터 그리려고 하는 세계를 머릿속에 떠올린다. 깊이 집중하면 주위의 현실이 사라지고 자신의 머릿속 세계로 들어갈 수 있다. 또는 의도하지 않아도 들어가 버린다.

"그럴 수가" 하고 신은 말했다. "그런 슈퍼내추럴 같은 얘기를 해도."

"아니라니까. 초자연현상이 아니야."

"그럼 초능력자야?"

시로타가 목소리를 높였다. "그런 것도 아니야. 무언가에 열중하면 누구한테나 있을 수 있는 일이야. 창작만이 아니라. 운동선수한테도 있을 거야. 존zone에 들어간다는 말도 있잖아? 현실에서 단절된 자신만의 세계로 가 버리는 거."

파쿠 씨는 진짜 프로고, 진짜 천재 옆에서 일을 하고 있어. 그래서 그런 경험을 할 수 있어. 하지만 나는―. 시로타는 잠깐 말문이 막혔다가 다시 말했다.

"현실을 도피하고 싶은 일념 덕이야. 그런 점에서도 이온이랑 닮았다고 생각해."

불행하니까, 라고 말했다. 몹시 비일상적인 울림이 있는 말. 시로타 본인도 이번에는 수줍어하는 것이 아니라 부끄러워하고 있다.

"싫다. 이런 말은 어떻게 말해도 거짓말 같아."

파쿠 씨가 손가락에 묻은 크림을 핥으면서 벌떡 일어섰다. 부엌에 들어가서 뭔가를 부스럭거린다. 그러더니 포테이토칩 큰 봉지를 가지고 돌아왔다.

"짠 게 먹고 싶어졌어."

"파쿠 씨, 진지하게 임해 주세요."

"나는 진지해."

파쿠 씨는 봉지 입구를 잡아당겨 열면서 말했다.

"아주 진지해. 긴장해서 흥분한 바람에 먹지 않으면 견딜 수가 없는 거야."

봉지가 열리고 내용물이 튀어나온다. 포테이토칩 몇 개가 신의 무릎 위로도 날아왔다.

"신짱이야말로 정신 똑바로 차려. 이제 와서 '그런 슈퍼내추럴 같은 얘기를 해도'라고 할 건 아니잖아? 애초에 그 스케치의 존재부터가 슈퍼내추럴이야. 우리가 아바타를 통해서 그 세계에 들어갈 수 있는 점도 슈퍼내추럴이야. 신짱이랑 다마짱이 거기에서 학교 불량아들의 화신과 마주친 것도, 슈퍼내추럴이 아니면 뭐겠어!"

이상의 연설을 하면서 파쿠 씨가 포테이토칩을 와작와작 씹는다. 포테이토칩을 먹어 대면서 진지하게 논의하는 중년 남자와 대치한 것은 태어나서 처음이라, 신은 어떤 얼굴을 해야 할지 알 수 없었다.

시로타를 바라본다. 방금까지 웃기도 하고 '고마워요'라고 말하기도 했는데, 이제는 울음을 터뜨릴 것 같은 얼굴을 하고 있다.

"고성의 세계를 그린 건 열아홉 살의 이온 씨야" 하고 시로타는 말했다. "그 뒤 아홉 살의 자신을 구해 내서 그곳으로 옮겼어. 어린 이온은 그 탑에 갇혀 있는 게 아니야."

보호받고 있는 거지—.

"어른이 된 이온 씨는 그 성에서 아홉 살 여자아이였던 시절의 자신을 지키고 있어."

—계속 여기에서 살자.

"여기라면 더 이상 아무한테도 괴롭힘을 당하지 않아. 어머니한테 혼나거나, 어머니의 남자한테 걷어차이거나, 배고프거나, 춥거나, 쓸쓸할 일도 없어."

　—여기 있으면 계속 행복할 거야.

　파쿠 씨가 페트병에 든 차를 마시더니 후우 하고 숨을 내쉬었다.

"그 성의 세계는 이온 씨 자신이야."

　열아홉 살인 그녀의 아바타다.

"어째서."

　신의 목소리가 목구멍에서 걸렸다.

"어째서 세계유산의 성일까. 어린 여자아이를 보호하려면 평범한 집이라도 되잖아. 예쁜 아파트도 맨션도 좋고. 과자의 집도 좋잖아!"

"좋지 않아" 하고 시로타가 말한다. "평범한 집은 안 돼. 그 고성이어야 해."

"그러니까 어째서!"

"그 고성은 이온을 둘러싼 현실에서 가장 멀리 떨어져 있는 세계니까."

　—쭉 성에서 살자.

"아는 사람이 아무도 없는, 아무도 찾아오지 않는 장소이기 때문이야."

　중얼거리고 시로타는 입을 다물었다. 신은 무릎 위에 흩어진 포테이토칩을 바라보았다. 보기만 해도 짠, 이것은 현실의 것이다.

"무리야."

신은 중얼거렸다. 포테이토칩을 먹지도 않았는데 목구멍이 짜게 느껴지고, 목소리가 이상하다. "무디야"로 들렸기 때문에 다시 말했다.

"무리야. 불가능해."

좋다. 슈퍼내추럴, 다 좋다 이거야. 살아 있는 인간이 그림으로 그린 세계에 들어간다. 오케이. 그 뒤 현실에서 사라져 버린다. 오케이. 하지만 시로타, 무리야.

"열아홉 살의 이온 씨가 아홉 살의 자신을 구하러 가려면 시간을 거슬러 올라가야 한다고."

"그렇지."

태연하게 대답할 때가 아니라고.

"어떻게 거슬러 올라가는데? 그림으로 그린 타임머신을 타고 가나?"

H. G. 웰스_{1866~1946. 영국 작가. 대표적인 저서로 『타임머신』, 『우주 전쟁』 등이 있다}가 화낼 거다.

"응, 나는 그렇게 생각했어" 하고 파쿠 씨가 말한다. "이온 씨의 그림 실력이라면, 견본만 있으면 그 정도는 할 수 있을 거라고. 하지만 그림을 그릴 수 있어도 움직이는 방법을 모르면 사용할 수 없지."

헬리콥터랑 마찬가지야, 라고 한다.

"그 이전에 파쿠 씨, 진짜 타임머신은 아직 이 세상에 존재하지 않아요."

그러니까 견본 같은 것은 없다. 올바른 작동법을 누가 안단 말인가.

"음." 파쿠 씨는 신음했다. "하지만 다마짱한테는 다른 의견이 있었어. 사람은 누구나 시간 여행을 할 수 있다는 거야."

단, 기회는 일생에 한 번뿐.

"인간은 죽을 때 말이지" 하고 시로타가 말했다. "자신의 인생이 주마등처럼 지나가는 것을 전부, 빠짐없이, 똑똑히 보게 된대. 그건 시간을 거슬러 올라간다는 거지."

신은 정말이지 기가 막혀서 입을 벌렸다.

"다마미, 너 괜찮아?"

" '다마미'라고 부르지 말랬지?"

젠장, 냉정하다.

"시로타, 방금 자기가 한 말 잊어버린 거 아니야? 고성의 스케치를 그린 건 열아홉 살의 이온 씨라고."

"응, 그랬지."

"죽으면 그림을 그릴 수 없잖아."

"이온 씨는 아마 그 스케치를 그려서 은행 로비에 몰래 장식하고, 아홉 살의 자신을 데리러 갈 준비를 하고 나서 죽었을 거야."

단 한 번뿐인 시간 여행을 하기 위해서.

"그건…… 그럼…….'

자살했다는 뜻일까.

신은 허둥거리며 동요하고 있는데 시로타와 파쿠 씨는 침착하

312

다. 이 둘은 신보다 앞서 있기 때문이다. 수요일에도 목요일에도 금요일에도 실컷 의논하고, 이것도 아니다, 저것도 아니다 하는 이야기를 나누고, 기분이 후련해졌기 때문이다. 치사하지 않은가.

"처음에 그 세계에 들어갔을 때 생각했어."

죽음의 세계라는 것이 있다면 이런 곳이 아닐까 하고.

"조용하고 예쁘고 살아 있는 것의 기척이 전혀 나지 않았으니까."

아름답지만 시간이 멈춰 있다.

신은 소리 내어 "헤!" 하고 말했다.

"근거는 그것뿐이야? 말도 안 돼. 예쁘고 조용하고 인기척이 없다니, 깊은 산속은 어디나 다 그래. 유적도—."

그때 깨달았다. 세계유산이란, 요컨대 유적이지. 현역 건물이 아니다. 보존되어 있지만, 살아 있는 건물은 아니다.

그것은 동결된 죽음이다.

"우리는 그 고성의 세계에 갔다가 돌아오면 늘 엄청난 데미지를 받지."

"그래. 매번 죽을 듯이 힘들어. 그렇다고 해서."

신은 그렇게 얘기하다가 말을 멈췄다. 죽을 듯이. 그 표현의 기분 나쁜 적절함.

"그것도 그때마다 '죽음'에 가까이 가기 때문이 아닐까 싶어. 이온 씨가 죽어 가는 단계를, 그때마다 우리도 체험하고 있다고 할까."

"죽어 가는 단계?"

시로타는 고개를 끄덕였다. "인간의 몸은 전부 한순간에 죽어서 기능을 정지하는 게 아니야. 의식은 없어도 기능하고 있는 장기는 아직 있어. 그게 점점 멈춰 가지. 하나씩, 중심부의 큰 스위치부터 말단의 작은 스위치까지 순서대로 꺼져 가는 것처럼."

그러고 보니 시로타는 셋에서 그 힘든 감각에 대해서 이야기했을 때 '다장기부전'이라느니 뭐라느니 하는 말을 했지.

새삼스럽게 실감한다. 시로타는 의사의 딸이다.

"그건 지나친 생각이야. 우리는 그냥 그 세계에 에너지를 흡수당할 뿐이지."

시로타는 신을 가로막았다. "분명히 그 세계는 계속 존재하기 위해서 외부의 살아 있는 우리 인간의 에너지를 필요로 하고 있을 거야."

보급이 필요한 거라고.

"이온 씨도 알고 있었어. 자신이 죽어 버리면 그 세계는 그렇게 오래 가지 않으리라는 걸. 그래서 은행 로비 같은 데 붙여서, 누군가가 흥미를 갖고 만져 주기를 기대했을 거야."

"그래서? 만진 사람을 끌어들여서 에너지를 흡수한다? 흡혈귀처럼?"

악담을 퍼붓듯이 말한 신에게, 세 개째 케이크인지 네 개째 케이크인지를 먹으면서 파쿠 씨가 쓴웃음을 짓는다. 시로타도 희미하게 웃었다.

"오가키, 그 그림은 사람을 끌어들이지 않아. 잊었어? 우리는 있는 그대로는 그 세계에 들어갈 수 없었어. 그냥 만지고 들여다볼 수 있었을 뿐."

꼼꼼하게 아바타를 그리고, 어떻게든 그 안을 탐색하려고 시도한 것은 신이고, 파쿠 씨였다. 결국은 이쪽이 자신의 사정, 호기심으로 멋대로 한 짓.

"그 세계는 우리한테 아픔을 주려는 게 아니야. 그건 어쩔 수 없는 부작용 같은 거라고 생각해."

스스로 죽음의 세계에 발을 들여놓는 사람이 치러야 하는 대가.

"그럼 그 환각은 뭐야." 신은 발끈했다. "우리가 마주친 괴물은?"

시로타는 고개를 약간 갸웃거린다. "응. 그건 모르겠어."

그것 봐. 너도 전부 알고 있는 건 아니잖아.

"우리의 가까운 기억이 에너지로 그 세계 속에 흡수되어 갈 때 우연히 형태를 이루며 나타난 건지도 모르고."

어쩌면―. 계속해서 생각하고 또 생각하며 말을 찾는다.

"우리가 거기에 너무 오래 있지 않도록 이온 씨가 그런 형태로 경고해 준 건지도 몰라."

살아 있는 방문자여, 에너지를 줘서 고맙다. 하지만 이곳에 오래 머물러서는 안 돼. 나는 여러분을 먹어 버리니까.

"바보 같아."

신은 한껏 힘을 주어 말했다.

"그런 건 전부 상상이야. 멋대로 추측한 것뿐이야."

상상력 과잉 증후군이다.

"그럴지도 모르지. 그러니까 확인해 봐야 해."

파쿠 씨가 물티슈로 손을 닦으면서 태연하게 내뱉었다. 너무나 아무렇지도 않게 발언하는 바람에 신은 금방 반응하지 못했다.

"─어떻게요?"

"이제 이온 씨한테 직접 물어보는 게 제일 빨라."

신은 비웃었다. "하지만 이온 씨는 저 세계 자체잖아요? 파쿠 씨, 아까 그렇게 말했죠. 저 세계 자체가 이온 씨의 아바타라고."

"응."

"그럼 어떻게 질문할 거예요? 양손으로 나팔을 만든 뒤 하늘을 향해 외쳐 볼 건가요? 어~이, 이온 씨, 하고."

"하늘이나 숲이나 성이나 말을 못 하니까 그건 무리겠지."

파쿠 씨는 비아냥거리는 신의 얼굴을 똑바로 바라본다.

"그러니까 내가 만든 3D 모델 속에, 열아홉 살 이온 씨의 아바타를 놓아 보려고. 그녀가 남긴 뜻, 잔류 사념과 그녀의 마음이 그 속에 들어온다면 대화할 수 있는 가능성이 생기지 않겠어?"

신은 입을 다물었다. 시로타는 손을 뻗어 파쿠 씨의 컴퓨터 마우스를 움직였다. 셋이 대화를 하는 사이에 절전 모드로 들어간 모니터가 다시 켜지고 고성의 모습이 나타났다.

"잘될지 어떨지, 보증은 없어. 이건 가능성이 희박한, 위험한 내기야."

이미 이온 씨의 사념은 아바타 안에 들어갈 수 있을 만큼 짙게 남아 있지 않을지도 모른다. 이제 '그림으로 그린 고성의 세계'로 정착해 있는 것만으로도 힘에 겨울지 모른다.

"그 정착의 균형을 무너뜨릴 수 있는 짓을 한다면 그 세계는 붕괴되어 버릴지도 몰라. 그 경우에는 우리 또한 현실로 돌아올 수 없을지도 모르고."

시로타가 말을 이었다. "탑 속의 이온도, 어떻게 될지 모르지."

고성의 세계가 사라지는 것과 동시에 그녀도 사라지고 말까? 그들도 그 소실에 휘말려 허공에 삼켜지고 말까?

"그러니까 먼저 이온을 거기에서 구해 내고 싶어."

우선 붙잡혀 있는 공주를 해방한다.

"하지만 이온 씨가 그걸 허락해 줄지 어떨지 말이지."

성주가 바라는 것은 어린 공주를 탑 속에 보호해 두는 것. 그 세계가 존속할 수 있는 한, 영원히.

―쭉 성에서 살자.

"실제로 우리는 지상에서는 그 탑에 가까이 갈 수 없어."

걸어도, 걸어도 다다르지 못한다.

"또 내가 페가수스가 되어서 날아간다 해도 이온이 있는 탑 속으로 들어갈 수 있을지 어떨지 알 수 없어. 데리고 나올 수 있을지도 알 수 없고. 요전에 본 바로는 창에 전부 격자가 있었고 다른 입구는 눈에 띄지 않았어."

성주 이온 씨가 아홉 살의 이온을 스스로 해방하려고 하지 않는

한 그 탑도, 고성도, 그 세계 자체도 닫혀 있을 것이다. 숲은 깊고, 시간은 멈추어 있을 것이다.

"그러니까 어떻게 해서라도 열아홉 살의 이온 씨와 대화할 필요가 있을 것 같아."

어떻게 해서라도 부분에는 힘이 들어간 게 아니라 열의가 담겨 있었다.

신은 가까이 있는 페트병을 열었다. 천연수다. 입에 머금으니 묘하게 쓰다.

"좀 더 현실적인 수단을 택하자."

신은 씁쓸한 말투로 그렇게 말했다. 파쿠 씨와 시로타가 서로 짠 듯이 눈을 깜박인다.

"날 빼고 둘이서 이야기하더니, 아주 신이 났네. 가설 위에 가설을 얹어서 그 고성의 탑보다 더 높아졌어."

토대는 없는 거나 마찬가지인데, 감정만 앞서고 있다.

"애초에 거기가 죽음의 세계인지 아닌지도 확실하지 않아. 둘 다 열아홉 살의 이온 씨가 죽었다고 단정하고 있는데, 제대로 조사한 건 아니겠죠?"

"조사하다니?"

"그러니까 젊은 여성의 자살이나 변사라면 사건으로 보도되지 않았을까? 그걸 찾아 봤냐고."

고성의 스케치가 장식된 곳은 하나다 시의 은행 로비지만, 열아홉 살의 아키요시 이온이 죽은 장소는 어디인지 알 수 없다. 일본

318

전국 어디든 가능성이 있다.

"게다가 이름은 '아키요시 이온'이 아닐 거야. 가명을 썼거나 다른 이름으로 표기되어 있겠지. 그렇지 않다면 열아홉 살로 자라기 전에 발견되었을 테니까. 하지만 나이를 알고 있고 사망한 시기도 좁힐 수 있으니까 그 비슷한 기사를 인터넷에서 검색해 보면,"

파쿠 씨와 시로타가 얼굴을 마주 본다. 이번이 몇 번째일까? 그 때마다 소외감을 맛보는 내 입장도 좀 되어 봐 줘.

"뭐야, 내가 그렇게 이상한 말을 했어?"

아니, 하고 시로타는 애매하게 대답했다.

"오가키 너는 SF나 판타지에는 별로 흥미가 없는 타입?"

"그게 무슨 상관이 있어?"

"의외로 있을지도 몰라."

신은 만화책을 별로 읽지 않는다. 소설조차 읽지 않는다. 부모님도 그렇기 때문에 혼난 적은 없다. 오가키 가는 전체적으로 리얼리스트의 집단이고, 픽션에는 별로 관심이 없다.

파쿠 씨는 또 케이크에 손을 뻗으려다가 멈추었고 시로타는 작게 한숨을 쉬었다.

"있지, 신짱. 좀 복잡한 얘기가 될 테니까 성급하게 굴지 말고 들어 주었으면 해."

또 둘이서 시선을 교환한다. 기분 나쁘네, 이제.

"우리가 지금 있는 이 세계는 아키요시 이온이 아홉 살 때 행방불명되어서, 그 고성의 탑 속에 있는 세계야" 하고 시로타가 말을 꺼냈다.

"알아."

"이온을 그야말로 가미카쿠시처럼 납치해서 고성의 세계에서 보호할 수 있었던 건 열아홉 살의 이온 씨뿐. 이게 우리가 세운 가설이야."

다른 사람에게는 무리라는 것이다.

"그래, 집요하네. 나도 알아."

"그 열아홉 살의 이온 씨는 아홉 살 때 행방불명된 후로 돌아오지 않은 이온하고는 달라."

시로타는 차근차근 설명하듯이 말한다. 어째서 그런, 초등학생한테 구구단을 가르치는 듯한 말투를 쓰는 걸까.

"다르다니―어째서?"

"두 아키요시 이온이 존재하는 세계는 각각 다르니까."

모르겠다. 왜 '각각 다른' 걸까?

"이온 씨는 열아홉 살까지 건강하게 살아 있었잖아. 그, 행복했는지 아닌지는 제쳐 두고."

신도 자신이 왠지 모르게 혼란스러워하고 있음을 깨달았다. 하지만 틀렸다고는 생각되지 않는다. 그래서 목소리가 커졌다.

"아홉 살 때 실종됐지만 죽은 건 아니었어. 어딘가에 끌려가서 그곳에서 자랐겠지."

거기까지 말하다가 퍼뜩 생각났다. 저도 모르게 손뼉을 딱 쳤다.

"맞아! 십 년 전의 실종은 유괴 같은 게 아니라 그야말로 '보호'였을지도 몰라. 무책임한 어머니와 남자 밑에서, 이온은 더 좋은 환경으로 옮겨져서—."

시로타가 흘겨본다. 파쿠 씨는 손으로 눈가를 덮고 있다.

"그렇다면 어째서 현재 아홉 살의 이온이 그 탑 속에 있는 거지?"

십 년 전 이온을 '보호'하고 싶은 일념으로 어떤 인물이 그녀를 실종시켰다면, 십 년 후인 현재의 이온 씨 상황이 어떻게 되어 있는지에 상관없이 그 아홉 살짜리 이온은 그저 과거 속 존재에 불과할 것이다.

그런데 지금 고성의 탑 속에 있다.

"신짱의 그 설은 앞뒤가 안 맞아. 알겠지?"

파쿠 씨가 유감스럽다는 듯 말했다.

"둘은 서로 다른 존재야."

그렇게밖에 생각할 수 없다고, 시로타는 말한다.

"아홉 살의 이온을 고성에 보호하기로 결정한 열아홉 살의 이온 씨는, 아홉 살 때 행방불명되지 않고 어머니 밑에서 자랐어. 또는 인생의 어디에선가 어머니에게 버림받았을지도 모르지만, 그런 이온 씨야."

다른 이온 씨라고 말한다.

"분명히 아홉 살 때보다 더 불행한 이온 씨란 말이야. 아홉 살 때의 불행을 계속 쭉 이어가면서, 그 불행 속에 갇힌 채 살아온 열아홉 살의 이온 씨라고."

그렇기 때문에 목숨과 맞바꾸어 과거로 돌아가서 아홉 살의 자신을 보호하기로 결단했다—.

"그건 다른 위치의 세계에 있었던 이온 씨야. 그리고 우리가 지금 이렇게 인식하고 있는 세계는, 그 이온 씨가 과거로 찾아가서 이온을 실종시킨 순간에 성립한—우리가 인식할 수 있게 된 세계지."

'평행 세계' 중 하나.

"세계는 많이 있어. 수많은 세계가, 수많은 사상의 선택지 앞에 동시에 존재하고 있지. 다만 우리는 그 전부를 인식할 수 없어. 기본적으로 자신이 있는 세계에 대해서밖에 알지 못해."

그리고 지금 현재의 이 세계에서 이온은 십 년 전에 불가해하게 실종된 뒤 여전히 아홉 살인 채 고성의 탑에 있다. 따라서 열아홉 살의 이온 씨는 존재하지 않는다. 존재하지 않으니까 자살도 변사도 하지 않는다. 아무리 검색해도 그런 보도기사는 나오지 않는다.

"복잡하지만 그런 거야."

신은 성급하게 굴지 않았다. 열심히 생각하고 있다.

"그건 타임 패러독스야?"

시로타는 힘없이 고개를 저었다. "아니야."

그렇게까지 노골적으로 낙담하지 않아도 되잖아.

"미안해. 시로타가 하는 말, 나는 이해할 수가 없어."

시로타와 파쿠 씨는 나란히 한숨을 내쉬었다. 신은 몹시 비참해 졌고 화가 버럭 치밀었다.

"알 수 없는 말을 하는 사람이 잘못이지."

"그러게. 미안."

매우 순순히 사과한다. 그러면 나는 더 비참해지잖아.

"세계의―스위치의 상태를 온on으로 바꾸는 것 같은 건가? 그래서 다른 버전의 세계를 켜는."

시로타는 얼굴을 들었다. "응, 그런 느낌."

"하지만 우리는 지금 자신이 어느 버전에 있는지 알 수 없어. 그러니까 세계가 어떻게 달라졌는지도 알 수 없고. 이온 씨가 스위치의 상태를 바꾸었고, 그 결과 현재 진행되고 있는 세계밖에 인식할 수 없으니까."

"맞아."

신은 시로타를 물끄러미 바라보았다.

"알았어. 좋아, 알았어."

양손을 들고 항복한다. 그 김에 익살을 떨듯이 팔랑팔랑 춤을 춰 보인다.

"모르겠지만 알겠어. 좋아, 해 보면 되잖아. 파쿠 씨, 열아홉 살 이온 씨의 아바타를 만들어요. 고성의 숲에서 독점 인터뷰를 해 보죠. 그 뒤 그녀를 설득해서, 아홉 살의 이온을 탑에서 꺼내 주자고요. 그럼 다 해결이에요. 맞죠?"

둘은 대답하지 않는다. 답답하네.

"좋아, 하자고 하잖아. 뭐가 불만이야?"

시로타가 작은 목소리로 뭔가 중얼거렸다.

"뭐? 뭐죠, 안 들리는데요. 더 큰 소리로 발언해 주세요."

"—또 세계가 바뀔 거라고 말했어."

그들이 고성의 탑에서 이온을 구해 내면 아홉 살 때 여름의 실종 사건은 일어나지 않은 것이 된다. 이온 실종 사건이 존재하지 않는 버전의 세계가 켜진다.

"그건 원래대로 돌아가는 것뿐이지 않아?"

"그렇게 단순하지 않아. 한번 일어난 일을 취소한 거니까, 또 다른 세계가 나타나게 될 거야."

수많은 선택지 중의 작은 하나. 세계 전체에게는 박테리아나 마찬가지인 아홉 살짜리 여자아이와 이어져 있는 극소형 스위치.

그 전환이 그들이 있는 '현실'을 바꾸어 버린다.

"—하지만 우리는 바뀐 걸 알지 못하는 거잖아?"

시로타는 곁눈질로 파쿠 씨를 본다. 파쿠 씨는 쩔쩔맨다. 그 동요하는 모습에 신은 갑자기 무서워졌다. 그만. 방금 그 질문, 취소.

하지만 파쿠 씨는 대답했다. "이번에는 알 거라고 생각해."

자신들이 스위치를 움직이는 거니까. 당사자니까.

"세계가 바뀐 걸 알 수 있을 거야."

세계를 바꾸어 버렸다는 사실을 알 수 있다.

"뭐가, 어떻게 달라질까요."

나는 어째서 이렇게 소곤거리는 목소리로 말하고 있는 걸까. 더 당당해져.

"큰 변화는 아니겠죠? 세계는 넓고 사람은 수십억 명이나 있어요. 그중 딱 여자아이 하나에 관련된 일이니까."

파쿠 씨는 고개를 젓는다.

"모르겠어."

"안다고 말해요."

"변화의 규모나 내용이나 전혀 예측할 수가 없어. 미안, 신짱."

사과하지 않아도 된다. 그렇게 위험한 일이라면 하지 않으면 될 뿐이다. 상식적인 결론.

―하지만 이 사람들.

파쿠 씨의 곤란한 얼굴. 둥근 이마의 땀. 시로타의 옆모습. 꺼림칙한 듯이 어깨를 움츠리고.

―하고 싶은 거구나.

신의 등에 오한이 스쳤다.

"그렇게 이온을 구하고 싶어요?"

그 애를 탑에서 꺼내는 것에, 그렇게 큰 걸 걸어도 된다는 건가.

"난 싫어요. 그렇게까지 할 의리는 없어. 대단히 멋진 인생은 아니지만 난 그렇게 나쁘지 않다고 생각하니까."

건강하고, 부모님도 건강하시고, '파인애플'은 번성하고 있고, 고등학교에는 추천으로 붙었고, 신에게는 제법 괜찮은 인생, 괜찮은 세계니까.

잃고 싶지 않다. 바뀌고 싶지 않다.

"신짱, 미안해."

파쿠 씨는 앉은 자세를 고치고 무릎에 손을 올려놓으며 신에게 머리를 깊이 숙였다.

"나도 다마짱도, 이게 현재를, 우리의 인생을 바꿀 기회가 될지도 모른다면 해 보고 싶어."

수면부족으로 부은 얼굴. 하지만 눈빛은 묵직하고 흔들리지 않는다.

별안간 가슴을 쿡 찔린 것처럼, 신은 깨달았다.

그런가. 이 둘은 현재가—.

불만족스러운 것이다. 불행한 것이다.

파쿠 씨는 지금까지의 인생 속에서, 다시 시작하고 싶은 일이 있다. 자신도 어엿한 간판 만화가가 될 수 있었을지도 모른다고 생각한다. 그렇게 할 걸 그랬다고 후회하고 있다.

시로타는 어머니의 죽음으로 인생이 바뀌고 말았다. 어머니만 살아 있었다면 지금의 갑갑하고 고독한 생활은 없었을 것이다.

아홉 살의 이온을 구해 내면 다른 세계가 나타난다. 어떤 변화가 일어날지 알 수 없다. 큰 변화는 아닐지도 모른다. 좋은 변화만 있는 것은 아닐지도 모른다.

하지만 현재보다는 낫다. 이대로 있는 것보다는 낫다. 조금이라도 희망이 있다면, 바뀌는 편이 좋다. 이 두 사람에게는.

그런가. 부글부글 화가 치민다.

"이런 얘기니까 나를 빼고 결론을 내린 거구나."

가만히 있을 수 없을 만큼 무섭다.

"나는 반대할 게 뻔해. 그러니까 방해가 되었던 거야. 그렇지?"

그림 그리는 사람의 감각에 대해 오가키는 이해하지 못할지도 모르니까 말하기 어려웠다—는 소리는 나를 위하는 척한 거짓말이다.

"미안해."

고개를 숙인 채 시로타가 말했다. 다시 말해서 인정했다는 뜻이다.

"나도, 별로 상관없어. 신경 안 써."

신은 바보처럼 명랑한 목소리로 소리쳤다. 차가운 땀 한 줄기가 등을 흘러 떨어진다.

"세계의 변화? 그런 거야 대단치 않을 게 분명하다니까. 파쿠 씨, 기대해도 허무할 뿐일 거예요."

파쿠 씨는 느릿느릿 머리를 긁적인다. 시로타가 걱정스러운 듯이 눈을 깜박이며 겨우 이쪽을 보았다.

"아홉 살짜리 여자애 하나 때문에 세계가 확 바뀔 리 있겠어?"

그러게, 하고 시로타는 말했다. 책을 읽는 것 같은 말투였다.

"우리는 역시 추천 입학 전형에 붙어 수험이 끝나서 매일 한가하고. 바뀐다면, 그렇지, 우리 부모님 가게. '파인애플'이 아니라 '애플'이라는 이름이 붙어 있을지도 몰라. 카레 가게가 아니라 돈가스 가게. 그 정도겠지, 고작해야."

"그러게."

"오사가 전교 1등의 우등생이고, 학생회장을 하고 있다면 웃기겠지만."

"그러게."

시로타 다마미, 부탁이니까 그런 얼굴 하지 말아 줘. 오가키한 테 미안하다, 오가키한테 면목이 없다, 그런 눈 하지 마.

신은 '파쿠 씨와 다마짱'이 무섭다.

마음의 핏기가 가신다.

부자연스러운 웃음을 얼굴에 갖다 붙인 채 신은 벌떡 일어서서 컴퓨터 책상으로 달려들었다. 코드는? 전원 코드는 어디에 있지? 뽑아 버릴 거야! 모니터를 부숴 버리겠어! 하드디스크를 끄집어내 서 못쓰게 만들 거야!

"신짱, 그만둬."

파쿠 씨는 몸집이 큰데 재빠르다. 지금까지 이렇게 기민하게 움직인 적 없었잖아? 진심으로 움직이지 않았던 거냐.

신은 순식간에 붙들려 그저 고함칠 뿐이었다.

"놔! 놓으라고!"

"곧 놓을 거야. 그러니까 날뛰지 말아 줘."

"시끄러워! 둘이서 날 속이고."

"진정해, 신짱. 그 스케치는 너한테 돌려줄 테니까."

신은 버둥거리는 것을 멈추었다. 커다란 케이크 상자가 뒤집혔 고 페트병이 쓰러져 있다. 주저앉은 시로타는 얼굴이 새파랗다.

파쿠 씨는 신을 뒤에서 단단히 붙잡은 채 숨을 헐떡이며 말한다. "그, 스케치는, 네가 발견한 거야. 그러니까, 너한테 돌려줄게. 하지만, 3D 모델은, 내가 만들었어. 그러니까, 내가 쓸 거야. 그걸로, 납득, 해 줘."

신도 거칠게 헐떡이고 있었다.

"시로타 다마미."

비명 같은 목소리가 나왔다.

"넌 그래도 좋아? 너, 내 친구 아니야?"

시로타는 양손으로 귀를 막았다.

"스위치를 변화시켜도 네가 바라는 세계가 될 거라는 보장은 없어. 어머니뿐만 아니라 아버지까지 돌아가신 세계가 될지도 모른다고!"

"신짱, 그만해."

제발 그만해. 파쿠 씨의 목소리가 떨린다.

"다마짱한테 그런 잔혹한 말을 하면 안 돼."

그러고는 갑자기 잡고 있던 팔을 풀었다. 신은 다리가 풀렸다. 파쿠 씨도 힘이 빠져서 천천히 주저앉는다.

시로타 다마미는 울고 있다.

"전부, 내 상상이야."

파쿠 씨가 속삭이는 듯한 목소리로 중얼거린다.

"가설이라는 그럴듯한 게 아니야. 전부, 바보 같은 공상에 지나지 않을지도 몰라. 그러니까 신짱, 다마짱을 상처 입혀선 안 돼.

넌 그런 남자가 아니잖아."

신은 크게 한 번 심호흡을 하자 몸의 떨림이 가라앉았다.

"—열아홉 살 이온 씨의 3D 모델은 이미 완성되어 있어."

파쿠 씨는 뒤에서 신의 등을 툭툭 두드렸다.

"준비를 마치면 나랑 다마짱은 결행할 거야. 신짱은 그 스케치를 갖고 돌아가면 돼."

바닥을 기어가 컴퓨터 책상으로 다가가더니 서랍을 연다.

"파일에 넣은 채 그대로 보관해 뒀어."

며칠 만일까. 신은 고성의 스케치를 집어 들었다.

은행 로비에서 직장인의 가죽 구두에 밟힌 흔적은 사라졌다. 주름도 없다. 얼룩도 없다. 깨끗하다. 그들이 쏟아부은 에너지로, 고성과 숲은 계속 살아 있다.

시로타가 흐느껴 울면서 몸을 일으켜 손으로 얼굴을 닦았다.

"—나도 갈 거예요."

스케치를 바라본 채, 신은 말했다.

"가서, 열아홉 살의 이온 씨를 만나겠어요."

만나서 그녀에게 말해 줄 거다.

"당신이 아홉 살의 자신을 이곳에 보호한 건 옳은 행동이었다. 앞으로도 계속 보호해 주었으면 좋겠다. 그렇게 말할 거예요. 그걸 위해서 필요한 에너지는 내가 쏟아부어 줄 테니까 걱정하지 말라고."

그러면 세계는 변하지 않는다.

맥이 빠진 듯이, 조금 안심한 듯이, 파쿠 씨는 웃었다.

"그러니까 어느 쪽의 말에 설득력이 있는지 승부하자는 거구나."

그래야 신짱이지. 이번에는 아플 정도로 등을 철썩 얻어맞았다.

4

고성의 숲은 어두워져 있었다.

해가 기운 것이다. 공기도 싸늘해서 문득 목을 움츠릴 만큼 쌀쌀하다.

"—변화가 일어나고 있어."

파쿠 씨가 자줏빛으로 물든 하늘을 올려다본다.

"이건 파쿠 씨가 만든 아바타를 이온 씨가 채용해 주었다는 뜻이군요."

지나치게 긴장해서인지 시로타의 목소리는 쉬었다.

"이곳을 유지하고 있는 이온 씨의 사념이, 아바타를 움직이기 위해서 에너지를 사용하느라 숲을 밝게 해 놓을 수 없게 되었다. 그런 뜻이겠죠?"

"아직 알 수 없어."

파쿠 씨가 세 사람이 지나 온 문을 돌아본다. 손잡이에 손을 댄 뒤 철컥철컥 소리를 내며 크게 열었다 닫았다 해 본다.

"우선 이 문은 무사해."

파쿠 씨는 문을 30센티 정도 열어 둔 채 손잡이에서 살며시 손을 떼었다.

"어쨌든 서두르자. 지금부터는 시간과의 경쟁이야."

현실 세계에서 무슨 일이 있든, 이들 세 사람의 아바타와는 상관없다. 사이좋게 탐색을 시작했을 때와 똑같은 옷차림으로 숲을 걷기 시작했다. 노란색 텐트가 있는 기지에도 변화가 없다. 한번도 사용된 적이 없는 발전기도 그대로 있다.

다만 이번에 시로타는 묘한 것을 갖고 있다. 상의 주머니에서 반쯤 삐져나와서 잘 보였다. 굵은 검은색 유성 펜이다.

이 펜 자체는 조금도 이상한 물건이 아니다. 하지만 시로타가 파쿠 씨에게 펜을 그려 넣어 달라고 부탁하고, 일부러 탐색(그리고 대면)의 자리에 가지고 온 의도가 보이지 않으니 묘한 것이다.

이 숲의 나무들에 표시라도 하려는 걸까. 이전 같으면 아무렇지도 않게 웃으며 그렇게 물어볼 수 있었다. 지금은 안 된다. 신은 분명히 시기와 의심으로 가득한 물음을 던지고 말 것이다. 나를 따돌려 놓고, 또 뭘 꾸미고 있는 거야. 그런 비아냥거리는 물음을.

지금까지 신과 두 사람을 이어주고 있었던 것이, 밟으면 뚝 소리를 내며 부러지는 마른 가지처럼 물러졌다.

아직 파쿠 씨에게도, 시로타에게도 화가 나 있는데, 똑같은 마음의 밑바닥은 슬픔으로 싸늘하게 식어 있다. 이 숲에서 무서운 것도 만났지만 탐색은 즐거웠다. 긴장하는 일 자체에 마음이 들떴다. 그 한때는 이제 되찾을 수 없는 시간이다.

셋 다 각자 서두르고 있다. 그중에서도 파쿠 씨가 가끔 발이 걸리거나 비틀거리면서도 거의 뛰다시피 걷고 있는 까닭은 출발 전에 설치하고 온 바보 같은 안전장치 때문이다. 이런 상황이 아니었다면 크게 웃어 버릴 방식이었고, 정말로 필요한 타이밍에 기능할지도 의심스럽다. 그냥 시간제한이 엄격해졌을 뿐이지 않은가.

"파쿠 씨, 그렇게 뛰면 위험해요."

시로타가 말을 걸어도 걸음을 늦추지 않는다.

"미안해, 다마짱. 하지만 나, 내 복근에도, 등 근육에도 전혀 자신이 없어서."

"그럼 그런 안전장치는 설치 안 해 놨으면 되는데."

"꽤 먼 것 같은데 길을 잘못 들지는 않았겠죠?"

시로타 뒤에서 따라가던 신은 가시가 듬뿍 돋친 말투로 끼어들었다.

"파쿠 씨, 이온 씨의 아바타를 둔 장소를 알 수 없어진 거 아니에요?"

역시 입을 열자 이렇게 되어 버렸다.

시로타가 돌아보고 경고하듯이 신의 얼굴을 바라보았다. 신도 부루퉁해져서 마주 노려본다. 파쿠 씨는 대답하지 않고 서둘러 앞으로 나아갔다.

지면이 완만하게 기복을 이루고 있는 곳으로 접어들어 이끼가 돋은 경사면을 내려가면 작은 시내가 흐르고 있다. 신의 기억에 있는 곳이다.

하지만 상태가 바뀌었다. 시내가 말라 있다. 물 흐르는 소리도 끊겼다.

시로타가 걸음을 멈추었다. "파쿠 씨, 물이 없어요."

"응, 없네."

파쿠 씨는 가볍게 숨을 헐떡이고 있었다. 시로타는 뒤쪽을 바라보며 눈 위에 손으로 차양을 만들었다.

"온 길에는 변화가 없는 것 같은데."

"온 길보다 갈 길이 문제야. 길 잃은 거 아니야? 어째서 이렇게 멀리 가야 하는 건데."

험악하게 입을 삐죽거리는 신에게, 파쿠 씨는 전방을 가리켜 보였다. 숲의 그늘이 짙어졌다.

"사과나무를 하나 만들어서 이 시내를 건너간 곳에 배치했어. 붉은 열매를 가득 달아 두었으니까 금방 찾을 수 있을 거야."

"그런 쓸데없는 걸 만들어서 이온 씨한테 부담이 가고 있는 건 아니고요?"

심술궂은 물음은 자신의 귀에도 씁쓸하게 들렸다. 파쿠 씨도 이런 신과 대화하기 싫을 것이다. 시로타에게 호소한다.

"사과나무 아래에 의자를 놓고 이온 씨의 아바타를 앉혔어. 이 앞이야. 다마짱한테도 보여 줬지?"

"네, 봤어요. 저, 장소도 기억해요. 괜찮으니까 진정해요."

파쿠 씨는 바쁘게 심호흡하는 척을 한다. 하지만 헉헉거리며 헐떡일 뿐, 조금도 깊게 호흡하고 있지 않다. 시로타는 천천히 어깨를 들썩이며 입을 오므려 한 번 숨을 내쉬었다.

"여기서부터는 이온 씨의 이름을 부르면서 가요. 그리고 한 번 더 확인해 둘게요. 만에 하나 무슨 일이 일어나도, 저는 가능한 한 아슬아슬할 때까지 기다려 주세요."

"알아, 알아."

둘이서만 복작복작, 회의를 하고 있다. 흥. 신은 발치의 지면을 걷어찼다. 운동화의 발끝에 걸린 작은 이끼 덩어리가 벗겨져 튀어 올랐다.

그 덩어리가 사라졌다. 도로 땅에 떨어지지 않는다. 사라져서 없어져 버렸다.

변화가 일어나고 있다. 숲을 유지하는 에너지가 줄어들었기 때문이다.

이건 위험한 내기다. 균형을 무너뜨릴 수 있는 짓을 하면 고성의 세계는 붕괴될지도 모른다. 그 경우에는 우리도 현실로 돌아갈 수 없을지 모른다. 파쿠 씨는 태연하게 그렇게 말하긴 했지만.

―셋 다 이 이끼처럼 사라져 버릴지도 몰라.

"아, 잠깐, 신짱!"

신은 둘을 추월해 달리기 시작했다. 사과나무. 열매가 가득 달린 사과나무. 빨리, 빨리, 빨리 이온 씨를 만나야 한다.

나는 당신을 방해하지 않아요. 이 숲도 고성도, 그대로 남겨 두자고요. 나는 당신에게 협력하겠어요. 당신이 아홉 살 때의 당신을 구하려고 한 마음은 잘 알겠어요. 어린 이온을, 그 '하이츠 미나미'로 돌려보내고 싶지 않은 것도 잘 알겠으니까, 이대로 놔두죠. 그러니까 내 세계도 바꾸지 말아요.

그래도 되는 거냐, 오가키 신.

지금의 네 인생이, 그렇게 가치가 있는 거야?

어머니를 잃고, 시로타는 고독하게 살고 있어. 과거에 대한 후회에 시달리며, 파쿠 씨는 걸음을 멈춰 버렸어. 둘이 현재 상황을 바꾸려고 하는 건—아주 조금이라도 변화를 일으킬 기회가 있다면 시도해 보고 싶어 하는 건, 무리도 아니야. 알잖아? 이해해 줄 수 있잖아? 그런데 친구를 위해서 조금 양보할 수조차 없는 거야?

그뿐만이 아니다. 신 자신의 인생도 더 좋은 방향으로 바뀔 가능성이 있다. 이온을 탑에서 데리고 나와서 귀환하면, 새로 켜진 세계에서 신은 전교 1등의 우등생이자 인기인이 되어 있을지도 모른다. 부정적으로만 생각하기보다는 그쪽으로도 생각할 수 있지 않은가. 오가키 신에게는 그런 모험심이 없는 거냐.

아니다, 아니다, 아니다. 신은 이를 악물고 치밀어 오르는 망설임을 누른다. 어떤 숫자가 나올지 알 수 없는 주사위를 던지는 건 싫다. 누구나 그렇지 않은가.

오가키 신은 상식적인 인간이다. 테니스의 대전 상대에게서 벽치기를 하고 있는 거나 마찬가지라는 말을 들을 정도로, 흔들리지 않는 인간이다. 재미는 없을지도 모르지만 분별 있는 틴에이저다. 엉뚱한 짓은 하고 싶지 않다. 공상은 신의 수비 범위 내에 들어 있지 않다. '벽' 오가키 신은, 그런 캐릭터가 아니니까.

있다! 신은 앞으로 고꾸라질 뻔하면서 걸음을 멈추었다.

반원형 등받이가 달린 간소한 나무 의자. 장식은 하나도 없다. 파쿠 씨가 서둘러 만든 3D 모델이니까.

그 의자가 땅바닥에 쓰러져 있다. 주렁주렁 열매가 달린, 신의 키보다 조금 높은 사과나무 아래에.

"—이온 씨?"

작은 목소리로 불러 본다.

늘어선 나무들의 줄기. 풀이 땅바닥을 덮었고 그 위에 낙엽이 떨어져 있다.

등 뒤에서 파쿠 씨와 시로타의 발소리가 다가온다. 파쿠 씨는 헉헉거리며 숨을 쉬고 있다.

툭.

사과 하나가 땅에 떨어졌다. 신은 가지가 부르르 떤 것 같다고 생각했다.

"어째서."

목소리가 들렸다.

파쿠 씨의 목소리가 아니다. 시로타의 목소리는 아니다. 신 자신의 목소리도 아니다.

여자의 목소리다.

"어째서."

빨간 구두를 신은 발끝이 보였다. 사과와 똑같은 색깔이다. 단순한 플랫슈즈.

무릎까지 오는 빨간 원피스. 칼라는 둥글고 소매는 없다. 이 또한 파쿠 씨가 서둘러 만든 3D 모델이라서 단순한 것이다.

어깨 끝에 닿는 정도의 검은 머리카락. 날씬하니 가느다란 몸.

파쿠 씨와 시로타의 의논은 헛되지 않았다. 둘의 가설은 옳았다. 아키요시 이온은 이 아바타에 접속했다. 이곳은 그녀의 정신세계다. 딩동, 정답, 맞았어요.

사과나무 그늘에서 나타난다. 사람의 몸인데, 틀림없이 입체인데, 유령처럼 보인다. 너무나도 피부가 매끄럽고 희기 때문이다. 만든 것이기 때문이다.

하지만 그렇다면 여기에서는 그들도 마찬가지다. 아바타니까. 그런데 어째서 그녀만은 이렇게나 확실하게,

—죽은 것처럼 보이는 걸까?

열아홉 살의 아키요시 이온.

유리알 같은 검은 눈동자가 신을 바라본다. 정면에서 시선을 마주하고 있는데 상대방의 눈빛이 느껴지지 않는다.

시선이 살아 있지 않기 때문이다.

신은 뒷걸음질 쳤다. 달려온 시로타와 부딪칠 뻔했다.

"이온 씨."

시로타가 불렀다. 뛰어온 탓에 목소리가 흔들린다.

"아아, 다행이다."

만났네요—.

파쿠 씨가 쫓아왔다. 숨을 헐떡이며 어색한 발걸음으로 신을 추월해 앞으로 나선다.

"당신은, 아키요시, 이온 씨, 죠?"

아이에게 묻는 듯한 달콤한 말투였다.

"우리에 대해서는 알고 있겠죠. 가끔 이 숲에 오곤 했어요."

싱글거리며 웃으려고 한다. 아직 숨이 가빠서 잘되지는 않는다.

"이 모습은, 내가 만들었어요."

파쿠 씨는 반걸음 더 앞으로 나아가서 눈앞의 여자를 껴안으려는 듯이 양팔을 벌렸다. 청혼하듯이 한쪽 무릎을 꿇는다.

"마음에 들었나요? 진짜 당신이랑 닮았으면 좋겠는데."

반응은 없다. 대답도 없다. 열아홉 살의 아키요시 이온은 막대처럼 우두커니 서 있다.

"아, 으음, 나는."

파쿠 씨는 갑자기 수줍어하며 허둥지둥 다시 일어서서 얼굴을 문질렀다.

"안 되겠네. 너, 너무 기뻐서 들떠 버렸어. 먼저 자기소개를 해야—."

"잠깐, 파쿠 씨."

시로타가 제지했다. "좀 조용히 하세요."

동시에 신의 상박을 아플 정도로 세게 움켜잡았다. 신이 더 이상 뒤로 물러나지 않도록 붙든 것이다. 신은 다리가 풀려 있었다.

파쿠 씨가 만든—그렇다, 이거야말로 가장 올바른 의미로서의 인조인간. 저 검은 눈동자. 깜박이지 않는다. 얼굴 외의 부분도 전혀 움직이지 않는다.

입술만이 움직여 말을 하는 형태를 만든다.

"어, 째, 서."

분명히 여자 목소리다. 하지만 이상한 반향이 있다. 동굴 속에서 말하고 있는 것 같다.

"무슨 뜻이에요?"

속삭이는 듯한 시로타의 물음. 신의 팔을 움켜쥔 채 눈은 똑바로 아키요시 이온을 바라보고 있다.

"그 '어째서'의 의미를 가르쳐 주세요. 우리한테 뭘 묻는 거죠?"

고개를 돌리는 게 아니라 몸 전체의 방향을 바꾸어 아키요시 이온은 파쿠 씨를, 시로타를, 새삼 신을 본다. 응시한다.

파쿠 씨도, 시로타도, 신도, 죽은 사람의 눈에 비치고 있다. 그런 있을 수 없는 경험을 하고 있다.

"어, 째서."

반향이 된 듯한 목소리로 아키요시 이온은 또 그렇게 말했다.

"어째서."

반복 재생. 되풀이한다.

"우리한테 무슨 말이 하고 싶어요?" 하고 파쿠 씨가 물었다. "말해 봐요. 분명히 듣고 있으니까. 우리는 당신과 이야기를 하고 싶어서, 이런 형태를 취한 거예요."

아키요시 이온은 파쿠 씨를 돌아보았다. 파쿠 씨는 그녀에게 친근하게 고개를 끄덕인다. 나는 당신을 이해하고 있어요. 당신 마음을 알아요.

"이온 씨, 당신은 저 성의 탑 속에 어린 시절의 당신을 숨겨 두었죠. 당신이 왜 그렇게 했는지, 어떻게 그런 일을 할 수 있었는지, 우리는 이유를 알고 있어요. 아니, 그, 대강은 추측했다고 생각해요."

말하는 파쿠 씨의 입가가 허둥지둥 움직이고 있다. 아바타가 아니라 진짜 인간이라면 식은땀을 줄줄 흘리고 있을 것이다.

"하지만 이온 씨. 아홉 살의 이온을 저런 곳에 가둬 두는 건 옳은 일일까요. 이온에게 그게 정말 행복일까요."

"당신 자신에게도 행복인가요?"

결심한 듯이 시로타가 말한다. 조금도 무서워하지 않는다. 그저 필사적이다.

"전 아무래도 그렇게 생각되지 않아요. 왜냐하면 너무 슬프니까요. 이런 일을 하기 위해서, 당신은 목숨을 버리고 만 거잖아요. 미래도 버렸고요."

시로타는 일부러 다른 표현을 쓰고 있다. 솔직한, 직접적인 말을 피하고 있다.

―이런 일을 하기 위해서, 당신은 죽어 버린 거잖아요.

신의 마음에 냉수 같은 감정이 흘러 들어왔다. 이 세계를 만들고 있는 사념이 신의 아바타 속으로 침입해 들어온 것이다.

여기는 죽음의 세계다. 눈앞에 서 있는 것은 죽은 사람이다.

자신 안에 차오르는 한기에 신은 덜덜 떨기 시작했다.

사람의 몸은 한 번에 죽는 게 아니라고, 시로타는 말했다. 그렇다면 마음도 마찬가지가 아닐까. 한 번에 죽어서 사라지는 것이 아니다. 조금씩 사라져 간다. 조금씩 무無로 녹아 간다.

아무리 강한 마음이라도, 아무리 깊은 원한이라도, 아무리 격렬한 집착이라도 사라져 간다. 그래서 이 세계를 만든 아키요시 이온이라는 죽은 자의 사념도 서서히 방전되는 전지처럼 약해지면서 계속 소모되어 왔다.

지금 그 목소리가 공허한 반향을 일으키는 듯한 까닭은 아바타라는 그릇을 가득 채울 만한 영혼이 더는 남아 있지 않기 때문이다.

그래서 이온은 그들과 달리 노골적으로 만들어 낸 것처럼 보인다.

이들 외부에서 온 사람의 에너지는 이 세계 자체에 사소한 보급 에너지가 될 수 있어도 아키요시 이온의 영혼에는 보급되지 않는다. 냉정하게 생각해 보면 당연한 일이다. 사람은 모두 별개의 인격을 가진 독립된 존재니까.

이곳에 있는 아키요시 이온은 이제 예전에 아키요시 이온이었던 생명의 잔재에 지나지 않는다. 복잡하고 깊은 계곡에 울리는 메아리 같은 것이다. 기적적으로 오랫동안 반향하고 있기는 하지만, 음원은 이미 없다.

대화가 가능할까. 끝까지 남아 있는 그녀의 가장 강한 감정에 닿는 게 고작이지 않을까.

그 강한 감정이란.

"어째서."

한층 더 또렷하게, 아키요시 이온이 그들에게 물었다.

"방해하는 거야."

아바타의 몸이라 있을 수 없는 일인데도 신은 목덜미 털이 곤두섰다.

"구해, 주지 않는, 데."

바람이 불어 동굴 속을 지나간 것처럼 목소리의 반향이 흐트러지고 잡음이 늘어난다.

"구해, 주지 않았, 는데."

어째서 방해하는 거야?

아키요시 이온이 이 세상에 남긴 것은 분노다. 너는 여기에서 살라고, 혼자 남겨진 환경에 대한 분노. 부조리한 운명의 안배에 대한 분노.

아무것도 선택하지 못하고 받아들이는 것만을 강요당한 나날에 대한 분노. 이해도 공감도 주지 않고 구제해 주지도 않는, 그녀를 둘러싼 현실에 대한 분노.

그러니까 쭉 성에서 살자고 생각했는데. 너희는 거기에 성큼성큼 들어와서 방해를 하는군.

그녀의 머리가 툭 떨어졌다. 동시에 몸도 기울었다. 무릎이 꺾였다. 발목과 정강이와 허벅지가 조각조각 떨어져 나가고, 몸통도 허리 부분에서 둘로 갈라졌다. 팔이 어깨에서 빠져 낙하하는 도중에 손목도 떨어져 나가고 말았다.

시로타가 신을 밀쳐 내다시피 하며 앞으로 나서서 소리쳤다. "이온 씨, 가지 말아요!"

이미 늦었다. 그녀는 아바타에서 나가 버렸다. 발치에 떨어져 있는 것은 개점 준비중인 부티크의 마네킹. 빨간 드레스가 둘로 나뉜 몸통을 감싸고 펄럭거린다. 종업원 양반, 빨리 조립해 줘요, 기분 나쁘니까.

갑자기 옆에서 바람이 불어닥쳤다. 숲의 나무들이 술렁거리고 차례차례 떨어진 초록색 잎들이 춤추며 하늘로 올라간다.

춥다. 얼어붙을 듯한 돌풍. 일단 지나갔다가, 다시 불어온다. 신은 팔로 얼굴을 감싸고 몸을 움츠렸다.

"다마짱, 엎드려!"

파쿠 씨가 소리친다. 이미 늦었다. 니트 모자를 주우려고 한 시로타는 제대로 바람에 쓸려 넘어졌다.

땅바닥이 진동하기 시작했다. 숲도 떨고 있다. 나무들이 부르르 떨고, 풀이 바깥쪽에서부터 말라 붙어 이리저리 흩어져 간다. 주위가 점점 어두워진다. 저녁 해가 지고 있다. 있을 수 없는 속도와, 있을 수 없는 가파른 각도로.

"아아, 큰일 났어—."

파쿠 씨는 땅바닥에 무릎을 꿇고 몸을 움츠렸다.

"역시 곤란하게 됐어."

이 세계는 균형이 무너졌다. 그들이 조심스럽게 몰래 들어온 방문자가 되기를 그만두고 성주에게 접근하려고 했기 때문이다. 성주가 가장 바라는 일을 그만두게 하려고 했기 때문이다. 죽은 사람의 사념을 휘저었기 때문이다.

"파쿠 씨, 하늘이 사라지기 시작했어요!"

시로타는 자신들이 빠져나온 숲의 오솔길 저편을 바라보고 있었다. 귀환용 문과 노란 텐트가 있는 방향이다.

신은 눈을 크게 떴다. 하늘만이 아니다. 숲도 사라져 간다. 허공에 파도치는 하얀 곡선이 나타나, 잔물결을 일으키고 위아래로 격렬하게 흔들리면서 고성의 세계를 지워 간다.

저것은 공백의 경계선. 그 너머는 아무것도 없는 허공임을 나타내는 치명적인 선이다.

돌풍에 부러진 나뭇가지가 목소리를 삼키며 우두커니 서 있는 셋의 머리 위를 스치며 날아간다.

"성으로 뛰어!"

파쿠 씨가 시로타의 손을 끌고 달리려고 했다. 벽에 부딪친 것처럼 역풍에 밀려난다. 고성에서 불어 내려오는 차가운 바람. 그들을 허공으로 밀어내려는, 성주의 의사 표시다.

이온 씨는 화가 났다. 우리에게 화가 났다.

—쭉 성에서 살자.

그 조용한 약속을 뒤흔드는 자에게 화가 났다. 통째로 삼켜 버리겠어. 먹어 버릴 거야!

"신짱, 지지 마. 이제 문으로는 돌아갈 수 없어. 성으로 갈 수밖에 없어!"

알아. 하지만 바람이 너무 강해. 추워서, 얼어붙을 것 같아서, 팔다리가 마음대로 움직이지 않아.

머리를 숙이고 몸을 앞으로 숙여, 돌풍을 거스르며 열심히 나아간다. 바람은 으르렁거리며 깊은 숲을 파괴해 간다. 뜯겨나간 수많은 나뭇잎이 바람의 소용돌이에 삼켜져, 허공에 무늬 같은 것을 그리고는 다시 흩어져 날아간다.

그 무늬. 때로는 사람의 얼굴, 때로는 사람이 아닌 괴물의 얼굴. 붙잡으려고 덤벼드는 갈고리 같은 손톱이 돋아난 손. 날카로운 이빨이 보이는 커다란 입. 모두 화가 났다. 고함치고 있다.

모래그림처럼 순간, 순간, 공중에 나타났다가는 사라져 간다. 이온 씨가 무너져 가는 균형, 부서져 가는 세계를 다시 일으키려고 발버둥 치면서 그려 내는, 그녀의 작품이다.

이제 와서 늦었지만 신은 깨달았다.

그 뱀과 커다란 원숭이 괴물. 신과 시로타를 위협한, 현실의 체험을 반영한 괴물은 무의식의 혼돈이 환영이 된 것도 아니고, 하물며 친절한 경고 같은 것도 아니었다.

그것은 아키요시 이온에게 세계를, 현실을 나타내는 아이콘이었던 것이다.

그녀를 둘러싼 현실 세계는 그런 것으로 가득했다. 변덕스러운 악의와 폭력. 경멸과 무관심. 그것들은 모두 이온과 이온 씨에게는 괴물이었다.

지금도 신의 눈 속에 새겨져 있는, '남의 신경을 깎아 내는' 에모토 간나의 커다란 뱀의 얼굴에 떠올라 있던, 그 실실거리던 웃음. 아키요시 이온에게는 주위 어른들의 웃는 얼굴이 그런 얼굴로 보였던 것이다. 그 얼굴이 어머니의 웃는 얼굴이더라도, 그렇게밖에 보이지 않았던 것이다. 지금은 기분이 좋지만 다음 순간에는 물어뜯으려고 할지도 모른다. 오사의 얼굴을 한 커다란 원숭이가 무의미하게 마구 날뛰던 모습도, 아키요시 이온에게는 그것이 보통이었다. 어른은 그렇게 한다. 남자는 그런 거다. 폭력이란 그런 거다.

무서워해도 소용없다. 울어도 소용없다. 이유 같은 건 모른다.

세계는 괴물투성이다. 아키요시 이온에게는 그것이 사실이었다. 그것밖에 몰랐다. 그래서 신과 시로타의 마음에서 빨아들인 감정을 그대로 표출해 보인 것뿐이다. 그들에게서 느낀 것을 나타내려면 괴물로 표현할 수밖에 없었던 것이다.

정밀하고 인기척 없는 고성의 세계는 그런 것을 가까이 오지 못하게 하는, 유일무이한 '이온의 집'이었다. 하지만 지금 무너져 간다. 숲의 정적은 해체되고 이온 씨의 공포와 절망 속으로 분해되어 간다.

—미안해요.

서서히 다가오는 공백의 경계선을 피하기 위해 셋은 필사적으로 도망쳤다. 파쿠 씨와 시로타도 때로는 비명을, 때로는 뜻을 알 수 없는 큰 소리를 질렀다.

그들에 섞여, 신은 외쳤다. 미안해요, 미안해요, 미안해요.

너무나도 가엾고, 애처롭고, 슬퍼서.

시로타가 바람에 떠밀려 쓰러진다. 빨간 니트 모자는 어디론가 사라져 버렸다.

"다마짱, 날 붙잡아—."

시로타에게 팔을 내민 순간, 파쿠 씨가 사라졌다. 그 팔에 매달리려고 몸을 일으키던 시로타는 옆쪽에서 불어온 강한 바람을 맞았다.

"안전장치가 작동한 거야!" 신은 고함쳤다. "최악의 타이밍이잖아!"

파쿠 씨는 이탈해 버렸다.

"파쿠 씨~!"

시로타는 신을 붙잡고 일어서서, 돌풍 속에서 큰 소리를 지르며 머리 위를 향해 호소했다.

"오가키를 끌어내 주세요~!"

들릴 리 없잖아. 하지만 시로타는 있는 힘껏 몇 번인가 그렇게 외치더니, 신을 밀어 내고 더욱 앞으로 나아가려고 한다.

"이제 그만해!"

신은 시로타의 손을 잡았다.

"여기에 있으면 파쿠 씨가 끌어내 줄 거야."

컴퓨터 앞에 있는 둘의 손가락을 모니터에서 떼기만 하면 된다.

"아니. 나는 갈 거야."

시로타는 신을 밀어내고 무작정 전진하려고 한다. 등 뒤에서 공백의 경계선이 다가온다. 상하좌우로 마구 파도치면서 천천히, 그러나 확실하게 이 세계를 지워 나간다.

"이온을 만나야 해."

"이제 그런 건 무리라니까."

"무리가 아니야. 왜냐하면, 저것 봐."

세계를 송두리째 날려 보내는 강풍 속에서 시로타의 목소리는 조급해지고, 눈은 빛나고 있다.

"길이 열렸어."

밀도가 옅어진 숲 저편, 깜짝 놀랄 정도로 가까이에 고성의 성벽이 다가와 있었다. 신이 입을 딱 벌리고 지켜보는 동안에도 점점 시야가 트이고 고성 전체의 경관이 드러난다.

"지금이라면 갈 수 있어. 가야 해."

성문을 통과해 성 안으로 들어가서 저 탑 꼭대기까지 올라가는 것이다. 시로타는 과감하게 몸을 숙이고 걷기 시작했다.

"어째서 그렇게…… 애쓰는 거야."

신은 이제 기진맥진했다. 다리가 움직이지 않는다. 머리를 들고 있기도 힘들 정도다.

시로타는 신의 얼굴을 들여다보았다. 웃음을 지었다.

"—미안해."

그러고는 신을 밀쳐 내더니, 주머니에 넣어 둔 유성 펜을 손으로 꽉 움켜쥐고 전진하기 시작했다.

"시로타!"

그럼 나도 같이 갈래. 그렇게 말하려고 했을 때, 신의 시야가 암전되었다.

떨어져 나가, 튕겨 나간다―.

튀어나왔다.

쓰러져 있었다. 지저분한 천장이 보인다. 파쿠 씨의 집이다. 귀환한 것이다.

몸을 움직이기 전에, 호흡을 한 번 하기 전에, 신의 위가 뒤집혔다. 몸을 일으키기도 전에 그대로 토했다. 토사물이 역류해서 목구멍이 막힌다. 숨을 쉴 수가 없다.

난폭하게 몸이 일으켜졌다. 파쿠 씨다. 엄청난 힘으로 등을 한대, 두 대 때린다. 숨통이 트였다. 신은 헐떡이면서 숨을 들이쉬었다. 납처럼 무거운 몸이 앞으로 쓰러진다.

"우와, 우와, 우와아, 신짱."

파쿠 씨의 얼굴도 새하얗다. 역시 토했는지, 노란색 티셔츠의 가슴이 지저분하다. 손도 입도 부들부들 떨리고 있다.

"여기, 에, 머리를 올려놔."

파쿠 씨가 뭔가 끌어당겨 신의 등에 대 주었다.

"기대서, 옆으로, 누워. 그러면, 토해도, 목구멍이 막히지 않을 거야."

등에 부드럽게 닿은 것은 파쿠 씨의 바보 같은 안전장치였다. 희귀한 물건이 아니다. 새로 발명된 기계 같은 것도 아니다. 파쿠 씨의 방에 있던, 꽤 공기가 빠진 그 밸런스 볼이다. 파쿠 씨가 좋아하는 선명한 해바라기색이다.

재작년 생일에 어시스턴트 동료에게서 받은 선물이라고 한다. 운동 부족인 파쿠 씨, 적어도 하루에 10분, 이 밸런스 볼에 앉아 보세요. 그래서 공 옆쪽에 사람들이 마카로 쓴 메시지가 있다. '하루하루 꾸준히.' '계속하면 힘이 된다.' '이거 정말 효과 있어요, 파쿠 씨.'

하지만 '피트니스'나 '밸런스'라는 말은 파쿠 씨의 생활 사전에서 먼 옛날에 삭제되어 있었다. 받고 나서 처음 사흘 동안 시험해 본 결과 파쿠 씨는 길어도 3분 25초밖에 이 밸런스 볼 위에 앉아 있을 수 없었고, 그 후로는 내팽개쳐 버렸다.

―그러니까 이건 최고의 안전장치가 될 거야.

이번에 고성의 세계로 떠나기 전에 파쿠 씨는 그렇게 말하며 컴퓨터 책상 앞에서 전용 의자를 치우고 이 밸런스 볼을 턱 놓았던 것이다. 그러고는 위태롭게 엉덩이를 올려놓았다.

―여기서 굴러 떨어져 버리면 나는 좋든 싫든 성의 세계에서 긴급 탈출하게 돼. 그럴 필요가 생기기 전에 굴러 떨어지면, 다시 한 번 들어가서 너희를 쫓아갈게.

바보 같다고, 신은 생각했다. 의외로 효과 있을지도 모른다고, 시로타는 말했다.

정말로 효과가 있었다. 파쿠 씨가 피트니스를 좋아하는 건강 추구 중년 남자였다면 이 방법은 전혀 쓸 수 없었다.

헤헤—하고 신의 입에서 이완된 웃음이 새어나왔다. 맹세코 정말로 '헤헤'뿐이다. 다음 순간에는 이성을 되찾았으니까.

"시로타!"

탈출시켜야 한다. 보니 시로타는 작은 의자에 단정하게 걸터앉은 채 오른손 검지를 모니터에 대고 있다. 눈을 뜨고, 입도 반쯤 벌리고 있다. 아바타에 들어가서 저쪽에 가 있을 때 우리는 이런 얼굴을 하고 있었을까. 내용물이 빠져나가 텅 비어 있다.

"시로타!"

신은 버둥거리며 일어섰다. 또 구역질이 치밀어 올랐다. 하지만 모니터가 시야에 들어오자 그런 것은 잊어버렸다.

모니터 화면에서 고성의 스케치가 사라지기 시작했다. 파쿠 씨의 3D 모델이 벌써 절반 이상이나 사라졌다. 문과 텐트는 물론이고 그들의 아바타도 이미 공백에 삼켜지고 말았다.

게다가 아직도 서서히 소실이 진행되고 있다. 고성을 둘러쌌던 숲은 이미 거의 남아 있지 않다.

"시로타, 일어나, 일어나."

절박한데, 흐물거리는 목소리밖에 나오지 않는다. 몸에 힘이 들어가지 않는다. 열심히 팔을 들어 올려 휘두른다. 뭔가 붙잡아서 던질까. 허둥거리고 있는데 등 밑에서 밸런스 볼이 쑥 빠져나갔고 파쿠 씨가 온 체중을 실어서 몸을 부딪치는 바람에 멋지게 그의 아래에 깔리고 말았다.

"뭐하는 거예요."

"아직 안 돼."

파쿠 씨는 신음하듯이 말한다. 숨이 축축하고 땀 냄새가 난다.

"다마짱이랑 약속했어. 아슬아슬할 때까지 기다리겠다고."

숲속에서 '다시 한 번 확인'했던 것은 이거였나.

신은 파쿠 씨를 튕겨내려고 허무한 노력을 했다. 이 사람, 너무 무거워!

"아, 아슬아슬이라니, 언제까지요."

"성의 탑이 남아 있는 한."

"너무 무모해요."

"무모하지 않아."

파쿠 씨는 구우우 하고 신음했다. "신짱, 내가 기절해 버리면 다마짱을 부탁해."

"무책임한 말 하지 말아요!"

신은 손바닥으로 파쿠 씨의 등을 마구 때렸다.

고성의 토대 부분이 사라지기 시작했다. 공백이 벽면을 기어 올라간다. 돔의 아랫부분이 사라져 간다.

"다마짱, 힘내."

파쿠 씨의 말은 반쯤은 잠꼬대다. 눈이 반쯤 감겼다.

"파쿠 씨, 일어나요, 일어나."

돔이 전부 사라졌다. 돔을 마주했을 때 오른쪽에 위치한 탑이

지워지기 시작한다. 하얀 옷을 입은 이온이 있었던 곳은 왼쪽 탑이다.

"파쿠 씨, 기절하지 말아요!"

축 늘어져 있다. 더욱 무거워진다. 모니터 화면에서 왼쪽 탑도 아랫부분부터 소실되기 시작했다. '무無'에 침식되고, 삼켜져 간다.

"시로타, 돌아와!"

신은 혼신의 힘으로 파쿠 씨의 몸을 밀어냈다. 두툼한 몸통이 신 위에서 기울고 옆으로 굴렀다. 늘어난 트레이닝복을 입은 다리가 올라가, 마치 발을 걸듯이 시로타가 앉아 있는 의자의 다리에 부딪혔다.

의자가 쓰러진다. 시로타도 두 눈을 크게 뜬 채 뒤로 쓰러진다. 모니터를 떠난 손이 책상 옆의 책장을 후려쳐서 책과 파일이 와르르 떨어진다.

신은 시로타를 받아내려고 했다. 손이 닿지 않는다. 파쿠 씨의 몸이 방해가 되었다.

시로타가 의자에서 굴러 떨어졌다. 신의 등에서 굴러나가 도망쳤던 밸런스 볼 위로, 등부터 떨어진다. 몸이 퉁 하고 튀어 오른다.

순간, 격렬하게 기침을 하기 시작했다. 물에 빠졌다가 다시 숨을 쉬기 시작한 사람 같다. 산소를 찾아 헐떡이고 있다.

살아 있다. 분명히 귀환했다.

눈이 빙빙 돈다. 신은 꼼짝도 않고 현기증이 지나가기를 기다렸다. 토기가 치밀어 올랐다가 물러간다.

시로타는 괴로운 듯이 콜록콜록했다. 그런 줄 알았는데 신음하기 시작했다. 그런 줄 알았는데 아니었다.

웃고 있는 것이다. 그러면서 뭐라고 말하고 있다.

"해냈어."

해냈어, 해냈어. 어딘가 망가져 버린 것처럼 그 짧은 말을 되풀이하고 있다.

신은 손으로 바닥을 짚고 엎드린 다음 몸을 일으켰다.

"시로타, 괜찮아?"

시로타는 천장을 향해 누워서 눈을 감은 채 두 다리를 쭉 뻗고 깊게 호흡하고 있다. 그 눈가가 젖어 있다.

"걘, 차나."

취한 것처럼 혀가 제대로 돌아가지 않는다. 오른손을 들려고 한다. 초조한 듯이 몇 번이나 시도하면서 띄엄띄엄 말했다.

"이온, 을, 만났, 어."

그 애는 집으로 돌아갔어.

그래? 해냈구나, 시로타.

신은 깨달았다. 시로타의 손이 더러웠다. 손가락이나 손바닥 가장자리에 검은 얼룩이 묻었다.

"그거, 뭐야. 손에 묻은 거."

시로타는 그제야 얼굴 앞으로 손을 가져와 몇 번이나 눈을 깜박이면서 들여다보았다.

"더러워졌, 지" 하고 묻는다.

"으, 응."

"이거, 유성 펜."

시로타는 기쁜 듯이 말한다.

"오가키한테도 보여?"

"보이니까 물었지."

시로타는 오른손을 얼굴 위로 툭 떨어뜨려 눈을 가렸다. 그러고는 또 "해냈어"라고 하며 웃는다.

뭘 하고 온 거야, 시로타 다마미.

파쿠 씨의 모니터 화면에서 고성과 숲의 3D 모델이 사라졌다. 하얗게 빛나는 화면에 지금은 빈 파일이 표시되어 있을 뿐이다.

그것도 사라지고 절전 모드가 되었다. 신은 또 머리가 어지러웠고 바닥이 눈앞으로 다가왔다. 지칠 대로 지쳐서 중력을 거스를 힘이 나질 않는다.

창으로는 봄의 햇빛이 비쳐 들고, 차가 오가는 소리가 작게 들린다.

이쪽 세계는 어떻게 바뀌었을까. 어떻게 되어 있을까. 아홉 살의 아키요시 이온 행방불명 사건이 발생하지 않은 세계는.

파쿠 씨가 코를 골기 시작했다. 시로타도 잠들어 버린 것 같다.

아까 시로타가 친 책장에서, 추가하듯이 또 몇 권의 책과 파일이 떨어졌다. 파쿠 씨, 책상 주위에 물건을 너무 많이 놔둔다.

그 참에 무언가가 책상 위에서 미끄러져 신의 어깨에 가볍게 닿은 뒤 무릎 위로 툭 떨어졌다.

클리어파일이다. 시로타가 매직테이프로 봉한, 그 클리어파일.

텅 비어 있다. 내용물이 사라져, 없어져 버렸다.

이렇게 지쳐 있지 않았다면 신은 울음을 터뜨렸을 것이다. 소리 내어 울고 있었을 것이다.

—미안해.

전부 끝나 버렸다.

아아, 나도 이제 틀렸다. 아까에 대한 보복으로 신도 파쿠 씨의 푹신한 몸 위로 엎드려서 눈을 감았다.

5

'하이츠 미나미'는 '미나미みなみ' 부분이 한자 '南'으로 바뀌었다.

건물의 외관이나 독신자용 임대 아파트라는 사실은 변하지 않았다. 명칭의 일부가 한자 표기로 바뀌었을 뿐.

고성의 세계가 사라지고 나서 며칠이 지났다. 그들이 현실과 동떨어진 일에 열중해 있는 사이에, 정신이 들어 보니 같은 학년 학생들의 수험도 순조롭게 끝나 모두 결과가 나와 있었다. 내일은 졸업식이다.

오늘은 오전에 졸업식 리허설이 있었다. 리허설을 마친 뒤 동아리 활동에 참가하고 가지 않겠느냐는 ("오가키, 또 벽치기하자")

권유를 거절하고, 신은 혼자서 이 아파트를 보러 발길을 옮겼다.

'미나미'가 '南'으로.

이것이 아홉 살 아키요시 이온 실종 사건이 일어나지 않은 세계이고, 지난 며칠 사이에 신이 발견한 첫 번째 변화였다.

일기예보에 따르면 오늘은 최고 기온이 20도에 이른다고 한다. 수도권의 벚꽃은 일제히 피기 시작했다. 겨울 교복을 껴입고 햇볕 아래에 서 있는 신은 잠시 지나자 땀이 나기 시작했다.

—파쿠 씨, 안 오네.

처음 이곳에 왔을 때는 마치 짠 것처럼 딱 마주쳤는데.

그날 노란색 다운재킷을 껴입은 파쿠 씨가 들어갔던, 어린이 공원의 밥그릇 모양 미끄럼틀 주위에서는 어린아이 네다섯 명이 신나서 소리를 지르며 놀고 있었다. 젊은 어머니들이 벤치에서 아이를 지켜보며 느긋하게 수다를 떨고 있다.

따뜻하고 밝고, 평온하다.

신의 생활 공간에 큰 변화는 일어나지 않았다. '파인애플'은 여전히 '파인애플'인 채로 그럭저럭 번성하고 있다. 부모님은 둘 다 건강하고, 붙임성 없지만 사이좋은 부부인 점도 달라지지 않았다.

신 자신에게도 변화가 없었다. 인기인이 되지 않았다. 진학할 학교도 똑같았다.

그럼 무엇이 달라졌을까.

직접 확인하고 싶었기 때문에 이쪽으로 귀환해서 헤어진 후에는 파쿠 씨에게도 시로타에게도 연락하지 않았다. 둘도 접촉해 오지 않았다. 시로타는 등교하고 있겠지만, 학교 안에서 만나는 일은 없었다. 이렇게 얼굴을 보지 못하는 상황을 보면 시로타도 의식적으로 피하고 있을 것이다.

그러고 싶은 마음은 신도 마찬가지였다.

—뭔가 달라졌어? 기대하고 있었던 변화는 일어났어?

그런 것을 묻기는 무섭다.

고성의 세계는 사라졌지만 그곳을 둘러싸고 신과 시로타가 대립한 사실은 달라지지 않는다. 그 기억도 달라지지 않는다.

신은 발길을 돌려 역으로 향했다.

시립 미도리 도서관의 열람실은 거의 만원이었다. 지역 주민들이 봄의 독서열에 들떠 있어서 그런 것은 아닌 듯하다. 요전에 왔을 때는 알아채지 못했지만, 도서관 건물 뒤쪽에 멋진 벚나무 고목이 몇 그루나 서 있는 것이다.

슬슬 만개할 때가 되었다. 열람실의 사람들은 모두 책이 아니라 창밖을 바라보고 있다.

신은 그 코너의 서가로 걸어갔다. 통로를 절반도 나아가기 전에 해바라기색 파카가 눈에 들어와서 걸음을 멈추었다.

파쿠 씨가 서가 앞에 서 있었다.

주위에 다른 이용자는 없다. 오늘 파쿠 씨는 노란 파카 밑에 라인 또한 노란색인 트레이닝복을 입었고, 운동화도 노란색과 파란색이 콤비를 이룬 것을 신었다. 한층 더 존재감이 있다.

신이 말을 걸기 전에 파쿠 씨가 돌아보았다.

"여어, 왔구나."

싱긋 웃으면서,

"없어" 하고 말한다.

문집, 『이온에게 보내는 편지』다.

"검색해도 안 나와. 존재하지 않는 거지."

"당연하죠" 하고 신은 고개를 끄덕였다. "하지만 역시 확인하고 싶어서."

"응, 나도."

서가에 꽂힌 서적들의 책등을 신이 다 확인할 때까지 충분히 시간을 두고 나서,

"나갈까" 하고 파쿠 씨는 말했다. "벚꽃을 보자. 저기로 지나갈 수 있거든."

벚나무 아래는 붐볐다. 팔락, 팔락 하고 춤추며 떨어지는 꽃잎을 머리카락이나 어깨에 받으면서 산책하는 사람들의 표정은 모두 부드럽다.

"—삼세번이라더니."

파쿠 씨는 말하면서 수줍은 듯이 눈썹 사이를 손가락으로 긁적였다.

"오늘로 세 번째야. 겨우 신짱이랑 만났네."

신이 오기를 기다려 준 것일까.

"처음 이틀은 저쪽에도 갔어. 아파트 쪽."

신은 파쿠 씨의 둥그런 얼굴을 올려다보았다. "표기가 바뀌었더

군요."

"응, 한자로 바뀌었지."

파쿠 씨는 파카 주머니에 손을 집어넣고 어깨를 약간 움츠렸다.

"신짱, 뭔가 달라졌어?"

신은 고개를 젓는다. "개인적으로는 아무것도 달라지지 않았어
요."

"그래. 나도 마찬가지야."

살짝 눈을 가늘게 뜬다.

"변화가 일어난 건 이온이랑 직접 관련 있는 일들로만 한정된
것 같아. 적어도 현재까지 내가 조사한 바로는 그래."

그들 앞을 걷고 있는 젊은 커플이 뭐가 즐거운지 신이 나서 웃
었다.

"나는 지금도 휴직중인 베테랑 어시스턴트야. 아무것도 달라지
지 않았어."

신나는 꿈을 꾸었지만, 꿈은 꿈이다.

"꿈으로 끝났어" 하고 말한다. "그걸로 자기 인생을 바꾸려고
하다니, 나도 참 뻔뻔스러웠지."

파쿠 씨의 옆모습은 차분했고 말투도 잔잔했다.

아키요시 이온과 처음이자 마지막으로 대면하러 갈 때는 서로
감정이 고조되었고, 어쨌거나 서두르고 있었기 때문에 천천히 생
각할 여유가 없었다. 하지만 그 후로 며칠 동안 혼자서 가만히 여
러 가지를 떠올리다 보니, 신도 신 나름대로 냉정해지고 공평하게

사고할 수 있게 되었다.

그래서 말했다. "파쿠 씨는, 우선 이온을 거기에서 구출하고 싶었던 거예요."

"아니, 아니, 신짱."

신은 파쿠 씨를 가로막았다. "게다가 세계를 바꾸고, 인생을 바꿀 기회를 잡는다는 점에서는 파쿠 씨 자신보다도 시로타를 생각해서 해 준 거잖아요."

파쿠 씨의 둥근 눈이 물끄러미 신을 본다. 벚꽃 꽃잎 한 장이 그 이마에 앉았다.

"멋진 말을 해 주는구나."

꽃잎이 파쿠 씨의 이마에서 미끄러져 콧등을 스치고 팔랑팔랑 떨어진다.

"—하지만 다마짱의 인생도 전혀 바뀌지 않았어."

그 말은 겨울의 냉기처럼 신의 몸에 스며들어 서서히 몸을 식히며 빠져나갔다.

"신짱은 다마짱이랑 얘기했어?"

"전혀요."

"그래? 나는 이야기하고, 확인했어. 다마짱은 잘 지내더라. 사실을 말하면 아까 내가 한 말은 그 애가 한 얘기를 그대로 옮긴 거야."

—그런 걸로 자기 인생도 바꿀 수 있다고 생각하다니, 저는 뻔뻔스러웠어요.

"학교에서는 어때?"

"만나지 못해서 몰라요. 어쩌면 오늘은 쉬었을지도 몰라요. 졸업식 리허설을 할 때 시로타는 옆 반 줄에 없었거든요."

그때 신은 한 가지를 떠올렸다.

"에모토 간나라는 여자애 얘기, 기억나요?"

파쿠 씨는 솔직하게 불쾌한 듯한 얼굴을 했다. "다마짱을 괴롭히는 여왕님 말이지."

"하지만 그 녀석, 표면적으로는 인기인이고 선생님들한테도 잘 보여서, 졸업생 대표 답사를 읽게 되어 있었어요."

2월 초에 답사를 읽는 사람은 에모토로 정해졌다고 소문이 나 있었다.

"그런데 오늘 리허설 때는 달랐어요. 답사는 학생회장이 읽더라고요."

에모토 간나가 나설 자리는 없었다.

"이건—변화일까요."

파쿠 씨는 잠시 생각하고 나서 고개를 저었다.

"그건 말이지, 너희 학교 선생님 중에도 조금은 제대로 된 판단력을 갖춘 사람이 있을 뿐인 거야. 이전의 세계에서도 분명히 그렇게 되었을걸."

"그런가……."

"그래. 그 정도의 변화를 변화로 인정하는 건 안이한 것 같아."

둘은 벚나무 길이 끝나는 데까지 도착했다. 파쿠 씨는 그대로

도서관의 정면 현관 쪽으로 계속 걸어간다.

"보관함에 가방을 맡겨 뒀어. 가져올 테니까 조금 더 같이 있어 줘. 신짱한테 보여 주고 싶은 게 있거든."

파쿠 씨의 가방은 낡은 배낭이었다.

"좋아, 어디서 뭐 좀 먹자."

가까운 패밀리 레스토랑에 자리를 잡은 뒤 파쿠 씨는 얼른 무제한 음료 메뉴를 주문하고는 그 배낭에서 최신형 태블릿 단말기를 꺼냈다.

"이거, 새로 샀어."

기쁜 것 같았다.

"금방 준비할 테니까 음료 좀 가져다줄래? 나는 아이스커피."

신이 아이스커피 두 잔을 들고 자리로 돌아오자 파쿠 씨는 태블릿에서 시선을 든 뒤 기계를 빙글 돌려서 신 쪽으로 내밀었다.

"이것 봐."

화면에 표시되어 있는 것은 무슨 사이트다. '사쿠라 하우스에 오신 걸 환영합니다.'

신의 할머니뻘 정도 되어 보이는 여성의 얼굴 사진이 게재되어 있다. '사쿠라 하우스 대표 아오키 에미코.'

그 옆에는 커다란 글씨로 '사쿠라 하우스의 역사', '사쿠라 하우스의 활동 내용', '사쿠라 하우스 지원자 여러분께'라고 표기되어 있다. 글자가 빼곡히 늘어서 있다.

"화면을 만지면 스크롤할 수 있어."

신은 흠칫거리며 화면을 보고 나서 물었다. "이게 뭐예요?"

"NPO 법인."

"그건 여기에도 적혀 있는데요."

"이온 같은 아이나, 아키요시 나오미 같은 상황에 놓인 어머니들을 지원하는 활동을 하고 있어."

신은 다시 한 번 화면에 시선을 떨어뜨렸다.

'어머니 혼자서 끌어안지 마세요.'

파쿠 씨는 아이스커피를 블랙인 상태로 꿀꺽꿀꺽 마시더니 잔을 내려놓았다.

"이온 실종 사건이 일어나기 일 년쯤 전에 도쿄에서 미즈노 사쿠라라는 세 살짜리 여자애가 굶어죽는 사건이 일어났어."

스물한 살의 어머니는 싱글맘으로, 사쿠라 아래로 생후 두 달인 아들도 있었다.

"어머니는 가족이 없고 의지할 데도 없어서 밤 장사를 하며 두 아이를 키우고 있었는데, 생활이 힘들어서 여러 가지로 무리가 많았겠지. 언제부턴가 사쿠라한테 신경을 쓰지 않게 되어서—."

신경 쓸 여유가 없어져 버린 걸까. 신경 쓰는 데 지쳐 버린 걸까.

"결과적으로 굶어죽게 하고 말았지."

보호책임자 유기 치사 혐의로 어머니는 경찰에 체포되어 유죄로 판명났다.

"이 대표자인 아오키 씨라는 사람은,"

파쿠 씨는 여자의 얼굴 사진 옆에 손가락을 놓았다.

"원래 보육원 경영자였대. 사쿠라네 가족은 그녀의 보육원 바로 옆에 있는 맨션에서 살았어."

바로 코앞에 있는데 생활과 육아에 지칠 대로 지친 젊은 어머니가 어린 딸을 죽게 했다. 그 사건에 아오키 씨는 강한 충격을 받았다.

"그래서 사쿠라나 사쿠라의 어머니 같은 여자를 돕고 싶다며 지원자를 모집하고, 돈을 모금하고, 스태프를 고용해서 이 NPO를 설립한 거야."

신은 연거푸 고개를 끄덕였다. "알았어요. 하지만 이건―."

"다마짱이 발견했어" 하고 파쿠 씨는 말을 잇는다. "우리가 이온 씨의 아바타와 처음이자 마지막으로 대면하기 전에 열심히 인터넷에서 정보를 모았잖아?"

이온의 사건에 대한 정보를 찾고 있었던 것이다.

"그때 우연히 이 사이트를 발견한 거야."

신에게는 아직 이야기의 맥락이 보이지 않았다. "네에. 그래서요?"

"이상하네. 신짱은 이해가 빠른 사람일 텐데."

"죄송해요."

파쿠 씨는 태블릿 가장자리를 가볍게 두드린다.

"이 '사쿠라 하우스'는 이온이 실종된 십 년 전 8월에는 이미 활동을 시작한 상태였어. 사이트도 존재했고."

그 활동이 계속 이어지고 있었기 때문에 시로타가 발견한 거라고 한다.

"그거, 이전 세계의 이야기죠?"

"그래. 그렇기 때문에 의미가 있는 거야."

신은 비로소 이야기를 이해했다. 저도 모르게 눈을 크게 뜬다.

"알겠니?"

파쿠 씨는 얼굴 가득 씨익 웃음을 띠었다.

"사이트의 여기에 전화번호가 기재되어 있지?"

파쿠 씨가 손가락으로 가리킨다. '연중무휴 24시간 언제든지 스태프가 상담해 드립니다'라고 적혀 있다.

"다마짱은 고성의 탑에 있는 이온을 만나서 '사쿠라 하우스'에 대해 가르쳐 주고 싶었던 거야. 그걸 위해서 거기에 간 거지."

—이온을 만나야 해.

"하지만 가르쳐 준다고 해도 상대는 아홉 살짜리 어린애인데요? 전화번호를 외울 수 있으려나요. 메모 같은 걸 건네줘도 소용없는데."

3D 모델 속에 그려 넣으면 고성의 세계에 물건을 가지고 들어갈 수 있다. 하지만 가지고 나올 수는 없었다.

"그래서 다마짱은 유성 펜을 가져간 거야."

이온의 작은 손바닥에 직접 전화번호를 적어 주기 위해서.

신은 깜짝 놀랐다. 생각난다. 주머니에 찔러 넣은 유성 펜을 움켜쥐고 있던 시로타.

—길이 열렸어. 가야 해.

"나도 가능하면 그 자리에 있고 싶었는데" 하고 파쿠 씨가 중얼거린다.

신은 상상해 보았다. 쉽게 상상할 수 있었다. 그 탑 꼭대기까지 올라가서, 격자 너머로 이온의 손을 잡고 유성 펜의 뚜껑을 여는 시로타.

—알겠니? 집에 돌아가면 여기로 전화하는 거야.

—여기에 이온을 도와줄 사람이 있으니까.

그러고는 아홉 살짜리 여자아이의 부드러운 손바닥에 전화번호를 적는다.

"이온은 무슨 뜻인지 알았을까요?"

시로타에게는 천천히 설명할 시간이 없었을 것이다.

"어떻게 하라는 건지, 제대로 전해졌을까요."

파쿠 씨는 아직도 싱글벙글 웃고 있다. "괜찮아. 이온한테는 야무지고 우등생인 친구가 두 명이나 붙어 있었잖아."

미무라 씨와 오카노 씨다.

"복지사무소나 아동상담소에 전화하라고 하는 건 아홉 살짜리 아이한테는 무리야. 허들이 너무 높지. 이야기가 통할 때까지 시간이 걸릴 테고. 하지만 이런 민간단체이고, 이온 같은 아이들을 돕기 위해서 특화된 곳은 한번이라도 연락이 되면 움직여 줄 가능성이 높아."

시로타 다마미는 거기에 모든 것을 걸었다.

귀환하고 나서 말한 "해냈어"는, 이 일을 두고 한 말이었다.

잠시 동안 신은 말을 할 수 없었다. 마음속은 한 가지 생각으로 가득했다.

"—너무해."

간신히, 그것이 말이 되어 나왔다.

"너무하잖아요. 이런 일을 할 생각이었다면 어째서 저도 끼워 주지 않은 거예요? 제대로 사정을 설명해 주지 않은 거냐고요."

그랬다면 신도 반대하지 않았을 것이다. 시로타와 함께, 유성 펜을 쥐고 그 탑을 향해 나아갔을 것이다.

"신짱."

파쿠 씨는 온화하게 말했다.

"그래도 이온을 구출하면 세계를 바꾸어 버릴 위험성은 있었어. 그럴 가능성이 있는 건 마찬가지였어."

"그렇다고!"

"이러이러해서 이온을 구출하고 '하이츠 미나미'의 현재 상황에 서 구해 낼 거라고 설명했다면 분명히 신짱은 반대하지 않았겠지. 그래도 반대할 수 있을 정도로, 신짱은 차가운 사람이 아니니까."

하지만 그 방식은 교활해—하고 파쿠 씨는 말한다.

"처음부터 신짱의 선택지를 빼앗는 거니까. 나나 다마짱과는 달 리 지금의 현실을 행복하게 살고 있는 신짱에게 그 현실을 바꿔 버릴지도 모르는 위험을 무릅써라, 그렇게 하지 않으면 넌 아홉 살짜리 어린애를 뻔히 보면서도 죽이는 짐승만도 못한 사람이 되는 거라고, 은근히 강요하는 거나 마찬가지지."

그렇다면 파쿠 씨와 시로타 탓으로 돌리는 게 낫다. 이온을 탑에서 해방하면 우리의 불우한 현실도 바꿀 수 있을지 몰라, 그러니까 할 거야, 라고.

그러면 신이 반대하는 것도 당연하고 정상적인 반응이 된다. 이온 씨가 바라는 대로 고성의 세계를 그대로 놔두면 되잖아. 이온을 탑에 그대로 보호해 두면 되잖아. 너희, 자기 사정 때문에 제멋대로 굴지 마. 신은 화를 낼 테고, 화를 낸 것에 꺼림칙함을 느낄 필요도 없다.

"다마짱이 그랬어."

—오가키는 착하니까.

"아주 조금이라도 오가키가 스스로를 이기적이고 냉혹한 인간이라 여기게 만들고 싶지 않다고."

—그렇게 생각해 버릴 타입이니까.

신은 떠올린다. 시로타는 말했다.

—미안해.

그때 신에게 웃음을 지으며 이렇게 말했다.

귀환한 후 긴장이 풀린 듯 헤실헤실 웃고 있었다. 해냈어, 해냈어. 오가키한테도 이 얼룩, 보여? 유성 펜 자국이야.

해냈어.

고개를 숙이고 있는 신의 이마를, 파쿠 씨는 주먹으로 콩콩 두드렸다.

"똑똑. 아직 볼일이 있으니까 나와 주세요."

신은 어떤 얼굴을 해야 할지 알 수가 없다.

"다행히 아키요시 이온 실종 사건이 일어나지 않은 지금의 이 세계에도 '사쿠라 하우스'는 존재하고, 활동하고 있어."

파쿠 씨는 태블릿 화면을 만져 페이지를 스크롤한다.

"그리고 이전 세계와의 차이가 여기에 나타나 있어. 한번 봐."

'스태프 소개' 코너였다.

얼굴 사진이 세로로 몇 개 늘어서 있고 그 옆에 개개의 코멘트가 달렸다. 여자가 많다. 그중에서도 특히 젊은, 이 얼굴.

파쿠 씨가 만든 아바타보다 뺨이 통통하다. 밝은 밤색으로 물들인 머리는 활발해 보이는 숏커트다.

'보육 보조 스태프: 아키요시 이온.'

활짝 웃는 얼굴이다.

'고등학교를 졸업하고 올해 4월부터 견습 스태프로 일하기 시작했습니다. 저는 이곳에 신세를 졌던 하우스 칠드런 중 한 명이에요. 이번에는 제가 어머니들이나 아이들에게 도움이 되고 싶어요. 열심히 하겠습니다.'

"성은 바뀌지 않았더라고." 파쿠 씨가 말했다. "어머니와 살고 있는 걸까. 할머니, 삼촌, 이모와 함께일까. 어쨌든 잘 지내는 것 같아."

신은 어떤 얼굴을 해야 할지 알 수 없으면서도 아무래도 좋다는 생각이 들었다.

아키요시 이온의 세계는 바뀌었다. 그냥 무사한 것만이 아니다. 그냥 생존해 있는 것만이 아니다.

자신의 인생을 걸고 있었다. 이렇게나 좋은 얼굴을 하고.

"아아, 배고프다!" 파쿠 씨가 명랑한 목소리로 말한다. "신짱, 뭐 좀 먹자. 먹고 기운 내자."

신은 아무 말도 하지 못하고 있는데 파쿠 씨는 웨이트리스를 불러 몇 개나 주문했다. 이윽고 음식이 나오자 테이블 위가 가득 차고 말았다.

"잘 먹겠습니다."

파쿠 씨는 손을 모으고 음식을 향해 목례하고 나서 문득 떠올랐다는 듯이 신의 얼굴을 보았다.

"그러고 보니까 신짱, 궁금하게 생각한 적 없어?"

무엇을.

"이온의 사건을 알고 있는 내가, 이온 씨가 남긴 스케치를 만났다는 거. 그것만으로도 굉장한 우연인데, 애초에 기치조지에 살고 있는 내가 어째서 또 그날따라 이곳에 와서 은행에 들른 걸까."

듣고 보니 그렇다.

"—그러게요."

"나도 이렇게 차분해지기 전까지는 크게 마음에 두지 않았어. 초상화를 그린 인연 때문에 이온이 나를 부른 걸까 하고 짐작한 정도였지."

하지만 지금은 그게 아닌 것 같아.

"실은 그 전날 나, 어머니의 꿈을 꾸었거든."

파쿠 씨의 베갯머리에 서 있었다.

"왠지 모르겠지만 굉장히 쓸쓸한 얼굴을 하고 있었어. 그래서 나도 신경이 쓰여서, 일어나자마자 준비를 하고 어머니 무덤에 성묘를 갔지."

파쿠 씨 어머니의 무덤은 이 동네의 묘소에 있다고 한다.

"성묘를 마치고 나니까 마음이 안정되고 오랜만에 그리운 마음이 들어서 어슬렁어슬렁 산책을 하고 있었는데 말이지. 문득 그 은행에 그냥 놔두었던 계좌가 기억난 거야."

"아아, 그래서."

그 지점에 갔다. 그리고 '우리 집 우리 집' 전시를 발견했다—.

"응. 그래서 말인데, 나를 부른 건 어머니가 아니었을까."

이 쓸쓸한 탑 속에 외톨이로 있는 여자애를 구해 주렴. 너랑 전혀 인연이 없는 것도 아닌 여자애니까.

"우리 어머니는 그렇게 오지랖 넓은 구석이 좀 있었거든."

어머니의 이야기를 하면서 웃고 있는 파쿠 씨. 수줍어하는 듯한 웃음이지만 눈동자 속이 밝다.

"자, 먹자, 먹자. 식기 전에 먹자."

신은 눈을 깜박였다.

노란색 다운재킷이 노란색 파카로 바뀌자 옷 두께가 얇아진 것만이 아니었다. 파쿠 씨는 파쿠 씨를 감싸고 있던 무언가를 한 장 벗어 던지고 몸이 가벼워졌다.

세계는 달라지지 않았지만 파쿠 씨는 변한 것이다.

졸업식은 무사히 끝났다.

단상에 올라가 졸업장을 받아들 때 시로타 다마미는 몹시 긴장하고 있는 것처럼 보였다. 등을 곧게 펴고 있었다.

이름을 불린 시로타가 "네" 하고 대답했을 때 졸업생들 한쪽 구석에서 놀리는 듯한 웃음소리가 일었다. 에모토와 오사 패거리다.

시로타는 그쪽에 눈길을 돌리지 않았다. 옆얼굴은 늠름했다.

연식 테니스 부의 사은회까지 한 시간 정도 여유가 있다. 신은 졸업장이 든 통을 부모님에게 건네고 교문 앞에서 헤어졌다.

"어디 가니?"

"응, 잠깐."

신은 성터 공원으로 향했다.

쓸쓸한 이 공원에도 봄은 온다. 민들레나 유채꽃이 피어 있다. 산책하는 사람들도 있다.

시로타의 모습은 없다. 못 만난 채로 끝나는 걸까―.

"오가키."

돌아보니 시로타가 졸업장이 든 통을 소중히 품에 안고 서 있었다.

"역시 와 있었구나."

신은 목구멍 안쪽이 달라붙은 것 같아서, 억지로 숨을 쉬자 사레가 들리고 말았다.

"시, 시로타가 와 있을 것 같아서."

시로타는 꽃이 핀 북적거리는 공원을 눈부신 듯이 둘러보았다.

"이 계절에는, 여기는 내 장소가 아니게 돼."

황량하지 않으면 시로타 다마미가 있을 곳이 아니다.

"그럼 왜 왔어?"

"오가키 네가 올 것 같아서."

"그래?"

신은 고개를 끄덕였다. 또 목구멍 안쪽이 막힌다.

둘이서 말없이 우두커니 서 있었다. 봄을 맛보며 걷고 있는 사람들에게서 조금 떨어져서, 두 막대기처럼. 거기가 세계의 끝이고, 그 표식으로 세워진 말뚝처럼.

"—파쿠 씨한테 들었어."

신은 간신히 그렇게 말했다.

"'사쿠라 하우스'에 대해서도, 이 세계의 이온 씨에 대해서도 가르쳐 주더라."

"좀 통통해졌지?"

"응."

"미인이었어. 예뻐서 좋겠다."

시로타도 화장하면 예뻐질 거라고 말할 수 있을 만큼, 신은 말솜씨가 좋지 않고 입이 가볍지도 않다.

어중간한 침묵이 흐르고 산책하는 사람들의 수다 소리가 지나쳐 간다.

"난 나를 위해서 한 거야."

시로타가 담담하게 말했다.

"아무것도 달라지지 않았지만, 하지만 날 위해서 한 거야."

"네네" 하고 신은 대답했다. 알았어. 그런 걸로 해 줄게.

"분명히 또 할 거야."

그 말은 흘려들을 수 없다. "뭘?"

시로타는 신을 보지 않는다. 공원을 둘러보고 있다. 봄을 둘러보고 있다. 아키요시 이온이 행복한 열아홉 살의 젊은 여자가 되어 있는, 이 봄을.

"언젠가 내가 죽을 때."

임사 상태에서 시간을 거슬러 올라가, 자신의 인생이 주마등처럼 지나가는 것을 바라보고 있을 때.

"나는 여섯 살 때의 5월 10일로 돌아갈 거야. 장을 보러 나가는 엄마한테 말할 거야. 오늘은 3번가의 사거리를 건너면 안 돼. 속도를 위반한 바보 운전자의 차가 빨간 신호를 무시하고 돌진해 올 거니까, 라고."

시로타의 어머니는 그런 사고로 돌아가신 건가.

"그럼 어머니를 구할 수 있겠지."

아무 말도 하고 싶지 않아서, 신은 잠자코 있었다.

"좋은 아이디어인 것 같지 않아?"

시로타가 신에게 시선을 향한다. 울고 있지 않다. 강한 척하는 것도 아니다. 화내지도 않는다. 슬퍼 보이는 것은, 신이 슬프기 때문일 것이다.

"죽을 때의 이야기 같은 건 하지 마."

신이 부루퉁하게 말하자 시로타는 작게 웃었다. 졸업장이 든 통을 자신의 어깨에 탁탁 부딪치며 옆을 향한다.

"나, 어머니가 돌아가시고 나서 남 앞에서 운 적이 없어."

어떤 때에도 운 적이 없었지.

"파쿠 씨 집에서 운 게 처음이었어."

굉장히 부끄러워, 라고 한다.

"나 있지, 자신의 그런 약한 면을 용서할 수가 없어."

화가 날 정도로 시로타의 태도는 시원시원했다.

"내 지금 생활은 약한 나라면 극복할 수 없는 생활이니까. 난 자신의 약함을 인정해서는 안 돼."

반론의 여지가 없는 결정.

"그러니까 내 약한 면을 본 사람하고는 사귈 수 없어."

작별 인사를 하러 왔어.

"오가키, 여러 가지로 고마워. 안녕."

시로타 다마미는 악수를 청하는 허세를 부릴 사람이 아니다.

"시로타, 바뀐 거 아니지?"

신이 갑자기 물었기 때문에 시로타는 조금 놀랐다. "뭐가?"

"이 세계에서도 그림 그리는 걸 좋아하고, 잘 그리지?"

"응……, 아마."

"그럼 됐어."

신은 시로타에게서 시선을 돌리고 그 김에 등도 돌리며 깊이 숨을 내쉬었다.

"약속이 하나 남아 있어."

"뭐?"

"아버지랑, 우리 가게에 오기로 했잖아."

시로타는 대답을 하지 않는다. 신은 그 얼굴을 보려 하지 않고, 꽃이 핀 봄바람 속을 향해서 말했다.

"당장이 아니어도 좋아. 언제든지 좋아. '파인애플'은 잘되고 있으니까 그렇게 쉽게는 망하지 않을 거야."

"그럼 오가키가 본가를 떠나고 나면 갈게."

"그렇게 날 만나기 싫어?"

"솔직하게는, 만나지고 싶지 않아."

일본어가 이상하다, 너.

"그럼 나, 가게를 물려받을 거야."

시로타는 이번에야말로 정말 깜짝 놀란 모습이었다. "설마 진심이야? 지금까지 그런 생각을 한 적이 있었어?"

한번도 없다. 지금 생각난 거다. 하지만 나쁘지 않다는 기분이 들기 시작했다.

"나는 네 친구인걸. 다마미가 약속을 지켜 줄 때까지 기다릴게."

"이름으로 부르지 말아 줄래?"

"시로타, 사소한 데서 예민해."

시로타가 짧게 소리 내어 웃었기 때문에 신도 그렇게 했다.

'파인애플'을 물려받는다. 아버지와 나란히 서서 카레를 만들고, 어머니와 나란히 서서 설거지를 한다. 그 인생, 나쁘지 않다. 이렇게 즐겁게 상상할 수 있다면, 나쁘지 않다. 그렇게 생각했다.

"나 집에 갈래."

빙글 몸을 돌리고 시로타는 말했다.

"신짱, 우선 고등학교에 가자. 그다음 일은 그 후에 생각하고."

인생은 기니까.

"할머니의 설교 같은 말을 하네."

"고마운 교훈이야. 나는 인생은 길다고 생각하지 않으면 반나절도 지낼 수 없으니까."

그 말은 신의 가슴을 쳤다. 한때의 밝은 상상을 날려 보내는, 차가운 현실의 바람. 시로타가 솔직하게 입에 담은, 가장 무거운 말이다.

시로타는 그것을 짊어지고 있다. 그리고 도움은 필요 없다고 말한다. 자신의 무거운 짐은 스스로 질 테니까 상관하지 말아 달라고. 그 대신 무거운 짐 때문에 일그러진 얼굴을 보지 말아 달라고.

신은 말했다. "알았어. 반나절, 반나절, 참고 지내 줘."

나는 '파인애플'에 있을 거야. 부모님을 도와서 접시를 닦거나 카레 냄비를 젓고 있을게.

"잘 지내, 다마짱."

이미 걷기 시작한 시로타는 분연히 걸음을 멈추었다.

"그거, 다마미 이상으로 용서할 수 없는데."

"안녕."

손을 흔들며, 신은 공원 반대쪽을 향해 걷기 시작했다.

돌아보지 않았다. 꾹 참고, 돌아보지 않았다. 이것이 시로타가 바라는 길이니까, 돌아보지 않았다.

신은 시로타 다마미의 친구니까.

편집 후기

이 이야기의 아이디어가 떠오른 것은 어느 겨울, 쓸쓸한 공원을 홀로 산책하던 중의 일이었다고 합니다. '그에 상응하는 대가를 지불하기만 하면 인생을 거슬러 올라가 바꿀 수 있는 기회가 주어진다고 하자, 만약 당신이라면 어떻게 하겠는가'라는 것이 영감의 골자였습니다. 마침 교고쿠 나쓰히코가 관여한, 세계요괴협회의 기관지 《괴恠》로부터 연재를 부탁받기도 한 처지라 '무언가와 교환해서 인생을 다시 시작하는 것에 대해 귀찮아하지 않을 만한 사람'으로 누가 좋을까 고민하다가, 고교 진학을 앞두고 있는 소년을 캐스팅하여 소설을 써나가기 시작합니다. 소년의 이름은 '오가키 신.' 그는 엄마 심부름으로 방문한 은행에서 묘한 그림 한 장을 줍고 데생의 정밀함에 감탄하다가 고성 옆에 자신의 분신을 그려 넣으면 그림 속 이세계異世界로 들어갈 수 있다는 사실을 발견하는데 이러한 설정에 대해 미야베 미유키는 《주간문춘》과의 인터뷰에서 다음처럼 말했습니다.

"주인공이 그림 속 이세계로 들어간다는 것은 흔한 이야기지요. 아바타라는 개념도 제가 게임을 자주 하기 때문에 자연스럽게 떠올렸습니다. 다만 아바타를 그림의 세계의 축척에 딱 맞게 만들어 넣지 않으면 안 되는 룰을 떠올렸을 때는 조금 기뻤어요(웃음).

신과 시로타와 파쿠 씨가 그림 속으로 빨려 들어가는 감각은 우리가 이야기에 몰입할 때와 똑같은 것으로, 이야기와 현실은 서로 영향을 주고받는 것이라고 생각합니다. 동일본대지진 이후 독자들로부터 많은 편지를 받고 더욱 그렇게 느꼈습니다. 정말로 괴로울 때는 책도 읽을 수가 없지요. 그렇기 때문에 다시 독서할 수 있는 힘을 되찾았을 때에는 희망의 스위치가 켜지는 걸로 봐도 좋으리라 생각합니다. 저도 소설을 쓸 때는 독자를 이세계로 끌어들이도록 노력하고 있습니다. 그래서 일이 끝나면 언제나 그림 속에서 돌아온 신과 마찬가지 상태가 되지요. 엄청 배가 고파요(웃음)."

이세계로 함께 발을 들여놓은 시로타나 파쿠 씨와 달리, 만화책과 소설을 별로 읽지 않는, 즉 '픽션에 관심이 없는 소년'을 주인공으로 삼은 이유에 대한 힌트도 작가 인터뷰 속에 담겨 있는 듯합니다. 어쨌거나 저 역시 이 책의 교정을 보는 동안, 특히 파쿠 씨가 등장하는 장면에서는 이상하게 배가 고파져서 그때마다 밤라면을 끓여 먹었습니다. 그리고 이런 게 궁금했어요. 세계적인 히트작을 그리고 있는, 엄청나게 유명한, 어시스턴트 파쿠 씨의 선생님은 누구일까. 작가는 어떤 만화가를 염두에 두고 썼을까 하는 걸 말이죠. 짐작 가는 바가 있으신 분은 본사 편집부로 슥 알려주시길.

마포 김 사장 드림.

사라진 왕국의 성 초판 1쇄 발행 2016년 5월 13일

지은이	미야베 미유키
옮긴이	김소연

발행편집인	김홍민 · 최내현
책임편집	유온누리
편집	안현아
마케팅	홍용준
표지디자인	이혜경디자인
용지	한승지류유통
출력	블루엔
인쇄	청아문화사
제본	대신문화사

펴낸곳	도서출판 북스피어
출판등록	2005년 6월 18일 제105-90-91700호
주소	(03961) 서울특별시 마포구 방울내로 11길 43, 101-902
전화	02) 518-0427
팩스	02) 701-0428
홈페이지	www.booksfear.com
전자우편	editor@booksfear.com

ISBN 978-89-98791-51-3 (04830)
ISBN 978-89-91931-11-4 (SET)